Mamas Sicilianas

Giuseppina Torregrossa

Mamas Sicilianas

Tradução
Beti Rabetti

Copyright © 2009, Arnoldo Mondadori Editore S.p.A, Milão

Todos os direitos desta edição reservados à
EDITORA OBJETIVA LTDA.
Rua Cosme Velho, 103
Rio de Janeiro – RJ – CEP: 22241-090
Tel.: (21) 2199-7824 – Fax: (21) 2199-7825
www.objetiva.com.br

Título original
Il Conto delle Minne

Capa
Adaptação de Silvana Mattievich sobre capa alemã

Imagem de capa
© plainpicture / PhotoAlto / Laurence Mouton

Preparação de original
Elisabeth Xavier de Araújo

Revisão
Tamara Sender
Ana Grillo
Talita Papoula

Editoração eletrônica
Abreu's System Ltda.

CIP-BRASIL. CATALOGAÇÃO-NA-FONTE
SINDICATO NACIONAL DOS EDITORES DE LIVROS, RJ

T642m
    Torregrossa, Giuseppina
        Mamas sicilianas / Giuseppina Torregrossa; tradução Maria de Lourdes Rabetti (Beti Rabetti). - Rio de Janeiro: Objetiva, 2012.

        Tradução de: *Il conto delle minne*
        251p.   ISBN 978-85-60280-84-1

        1. Ficção italiana. I. Rabetti, Beti II. Título.

11-0756.   CDD: 853
                            CDU: 821.131.1-3

A Marcello, Giovanni e Lucia,
vento fresco em meus cabelos

Sumário

9 *Minne* de santa Ágata
(receita para oito cassatinhas)

11 LU CUNTU AVI LU PEDE
(Prólogo)

25 LU CUNTU
(A história)

81 LU CUNTU NA LU CUNTU
(A história dentro da história)

161 COMU FINISCI SI CUNTA
(Como vai terminar)

249 *Agradecimentos*

251 *Glossário*

Minne de santa Ágata*
(receita para oito cassatinhas)

Massa

600 gramas de farinha de trigo
120 gramas de banha
150 gramas de açúcar de confeiteiro
Essência de baunilha
2 ovos

Cortar a banha em cubinhos e trabalhar com as mãos, junto com a farinha. Quando os dois ingredientes estiverem bem misturados, juntar o açúcar de confeiteiro, os ovos e a baunilha. Sovar rapidamente. Quando a massa adquirir uma consistência macia e elástica, que permita afundar os dedos como se fosse um seio voluptuoso, cobrir com um pano de prato e deixar descansar.

Glacê

350 gramas de açúcar de confeiteiro
2 colheres de suco de limão
2 claras

Bater as claras em neve com uma pitada de sal. Juntar o açúcar, o suco de limão e continuar misturando até obter um creme branco, brilhante, espumoso.

Recheio

500 gramas de ricota de leite de ovelha
100 gramas de frutas cristalizadas

---

* *Minne* são famosos doces sicilianos, pequenas cassatas cobertas com glacê e cereja, tradicionalmente confeccionados para a festa de santa Ágata. O termo remete também às tetas, aos seios das mulheres, com que se parecem. (N. da T.)

100 gramas de lascas de chocolate
80 gramas de açúcar

Trabalhar a ricota e o açúcar até obter um creme uniforme. Juntar as frutas cristalizadas e o chocolate. Deixar descansando na geladeira por aproximadamente uma hora.

Untar com manteiga e enfarinhar forminhas redondas, para que o doce adquira a forma de um seio. Abrir a massa numa camada fina. Forrar as forminhas, rechear com o creme e tapar com discos de massa. Colocá-las de cabeça para baixo numa forma untada e enfarinhada. Assar em forno a 180 graus por 25 a 35 minutos. Retirar do forno e deixar esfriando sobre uma grelha.

Depois retirar delicadamente as pequenas cassatas das formas, colocar sobre elas o glacê, de modo uniforme, pois em pouco tempo começa a endurecer.

Para que simples cassatinhas se transformem como que por encanto em seios maliciosos, *minne* completas, decorar essas magníficas, brancas e perfumadas esferas com uma cerejinha cristalizada.

LU CUNTU AVI LU PEDE
(Prólogo)

I

Na véspera da festa de santa Ágata, minha avó Ágata, boa ela também como a santa, vinha me pegar em casa. Já me encontrava na varanda, impaciente para sair, reluzindo, com o vestido mais bonito, os cabelos repartidos ao meio por uma risca reta e bem-amarrados com dois laços cor-de-rosa, de menina. Descia pelas escadas voando, feliz por deixar por algumas horas os meus pais, que, quase sempre descontentes, tornavam o ar da casa irrespirável.

Eu era grata à minha avó por seus cuidados amorosos, os pequenos gestos de afeto, os carinhos delicados, os encorajamentos não solicitados, os milhares de elogios de que as crianças precisam para crescer seguras e conquistar confiança na vida. Papai e mamãe não se perdiam em coisas inúteis, como chamavam a ternura e o amor, e minha avó, sempre que podia, supria essa falta.

Caminhávamos em silêncio, de mãos dadas, meus pequenos dedos entrelaçados aos seus, retorcidos pela artrite e ressequidos pelos trabalhos domésticos. O ônibus, o número 15, atravessava Palermo numa linha reta que ia da Statua até a praça Marina, no coração da cidade velha. Sentada nos joelhos de minha avó, muito pequena para olhar pela janela, deixava-me levar de olhos fechados, reconhecendo a estrada graças a odores e rumores que, retidos na minha memória, constituem hoje minhas lembranças mais antigas. O perfume delicado e persistente das magnólias do Jardim Inglês, os anúncios dos peixeiros, as cantilenas dos vendedores de frutas para atrair os passantes a comprarem laranjas, limões, limas sicilianas, o prolongado *ui ui uuu* das sirenes que anunciavam a chegada dos navios ao porto, o fedor nojento da água barrenta da Cala, o cheiro das panelas das fritarias da via Vittorio, as batidas ritmadas e contínuas das rodas das carroças sobre as pedras de mármore de Billiemi. Perto do ponto final, descíamos do ônibus devagar, tomando cuidado para não escorregar com nossos sapatos de sola de couro naquele pavimento cinza, brilhante de umidade. Contornávamos os gigantescos fícus magnoliáceos, altas árvores australianas que dificilmente se desenvolvem na Europa, mas que em

Palermo crescem sem necessidade de cuidados especiais e atingem dimensões excepcionais. As raízes aéreas pendiam dos ramos como estalactites, formando um emaranhado intrincado com as que saíam da terra, ligavam-se umas às outras como num labirinto mágico, dentro do qual nós, crianças, fingíamos nos perder entre gritos e risadas.

De longe identificávamos o palácio Steri, cuja fachada severa e imponente mostrava a face de uma Sicília tão bela quanto cruel. Minha avó conhecia histórias horripilantes que me contava sem esconder o mais assustador detalhe. "Agatì, ali ficava o Tribunal do Santo Ofício. Naquele palácio os homens de Torquemada, uns belos de uns cornudos — que só de ficar na mesma sala já se perdia a honra — torturaram freiras, padres, rebeldes bandoleiros e todas as mulheres que estavam ao alcance da mão."

O edifício austero e sinistro me deixava muito agitada, por isso, diante das janelas que interrompiam a fachada regular, eu acelerava o passo e quase começava a correr, acossada pelos uivos das bruxas e pelos pedidos de socorro que eu acreditava ouvir de verdade.

"*Cauru e friddu sintu, ca mi pigghia la terzuru, tremu li vudella, lu cori e l'alma s'assuttigghia...** Agatì, assim se lamentava Maricchia, uma pobre mãe de família acusada de ser uma bruxa. Nisso o monge da boa morte se aproxima da cela tocando uma sineta, *din din din*. E sabe quem a tinha denunciado?" Minha avó, é claro, não esperava que eu respondesse, mas fazia uma pausa assim mesmo. Naquele segundo de suspense eu queimava os miolos e sem querer diminuía o passo. Ela delicadamente me puxava pela mão: "Pois foi seu marido! Ele tinha uma mais jovem e como não sabia como se livrar da mulher que envelhecera... tudo bem, é melhor que eu explique essas coisas a você quando for maior", e concluía sua história um pouco antes da igreja da Gancia, onde viraríamos à esquerda para a via Alloro, a rua principal do bairro da Kalsa havia um tempo.

Minha avó morava em frente ao palácio Abatellis, no primeiro andar de um edifício velho e decadente que resistira aos bombardeios de 1943. O palácio tinha sido parcialmente recuperado, mantendo-se de pé por milagre ou, como dizia minha avó, por amor às famílias que, de outro modo, não teriam onde morar. O portão, no qual de vez em quando alguém dava uma mão de verniz, de uma cor marrom que se esverdeava nos cantos, não era usado havia muitos anos, por medo de que os pivôs das dobradiças enferrujadas despedaçassem de repente e a folha de madeira, desprovida de apoio, arrebentasse em

---

* "Eu sinto calor e frio se a febre terçã me pega, tenho tremores na pança, o coração e a alma ficam fracos." (N. da T.)

cima de algum passante. O carpinteiro pregara o portão e escavara uma espécie de portinha secundária na madeira maciça, que podia ser aberta com facilidade e sem qualquer risco.

Pequena como eu era, conseguia passar com certa agilidade, minha avó ao contrário, tinha que abaixar de um lado e se encolher um pouco para não bater a cabeça. O pátio interno ficava lotado de bicicletas, instrumentos de trabalho, carriolas. Subíamos pelas escadas de degraus pretos de pedra piche, estreitos e ásperos, suspensos entre as paredes descascadas e as traves de madeira. O patamar se estendia entre o muro e uma ampla abertura para o pátio fechado do prédio vizinho.

Os bombardeios da última guerra tinham derrubado edifícios inteiros, despedaçado muros divisórios, aberto comunicações insólitas entre casarios contíguos. A reconstrução, na ausência de meios adequados e dinheiro, acontecera de maneira fantasiosa e desordenada. Paus, estacas, armações de ferro assumiam função de corrimão, patamar, piso, inclusive muro de arrimo, conforme a situação e a necessidade.

"Agatì, ande apoiada no muro." Minha avó nunca deixava de recomendar cautela; a prudência para ela era mais que uma inclinação, era também sua virtude preferida.

Meia-volta de chave abria a porta, um compensado duplo, uma espécie de barreira virtual destinada às pessoas de bem, e que certamente não criaria qualquer obstáculo à determinação dos mal-intencionados. Mas o quarteirão era pobre e os ladrões geralmente o poupavam, cientes de que ali não encontrariam nada de interessante ou valioso.

O interruptor de cerâmica branca à esquerda da porta emitia o som de um elástico folgado, *suisc*, e as sombras se esvaíam. O barulho da rua entrava sem pedir licença pela varanda sempre aberta, fosse verão ou inverno. Uma cortina bordada, de linho fino branco, movida pela corrente de ar, abrandava a luz do dia.

Minha avó, de origem catanesa, depois de casar com meu avô Sebastiano deixara Belpasso, o lugar onde crescera, transferindo-se para Palermo, onde nasceram todos os seus filhos. Consigo trouxera poucas coisas, entre elas uma profunda fé cristã no coração, uma grande devoção por santa Ágata na alma, e no nariz o cheiro de pão fresco, dos biscoitos dourados preparados no forno de sua família.

Os primeiros anos não foram fáceis. A adaptação ao caráter do marido, homem bom, mas prepotente e complicado, exigira dela grande paciência, muita prudência e uma fina capacidade de mediação. Depois, houve a questão religiosa, motivo de incompreensões, desacordos, brigas. Sebastiano, como bom palermitano, desejava que sua família se consagrasse à santa Rosália; a mulher não queria saber de troca com santa Ágata, nem se Jesus Cristo em pessoa lhe pedisse. Sabe-se que as guerras de religião são as mais longas e sanguinolentas, mas minha avó era determinada: foi preciso tempo, mas acabou levando a melhor, porque religião é coisa de mulheres e, ao menos quanto a isso, as sicilianas tinham liberdade de escolha, mesmo naquele tempo.

Foi graças à devoção de minha avó que todo dia 5 de fevereiro a família Badalamenti se reunia para comemorar a festa de suas Ágatas com um almoço em grande estilo, que terminava com os doces votivos — as *minne* de santa Ágata justamente — feitos à mão por ela mesma, por graça recebida ou a receber.

Minha avó, de quem levo o nome, tinha estabelecido que eu a ajudaria na cozinha na delicada preparação dos docinhos e me designou protetora oficial da receita e sua única herdeira.

Na família Badalamenti a herança passava aos descendentes segundo o direito do mais velho; isto é, o patrimônio ia para o primeiro filho macho, que tinha a obrigação de conservá-lo, mantê-lo guardado e passá-lo integralmente ao próprio descendente. Embora esse direito tivesse sido abolido após a unificação da Itália, em nossa família, aliás, em toda a região meridional, permaneceu o costume de privilegiar o filho mais velho, reconhecendo às mulheres um dote em dinheiro que tinha o objetivo de prevenir disputas longas e violentas. Minha avó, feminista a seu modo, quis legar a mim o mais precioso bem da família, a receita das *minne* de santa Ágata.

Na cozinha em penumbra era realizado o sagrado ritual da preparação dos doces, do qual eram excluídos os outros parentes, que, incapazes de uma fé genuína, banalizariam o sacrifício de minha avó e causariam irritação à Santuzza, que poderia até retirar a sua benévola proteção.

Eu lavava as mãos com cuidado especial, o mesmo que anos depois eu usaria para assistir aos partos, no hospital. Defronte à mesa de mármore eu trabalhava a massa e o creme de ricota com dedicação e seriedade. Um pouco para me entreter, um pouco para me instruir, um pouco para me contagiar com sua fé religiosa ingênua, sincera, apaixonada, minha avó me contava a vida da Santuzza, do modo como a conhecia.

II

"Agatì, minha *beddruzza*, comece a misturar a farinha com a banha e preste bastante atenção, que eu vou lhe contar uma coisa importante. Você precisa saber que santa Ágata, antes de fazer milagres, era uma *picciuttedda* graciosa como você, com a pele clara feito um pomar de amendoeiras em flor, olhos celestes da cor do céu de primavera, as tranças negras, compridas, sedosas, presas com dois laços cor-de-rosa. Sabia que está penteada como ela? Certa manhã, ela ajeitava os cabelos perto da janela como sempre fazia, e passava azeite de oliva neles; não tem nada melhor para os cabelos, minha *picciridda*: todo dia um pouquinho nas pontas e elas se alongam e crescem fortes e saudáveis. Um dia passou por lá o cônsul romano, um certo Quinziano. A jovem cantava a sua oração com uma voz tão doce, que a alma do governador ficou tocada e seu coração começou a disparar no peito. Até o cavalo percebeu que alguma coisa importante estava acontecendo e começou a bater nervosamente os cascos e a soprar pelas narinas. Aquela mocinha de Quinziano doce, delicada, de boa família e temente a Deus, tirou a paz do dia e o sono da noite. A imagem de Ágata das longas tranças e de pele clara aparecia diante dele toda vez que fechava os olhos. Na cama ele virava de um lado para o outro, mas sua cabeça estava sempre lá, naquela carne jovem que fazia o seu sangue ferver. De manhã levantava desfeito como macarrão que passou do ponto, a cabeça pesada e os pensamentos tumultuados, enquanto a voz dela ressoava em seus ouvidos, mesmo durante as mais barulhentas audiências. Certas vezes, para encontrar sossego, mandava trazer ao seu leito três ou quatro mulheres agarradas pela estrada.

"Agatì, não diga a seu pai que eu conto essas coisas pra você, ele é mais ciumento que um turco, se sabe que eu falo dessas porcarias pra você... ixe, não quero nem pensar. E, depois, desde que virou juiz acha que é justo, que sabe tudo, que conhece a verdade, imagine só... a melhor palavra é a que não se diz."

Enquanto falava, minha avó nem por um instante deixava de trabalhar a massa, que sob a pressão de seus dedos habilidosos tinha se transformado numa bola macia e elástica.

"Agatì, não adianta ficar me olhando com esses olhões arregalados, certas coisas você ainda não consegue entender porque ainda é uma *picciridda*, mas quando crescer vai se lembrar do que estou dizendo; por isso preste bem atenção, que, quanto antes aprender, melhor. Como tudo o que você diz aos homens cedo ou tarde eles te fazem pagar, e como aquele lá, mesmo sendo seu pai, continua sendo homem, quanto menos coisa disser a ele, melhor pra você. E pegue a ricota que enquanto a massa descansa eu te ensino a preparar o creme."

Eu olhava para ela com a boca aberta de espanto, muitas vezes realmente eu não a entendia, mas confiava nela e por isso memorizava tudo, com a certeza de que, cedo ou tarde, suas palavras me seriam úteis. E, de fato, depois de grande, muitos ensinamentos da minha avó teriam sido preciosos, bastaria que eu tivesse me lembrado deles a tempo. Ia até a varanda onde minha avó deixava a peneira trançada de vime com a ricota macia e cintilante, presente do tio Vincenzo, irmão do avô Sebastiano, que era leiteiro. O soro escorria pelos lados do cestinho e deixava um rasto grudento no chão.

"Agatì, me dê sua mão que eu te ensino. Você precisa girar o garfo assim. Gire forte, sem medo, que fica bem lisa.

"Mas o governador tinha todos os defeitos deste mundo: era homem, poderoso e estrangeiro. Imagine as coisas que passavam pela sua cabeça e ardiam no seu coração. Um dia em que o desejo o atormentava feito dor de barriga depois do almoço de Natal, mandou os soldados até a igreja para que prendessem Ágata com a desculpa de que o imperador de Roma proibira rezar ao Nosso Senhor. Era só o que faltava: os do continente e suas esquisitices. Quinziano também sabia as leis de cor, igual a seu pai, e veja no que deu!

"Quando a levaram diante do governador, Ágata ficou de olhos baixos e com as mãos escondidas atrás das costas, parada, imóvel, em sinal de atenção, como fazem as crianças quando as professoras chamam ao quadro. Ela queria se tornar esposa de Jesus, tinha decidido se consagrar a ele, e ninguém poderia fazê-la mudar de rumo. A postura de menina virgem e tímida excitou o cônsul. Cedo ou tarde, você também vai perceber que aqui na Sicília, ilha de estúpidos, os desejos das mulheres não valem nada; enquanto aquilo que os homens querem torna-se destino.

"Mais ela se afastava retraída, indócil, mais a alma negra de Quinziano agitava-se em seu peito. Deitado sobre o sofá, uma perna esticada sobre o veludo vermelho, a outra no chão, agarrou-a pelos cabelos, puxou-a com força para si e enfiou a mão debaixo do seu vestido. A jovem parecia uma múmia, o rosto branco feito uma máscara de cera, os olhos fechados, a respiração contida. Para Quinziano a recusa soou como uma bofetada, e ele foi tomado por todos os diabos. Blasfemava, pior que o seu avô toda vez que eu ia me confessar com o padre Reginella, ficou raivoso feito um pedaço de salame que esteve secando durante um ano. Porque você deve saber que os homens, se você não sente prazer quando te tocam, se acham machos só pela metade, mas azar o seu se sentimos prazer, porque aí te colocam no meio das putas."

Eu apertava os olhos me esforçando para entender o significado daquelas palavras, que minha avó dizia acompanhando com gestos das mãos, movimentos das sobrancelhas, trejeitos da boca.

"Enfim, Agatina, mesmo que agora você não entenda, lembre-se de que não adianta o jeito de se comportar, os homens vão encontrar sempre uma mentira pra te pregar", e enquanto isso, com a desculpa de preparar o glacê, minha avó misturava o açúcar e o limão batendo com violência. O batedor de alumínio parecia que ia entortar a qualquer momento com os golpes de raiva da avó Ágata, que realmente não digeria a vergonha que a sua santa preferida teve que passar.

"O governador chamou seu conselheiro, um tipo de delinquente que entre nós, tempos atrás, você só encontrava na Vicarìa, e disse: 'Entregue-a à Afrodisia, diga que faça o que for preciso, mas que deve instruí-la.' Adivinhe só qual era o trabalho da Afrodisia?"

Enquanto procurava a resposta certa na minha cabecinha, minha avó, veloz, acendia o fogo. Durante essa pausa para reflexão eu passava em revista todas as profissões femininas que eu conhecia: costureira, professora, mãe, depois desistia e com olhar sem graça erguia os ombros, balançava a cabeça de um lado para o outro querendo dizer: "E como vou saber?"

"Certo, Agatina, às vezes você parece uma *babba*! Era uma puta, não?, uma puta daquelas que não existem mais." Minha avó gostava de certas expressões fortes e, mesmo que diante das pessoas não dissesse nem mesmo *cretino*, comigo deixava escapar, não sem antes me recomendar que nunca repetisse aquelas palavras.

"Comece a ralar o chocolate, que depois que terminar vai me ajudar a encher as forminhas. Santa Ágata, coitada, achou que ia morrer quando foi trancada no prostíbulo, onde aconteciam coisas que não posso contar a você, não por medo do seu pai, *nzà ma'*, mas por decência."

"Vó, não se preocupe, eu não vou contar pra ninguém", e, dando mais força às minhas palavras, jurava com a mão direita sobre o peito. Eu não sabia o significado de muitas palavras, mas percebia que eram coisas importantes, coisas da vida. De repente os sinos das seis começavam a tocar, minha avó então deixava os doces de lado e fazia o sinal da cruz, rezava baixinho mexendo os lábios, e concluía sempre do mesmo modo: "Jesus, José e Maria, sejais a salvação da minha alma", e retomava a história no ponto em que tinha parado.

"A *picciotta* não aceitava de jeito nenhum. Teimosa feito uma mula, recusava-se a acompanhar os homens que infalivelmente a escolhiam no meio daquela cambada. E pode-se imaginar quanto devia atrair aquele corpinho delicado com duas *minnuzze* que mal tinham despontado. Promessas, ameaças, extorsões, bofetadas, nada: a Santuzza era irredutível. Depois de um mês de festins e badernas, Afrodisia desistiu. Chamou o chefe da guarda e restituiu a jovem a ele dizendo: 'Não tem jeito! Tem a cabeça mais dura que a lava do Etna!' Ele a agarrou e, torcendo seu braço de mau jeito, levou-a de volta ao palácio. Quinziano, sempre estendido no sofá, com vestes douradas, os olhos semicerrados devido ao sono atrasado, a cara cheia de vinho, os cabelos eriçados pelos diabos que lhe faziam companhia, enfurecido pela derrota sofrida, ordenou imediatamente: 'Joguem-na na cela mais escura e a torturem.'

"O amor que sentira por Ágata transformou-se em ódio profundo; sempre termina assim quando se diz não a um macho, a recusa é pior que o chifre.

"'Vai acabar que, se essa cabeça-dura continuar assim, as outras vão criar coragem e, pra não fazer por menos, até a última das vadias vai se negar sem remédio', pensava Quinziano. Enquanto isso aquele belo de um cornudo do carrasco, que nem podia acreditar que ia estraçalhar carne jovem, esfregava as mãos repassando todo o repertório que o pai lhe ensinara.

"Para contentar o patrão e para seu prazer pessoal, o carrasco se dedicou a Ágata de todo o seu coração. Distendeu seus braços e pernas, rasgou sua carne com alicates, marcou-a com ferros de gado, mas ela resistia e, com a cabeça, dizia não. Deformada e enxovalhada, com um vestidinho esfarrapado, a levaram de volta a Quinziano. No salão de audiências pesava um silêncio cortante, as pessoas não tinham vontade nem de respirar.

"'Se você é livre e nobre, por que se veste como uma escrava?', perguntou a ela o governador do alto de seu trono, cheio de desprezo, com a face contrafeita e as mãos trêmulas de nervoso.

"'O hábito não faz o monge. Eu sou nobre porque estou junto de Cristo, o único senhor que reconheço', respondeu, com um fio de voz feito um sopro de vento na primavera, mas firme, sem o menor tremor.

"Cego de raiva, com as veias do pescoço inchadas, Quinziano sentenciou: 'Arranquem suas *minne*!'"

Minha avó, para dar ênfase à história, ora imitava a voz profunda e cavernosa do governador, ora a doce e graciosa da santa, agitava as mãos, girava os olhos, franzia a testa, e acabava mais cômica que dramática. Mas quando dizia: "Arranquem suas *minne*!", o tom era particularmente grave, e eu morria de medo, arregalava os olhos como um peixe em dificuldade, encolhia a cabeça nas costas e levava as mãos ao peito.

"Agatì, minha *beddruzza*, você não precisa ficar assustada com uma história. É uma história de verdade, mas agora já passou, e você sabe que o Pai Eterno não manda provas a qualquer um. Ágata podia suportar qualquer coisa, senão que santa ia ser? A você que é *picciridda* nada de grave pode acontecer, pois já não basta seu pai e sua mãe tornarem sua vida difícil? Vá, pegue as cerejinhas que agora vamos decorar as cassatinhas."

Com as mãos sobre minhas *minnuzze*, que ainda não tinham despontado, eu descia do meu banco, abria com dificuldade as portas do aparador, procurava, em meio a prateleiras cheias de tacinhas soltas, caixinhas de metal, restos de barbante, pacotes de macarrão, e achava o pote de cerejas cristalizadas, pegava com cuidado e voltava correndo para escutar o final da história.

Enfeitar era uma etapa particularmente delicada e eu sentia toda a solenidade daquele momento. As cassatinhas deveriam ficar semelhantes a seios de verdade, senão corriam o risco de não agradar à santa que, do jeito que era suscetível, poderia retirar sua proteção. Minha avó punha os óculos, abria as persianas para deixar entrar mais luz, colocava uma cerejinha, se afastava um pouco da mesa e verificava se estava bem no meio; depois se reaproximava e colocava outra, e assim até terminar de enfeitar todos aqueles doces magníficos. Ao mesmo tempo, sem interromper o trabalho, continuava a contar.

"Quando o governador terminou de falar, caiu sobre o salão um silêncio tremendo. Podia-se ouvir a tempestade furiosa que ele tinha no peito, o arfar temeroso no coração das pessoas, as ideias em ebulição nas cabeças dos algozes. Bastou um segundo, e as duas *minnuzze* brancas, pequenas, redondas, acabaram, junto com uma tenaz preta, sobre uma bandeja de prata. A Santuzza caiu por terra desmaiada de dor, e um grito escapou da boca dos presentes. Dois soldados, mesmo contrariados com aqueles dois buracos negros e ensanguentados no peito de Ágata, tiveram que cumprir as ordens e, evitando olhá-la, a arrastaram pelos braços e, junto com suas *minne*, a trancaram numa cela, jogada fora feito um saco de lixo."

A história era tão rica de detalhes que eu a vivia na própria pele. A dor da Santuzza era a minha, e eu a sentia nos braços, no peito, na cabeça, enquanto as lágrimas escorriam. Minha avó me enxugava os olhos com a ponta de um pano de prato: "Agatina, não fique assustada que agora vem a parte bonita. A Santuzza, estatelada no chão, inconsciente, chorava e tremia toda. A cela era escura, fria, ao longe o Etna rumorejava. Mais morta que viva, sentia um frio que subia pelas pernas e se protegia recolhendo-as junto ao peito, como uma criança na barriga da mãe; rezava à Madona, implorava a Deus para que a fizesse morrer, chamava pela mãe, vez por outra delirava.

"Quando uma onda de calor aqueceu seu corpo, a *picciotta* pensou aliviada que finalmente tinha chegado sua hora. 'Ágata, Ágata!', uma voz longínqua a chamava com insistência. Do nada, apareceu um velho, acompanhado de um *picciriddu* que iluminava com uma lanterna. Era ninguém menos que são Pedro. A Santuzza o reconheceu imediatamente, talvez pela longa barba branca, pelo ar celestial ou pela força do olhar. Tentou levantar, mas as pernas não obedeceram. O velho levantou a mão, benzeu-a e as *minne* voltaram ao seu lugar, coladas, firmes e belas. Beijou-a na testa e partiu deixando-a completamente curada.

"Na manhã seguinte o governador esperava que lhe trouxessem o corpo da pequena virgem morta e disposta sobre um cadafalso. Você pode imaginar a cara dele quando, ao chegar à sala de audiências, encontrou-a saudável como um peixe e determinada a lhe dizer não outra vez. Começou a gritar, a jogar pro ar tudo o que via pela frente, insultou o carrasco e seu ajudante; depois, com uma expressão de louco, agarrou a pequena virgem e, murmurando frases sem sentido, jogou-a nos carvões ardentes: se quer benfeito faça você mesmo. Uma fumaça negra, densa, e um grande fedor de carne queimada encheram a sala, enquanto as pessoas tossiam e gritavam de horror. De repente um estrondo surdo, forte e tenebroso cobriu os gritos dos presentes. O Etna cuspiu lava fervente, e o tremor de um terremoto sacudiu o palácio. As colunas de mármore desabaram, o teto desmoronou sepultando sob um acúmulo de pedras os infames conselheiros de Quinziano e o seu carrasco. Nosso Senhor, definitivamente, ficou de saco cheio. Agatina, essa é uma daquelas coisas que você não deve repetir nunca, jure!"

"Eu juro, vovó", eu dizia com a mão direita no peito.

"O governador, que como todos os prepotentes tinha medo da própria sombra, ao perceber a situação, agarrou a *picciuttedda* retirando-a do fogo com suas próprias mãos. Tarde demais, já estava morta."

O conto espalhava aroma de santidade e de ricota pelo ar. Sobre a mesa da cozinha tantos docinhos redondos, dispostos dois a dois, a cereja vermelha no centro imitando o provocante mamilo. A fé e a devoção da minha avó ficavam depositadas naquelas cassatinhas, o irrenunciável ritual da tradição da família Badalamenti.

Antes de ir embora eu contava e recontava as tacinhas: uma, duas, três, dez, vinte, 32, eram sempre em número par, duas para cada uma de nossas parentas que, graças a elas, poderiam desfrutar da proteção de santa Ágata durante o ano todo.

LU CUNTU
(A história)

I

"Ágata, tem gente, vem me ajudar."

"Já vooou."

A jovem larga a caneta, dá a volta de trás do balcão e com um doce sorriso começa a servir os clientes.

Ágata, que muitos anos depois iria se tornar minha avó, trabalhava na padaria da sua família depois da escola. O pai, meu bisavô Gaetano, era um homem bom que aceitara todas as desgraças de sua vida com resignada fé cristã. A índole branda e o caráter tranquilo faziam dele um sujeito bastante diferente de seus conterrâneos *malpassotti*, como eram chamados os habitantes de Malupassu, famosos pela crueldade e violência. A vila, hoje conhecida como Belpasso, era um pequeno centro na encosta do Etna.

Gaetano fez seu o mote MELIOR DE CINERE SURGO, escrito sob o brasão de sua cidade. O sentido literal não era claro para ele, mas certa vez lhe deram uma explicação que interpretou a seu modo, que, aliás, é o único modo que temos para entender as coisas. Em conclusão, Gaetano convenceu-se de que a fênix árabe era ele próprio e de que ressurgiria de suas próprias cinzas todas as vezes: por isso jamais consumia sua alma diante das dificuldades. Pacífico e tranquilo, sofria, porém, com as mudanças do tempo. Certos dias, levantava da cama com os braços e as mãos formigando e, quando menos esperava, enrijecia, os olhos viravam para trás, caía por terra e um fio de baba escorria de sua boca. Dali a pouco acordava como que de um sono profundo, ligeiramente atordoado, mas sereno, como se voltasse do paraíso.

Sua mãe, boa alma, dizia que era culpa das *maccalubbe*, pequenos vulcões de água, lama e gás que irrompiam periodicamente pelos campos ao redor da vila, provocando grande estrago. Toda vez que *o sangue dos sarracenos* vertia dos vulcões, Gaetano sofria um ataque epilético, e as casas caíam por conta dos abalos sísmicos que infalivelmente se seguiam às erupções. E, de fato, sempre que estava longe da terra vermelha e arenosa das nascentes termais dos capuchinhos no antigo mosteiro de San Nicolò l'Arena, zona de vulcões, jamais acontecia de Gaetano cair pelo chão de repente e tremer como se estivesse possuído pelo demônio. Toda vez que o via tremelicando, sua mãe fazia o sinal da cruz e acendia uma vela à santa Ágata, preocupada que a casa caísse em cima dele.

O médico diagnosticara que ele era meteoropático, mas as pessoas do lugar diziam que era mágico, que tinha poderes; assim, quando precisavam tomar decisões importantes, vinham a ele para consultá-lo, trazendo um pouco de fruta e alguns ovos em troca das previsões. Aos familiares de Gaetano, todos mortos de fome e miseráveis havia gerações, parecia mentira encontrar algo para comer, e por isso deram um jeito de alimentar o burburinho a respeito do rapaz, criando uma aura de mistério à sua volta.

A mãe controlava o tráfego dos peregrinos, fixava o horário das consultas ao oráculo, estabelecera inclusive um tarifário. Com os ovos, a farinha, o açúcar que as pessoas traziam ao garoto, não só melhorava o almoço de toda a família, mas as mulheres ainda conseguiam preparar doces, pães, pizzas, *mostazzoli** de Natal, torrõezinhos, cassatinhas, raviólis de ricota, biscoitos de amêndoas que depois vendiam no mercado. Quando conseguiram um pouco de dinheiro, mudaram de bairro e abriram uma padaria de verdade.

Depois que Gaetano cresceu, passou tudo, os fenômenos mágicos desapareceram, e ele se adaptou tão bem ao trabalho de padeiro que logo ficou muito conhecido: o seu pão era o melhor de toda a província.

Sua mulher, Luísa, minha bisavó, moça graciosa e batalhadora que vinha de uma família de trabalhadores das minas de enxofre, pobres mas progressistas, ele havia conhecido pela rua durante as greves dos *Fasci*** dos trabalhadores sicilianos. Luísa entrara no movimento dos *Fasci* com todo o fervor. Um dia em que se encontrava em Catânia para negócios, Gaetano estava descendo pela via Etnea quando se viu atordoado no meio de uma multidão que gritava, corria, erguia bastões; parecia um jumento em meio a uma barulhada de guizos. Com a chegada da polícia as pessoas começaram a fugir, mas ele ficou parado num cruzamento, paralisado; o velho tremor nas pernas, passando pela barriga, su-

---

* *Mostazzoli* são biscoitos, docinhos comuns a todas as regiões da Itália meridional, feitos de farinha, mel, mosto cozido, uva-passa, figos secos e amêndoas trituradas. (N. da T.)

** *Fasci siciliani*: organizações proletárias surgidas na Sicília no final do século XIX, para lutar contra o latifúndio. (N. da T.)

bia pelos braços. Ficou preparado para cair estatelado no chão como na época dos vulcões *maccalubbe*.

Luísa encontrou-o pela frente de repente, espichado, imóvel feito um bacalhau seco. Percebeu na hora que o *picciotto* tinha algum problema, alguma coisa que não o deixava sair do lugar em que estava. Ligeira, agarrou-o pelo casaco e o arrastou consigo, antes que o rapaz fosse pisoteado feito uva.

Gaetano amou-a imediatamente: brando e calmo com os homens, era fogoso e arrebatado com as mulheres. Ela, de início, não quis saber dele, parecia muito atrasado, com todas aquelas manias de que mulher é mulher, homem é homem, família é família, a mulher deve ficar em casa cuidando dos filhos; estava muito distante das ideias de Luísa, que gostava de dizer com orgulho: "Eu sou socialista!"

Porém, quando Giacomo, o irmão mais novo de Luísa, foi assassinado no massacre dos *Fasci* em Caltavuturo, quando Beppe Giuffrida foi condenado a uma dura vida de prisão, quando o presidente do Conselho, Crispi, começou a atacar cegamente os trabalhadores dos *Fasci*, ela caiu num desânimo: *"Malirrita isola, terra ingrata che ci condanna a essiri schiavi e tutta la vita prosecuti!"** Luísa repensou e decidiu se casar com o *malpassotto*, mais conhecido como "o Meteorologista".

Foi ela mesma quem tomou a iniciativa, porque Gaetano a essa altura já havia perdido qualquer esperança de conquistá-la. Durante um passeio beijou-o na boca, com sua língua forçou seus dentes, e ele, pego de surpresa, em vez de ceder, cerrou mais ainda. Ela então abriu a blusa para mostrar a ele seus seios grandes, macios, e disse: "Agora que você me desonrou, tem que casar comigo." Não precisou falar duas vezes.

A cerimônia aconteceu um mês depois, em Catânia, na igreja de santa Ágata; a festa para os esposos foi com grão-de-bico e vinho. Luísa também aprendeu a fazer o pão e se adaptou a uma vida desprovida de paixão política, mas plena de satisfações de outra natureza.

---

* "Maldita ilha, terra ingrata que nos condena a ser escravos e sempre perseguidos!" (N. da T.)

II

Gaetano começava a trabalhar quando todos ainda dormiam bem aquecidos. Era noite alta quando montava a massa do pão, preparava *focacce*, punha os biscoitos no forno. Porém as *minne* de santa Ágata, os tradicionais doces votivos, era sua mulher quem fazia, porque ele não podia olhar aquelas tortinhas brancas e tremulantes, dizia que o tiravam do sério.

Por isso, todo dia 5 de fevereiro minha bisavó abria os olhos ainda cheios de sono e se vestia bem ligeira no escuro. Saía da cama de má vontade, pois a casa não tinha aquecimento. Toda arrepiada, descia ao andar de baixo, atravessava a porta da loja, apertando nos braços sua menina adormecida. Ágata, minha avó, era naquela época uma *truscitedda* cor-de-rosa que continuava tranquilamente seu sono perto da boca do forno, o lugar mais quente da casa.

"Bom dia, Tano", Luísa atirava os braços ao pescoço do marido, oferecia a boca para beijar e juntava seu corpo macio ao dele. Gaetano era daqueles que se entusiasmavam facilmente, e sem perder tempo colocava as mãos em suas *minne*, imediatamente disposto a fazer amor. Ela o afastava com dificuldade e, com um olhar malicioso de cima a baixo, sem jamais deixar de acariciá-lo, o repreendia: "Ixe, deixe disso, que já está tarde! *Nzà ma'* se eu não termino as cassatinhas, quem é que vai ficar diante da Santuzza? Imagine se ela leva a mal? Pode secar meu leite!" A menina chegara após alguns anos do casamento, quando Luísa já não acreditava mais que poderia ser mãe. Por isso era especialmente cuidadosa com a Santuzza, porque a criança era uma graça recebida: não à toa lhe dera o nome de Ágata. Tano nunca perdia a vontade de estar com ela e sentia até ciúme de sua filha, que tinha livre acesso às *minne* de Luísa a qualquer momento, mas, diante da santa, depunha as armas, e, inconformado, obedecia à mulher. No fundo, ele também temia aquele sentimento entre o ressentido e o despeitado, que não pertence apenas aos sicilianos, mas também a seus santos. Por isso virava as costas, fingindo-se ofendido, enxugava o suor da testa e rachava a lenha furiosamente para acalmar sua agitação.

Luísa, satisfeita com o poder que exercia sobre o marido, arrumava na cabeça o gorrinho que prendia seus longos cabelos negros, amarrava o avental branco engomado e, ajeitando a filhota de poucos meses num caixote de madeira, fechava-se nos fundos da padaria. A menina dormia ignorando aqueles duelos amorosos que só raramente ficavam um pouco mais rumorosos e chegavam a atrapalhar seu sono. Naquelas ocasiões emitia um pequeno gemido; então a mãe prontamente a colocava junto à *minna* e cantava docemente para ela:

Dormi figghiuzza cu' l'ancili tò,
dormi figghiuzza e fa' la vò vò.
Oh, oh, oh, dormi figghiuzza e fa' la vò vò.

Dorme filhinha com os seus anjinhos
Dorme filhinha e faz naná
Oh, dorme filhinha e faz naná

III

Luísa era quase feliz, somente aquele irmão, morto jovem, lhe pesava na consciência, como se tivesse sido culpa sua. Para dizer a verdade, não tinha certeza se fora seu irmão a arrastá-la para a revolta de Caltavuturo ou se ela, primogênita de uma família dotada de consciência política, com a autoridade que exercia sobre a família que reconhecia sua inteligência e seu senso prático, teria influenciado as decisões dele, mais novo, e por isso facilmente sugestionável. Quando Gaetano estava trabalhando no forno, ela deixava escaparem algumas lágrimas, que enxugava rapidamente assim que ouvia os passos do marido pela escada, pois estava convencida de que para os homens "uma mulher choramingas enche o saco".

A paixão política fora substituída pelo amor a Gaetano, que, embora semianalfabeto, demonstrava na arte erótica a perícia de um cirurgião. Ele conhecia por instinto o corpo feminino, em cada um de seus recessos, em cada uma de suas dobras. Desde a noite de núpcias Gaetano jamais tivera a menor hesitação e imediatamente dera prova de suas competências. Foi embaraçoso para Luísa sentir-se explorada em cada fissura pelas suas mãos, brancas de farinha também naquelas ocasiões. Aqueles dedos ágeis a tocavam arduamente por diversas horas, naquele único aposento, compartilhado com seus pais. Dinheiro os dois jovens esposos não tinham, por isso se acomodaram na casa dela, num espaço que lhes fora reservado à espera de tempos melhores. Uma cortina de tecido pesado garantia aquele mínimo de privacidade necessária aos casais, especialmente se jovens e recém-casados.

Gaetano, que absolutamente não se inibia diante da contiguidade com os sogros, e, sobretudo, decidido a satisfazer algum atraso, depois das mãos começou a usar também a boca; ela havia permitido, suspirando, sussurrando, e, quando os sons que lhe escapavam sem querer atingiam a camada mais superficial de sua consciência e depois os ouvidos, abrasava-se ainda mais, com medo de que seus pais pudessem ouvir e julgar. É claro que poderia afastá-lo, mas ficava de braços e pernas moles, sentia-se completamente líquida e, em vez de empurrá-lo, esparramava-se em cima dele, parecia um caldo de favas. Gaetano era apaixonado e sensível e, com o passar dos dias, sua técnica se afinava e o corpo de Luísa respondia às suas carícias com contentamento cada vez maior.

Quando, depois de um ano, tiveram uma casa só para eles, comemoraram o acontecimento se amando durante uma noite e um dia inteiros. Ele não se cansava nunca, e ela se sentia profundamente gratificada com a atração do marido. Pela primeira vez sentia que alguém lhe pertencia completamente. Bastava uma olhada seguida de uma piscada para que Gaetano interrompesse o que quer que estivesse fazendo e se dedicasse devotamente à mulher, que jamais deixava de deleitá-lo com um gritinho ao final.

Gaetano adormecia sobre as *minne* grandes e brancas de Luísa, e, quando estava acordado, as acariciava com a delicadeza e a ternura que aqueles dois monumentos requeriam. Se por acaso, desnorteado pela paixão amorosa ou ocupado em experimentar novos caminhos, ele se concentrava em outras zonas do corpo, ela agarrava sua cabeça e o trazia para si, até que ele começasse a lhe sugar as *minne* com a voracidade de um recém-nascido.

Luísa protegia os seios como um tesouro precioso, reservando a eles cuidados e atenções sem fim. Lavava-os meticulosamente, massageava-os com óleo de amêndoas doces, olhava-os no espelho por horas, feliz pela beleza que irradiavam ao seu redor quando liberados da rígida couraça que eram os sutiãs da época. Algumas vezes, de tanto massagear, tocar, admirar, lhe escapava um orgasmo solitário que a deixava corada, sentindo-se culpada em relação ao marido, excluído daquele prazer.

O nascimento da filha Ágata fora para ela a cerejinha em cima do bolo, e o período de aleitamento foi particularmente feliz, porque a boquinha da *picciridda* sugava suas *minne* com tal delicadeza que provocava um prazer continuado. Naquele período Luísa tinha estampada no rosto uma expressão de satisfação difícil de encontrar nas mulheres de Belpasso.

IV

A devoção de Luísa à santa Ágata nasceu na noite em que Gaetano desabotoou sua blusa e começou a atormentar seus seios pela primeira vez. O prazer foi tão intenso que beirou o êxtase. A sensação de bem-estar que se seguiu pareceu a ela obra de Deus, por meio da Santuzza, que protege os seios das mulheres. Por isso Luísa se consagrara à santa Ágata e sempre pedia sua proteção para que conservasse suas *minne* íntegras e belas por toda a vida. O marido, que só de pensar naqueles seios generosos já se sentia presenteado com ereções fora do comum, compartilhava o sentimento religioso da mulher.

Como agradecimento, Luísa começou a fazer os doces da Santuzza na padaria do marido. Em pouco tempo a fama daquelas delícias se espalhou por toda a província catanesa, e as pessoas das localidades vizinhas — Riposto, Zafferana Etnea, Nicósia — todo dia 5 de fevereiro dirigiam-se ao *malpassotto* para comprar as melhores *minne* de santa Ágata de toda a Sicília oriental.

Luísa empastava velozmente a farinha com seus dedos untados, peneirava a ricota, misturava o creme, preparava cassatinhas pequenas, redondas, perfumadas. Enquanto assavam, espalhava-se pelo ar um perfume de baunilha que fazia cócegas no nariz de Gaetano, ele ficava excitado de novo e tentava outra aproximação com a mulher, que porém o punha no seu lugar. Depois de desenfornadas, as cassatinhas eram cobertas de glacê branco e por fim enfeitadas com uma cerejinha vermelha.

Satisfeita a santa, com a consciência tranquila de quem cumpriu com seu dever, Luísa acenava voltar para casa com as mãos grudentas, um ou outro fio de cabelo sobre os olhos que afastava soprando para o alto com a boca, o rosto avermelhado de cansaço e os olhos baixos; mas um olhar furtivo era suficiente para provocar o marido, que encontrava qualquer desculpa para pegar fogo, botar as mãos nela e fazer amor sem muita cerimônia, assim, como melhor calhasse para eles.

Ela gostava demais dessa passionalidade, mas ficava um pouco envergonhada ao vê-lo insistindo quando estavam na padaria, e, além disso, a preocupação de que um cliente, entrando no negócio de repente, pudesse surpreendê-los um em cima do outro, ele com as calças arriadas e a respiração ofegante, ela inclinada e submissa, impedia que pudesse dar livre vazão aos seus instintos. Mas, apesar da vergonha, acabava sempre saciando o marido antes de subir para casa. "Melhor sem-vergonha que cornuda", dizia justificando para si mesma tamanho descaramento.

V

No mês de maio de não sei que ano, numa manhã em que rezava a novena à Madona, Luísa, tocando a *minna* esquerda, na altura do coração, sentiu que havia algo errado. A pele em volta do mamilo estava dura e enrugada. Olhou-se no espelho. "Mas que novidade é essa?", murmurou entre os lábios. Na aréola havia despontado um caroço de amendoim, redondo, fibroso, cor vermelho-escura, parecendo um segundo mamilo. "Tomara que Gaetano não perceba", pensou, alarmada, "pode ficar com nojo de mim e parar de fazer amor".

Uma semana depois o nodulozinho continuava ali e não queria ir embora. Luísa se contorcia em meio aos lençóis para o seu marido não perceber. Desabotoava a camisola sempre do lado são, era rápida a lhe oferecer a *minna* boa, tinha inclusive mudado de lado na cama, assim Gaetano tinha sempre à mão a *minna* certa. Depois, o caroço de amendoim virou uma avelã, e após alguns meses, uma noz. Luísa foi até a parteira do lugar.

"*Zà Marì*, tem que me dar algum remédio pra *minna*."

"Mas o que, você ainda amamenta? A *picciridda* já não está muito grande?"

"Não, *zà* Marì, é que eu achei uma coisa que não tinha antes."

"Puxa, como você é melindrosa! E quanto tempo fica olhando essas *minne*?"

"*Zà* Marì, *vossia* deixe de *babbìo*. Acho de verdade que ela cresceu, e Gaetano preza demais as minhas *minne*. Mas ele não deve saber de nada, que se ficar com nojo é capaz de procurar as putas."

"Mas você está apavorada!"

"Não, *zà* Marì, não estou com medo por causa das *minne*, é que Gaetano tem um jeito de tocar nelas que me deixa de perna bamba, depois me sobe todo um calor por trás e no fim me deixa contente e satisfeita. Por isso, se *vossia* não se importa, eu gostaria de conservá-las boas por algum tempo ainda."

"Mas, ora vejam, a mulher do *malpassotto* gosta de que lhe toquem as *minne*."

"*Zà* Marì, *vossia* faça o seu trabalho de parteira de boca fechada, pois neste caso *una parola è picca e due sono assai*.* Não tem nada pra me curar as *minne?*"

"Mas o que é isso? Ficou ofendida? Está bem, deixa pra lá. Coma uma colher de sementes de linho pela manhã e uma de noite. Depois, na lua cheia, bata no pilão óleo, canela, flor de açafrão, folhas de menta e uma pimenta dedo-de-moça. Coloque sobre a *minna* doente e na boa também, reze uma Ave-Maria pra santa Ágata, em um mês vai ter uma *minna* nova e o seu marido vai te satisfazer."

Entre as sementes de linho para engolir e o unguento para aplicar, Luísa teve um trabalhão para esconder de Gaetano, que, devido àquelas esquisitices, ficou receoso e desconfiado.

"Vai ver que, por conta de amamentar, aquela filha da puta sentiu tanto prazer que não quer mais saber de mim!", vivia repetindo o *malpassotto*; por isso, ofendido no seu orgulho de macho, quase pegou antipatia pela pequena Ágata, que desde o nascimento ele considerou uma espécie de rival no amor.

Depois de seis meses com aquelas manobras e aqueles subterfúgios, a pele da *minna* de Luísa arrebentou, uma gota de sangue começou a sair de vez em quando, depois duas gotas, depois foi um gotejamento contínuo. As camisetas estavam sempre manchadas, mesmo quando ela colocava uma faixa bem apertada em volta do peito. No dia 5 de fevereiro teve que jogar fora os doces que havia preparado para a festa de santa Ágata. As cassatinhas ficaram feias, baixas, deformadas; o glacê, em vez de branco imaculado, ficou amarelado como urina e ia desmanchando em pedacinhos que caíam no prato e ficavam ali grudados. As cerejinhas pendiam, vesgas, para os lados. Os moradores ficaram de boca seca, e para o *malpassotto* aquilo foi sinal de mau agouro.

Minha bisavó redobrou as rezas e colocou no meio também santa Lúcia e santa Cristina. Acendeu velas, desfiou um rosário por noite, inclusive a oração de santa Rita, a santa das causas impossíveis. Em junho, um ano depois do aparecimento do carocinho, começou o comichão, um prurido incontrolável por todo o corpo que tirou seu sono. "Deve ser por causa das favas", pensava Luísa, mas pelo sim, pelo não, coçava até se ferir, quando o marido dormia ou estava fora de casa.

Depois do verão começou a tossir, veio a febre. O pescoço, a axila e o braço do lado da *minna* doente incharam. Luísa não tinha mais energia para sair da cama. O padeiro era ignorante, mas desde pequeno tivera o dom da

---

* "Uma palavra é pouco, e duas são demais." (N. da T.)

premonição, as pessoas lhe pagavam por suas previsões, e agora já havia alguns meses sentia que a desgraça ameaçava sua família. Intuía que algo ruim pairava no ar, que a mulher escondia alguma coisa, mas o quê? Ela se recusava a responder a suas perguntas. Gaetano amava tanto as mulheres que dificilmente sentia alguma dificuldade para compreender seus segredos mais íntimos, mas sua mulher não lhe fazia nenhuma confidência.

Certa manhã, exasperado com aquele muro de silêncio, ameaçou deixá-la, dizendo que se sentia um estranho na própria casa, então Luísa, entre lágrimas, lhe mostrou o seio, e Gaetano entendeu. Tomou-a nos braços como a uma criança, acariciou-a, banhou-a com grande delicadeza, colocou nela o melhor vestido e disse que queria levá-la ao melhor médico da região, um tal de Durante Francesco di Letojanni.

Luísa, com as poucas forças que lhe restavam, achou motivo para briga:
"O quê? Durante? Nunca, prefiro morrer!"
"Por quê? O que é que tem? Não é bom?"
"É um monstro! É amigo íntimo de Francesco Crispi, aquele que fez as revoltas de Caltavuturo acabarem em sangue, mandou matar meu irmão Giacomo. Quer que ele me mate também?"
"Mas o que você está dizendo?", Gaetano procurava fazer com que refletisse. "Ele é o melhor *dutturi* da Sicília, se não do Continente!"
"E quem sabe *quanti piccioli ti fotte* ..."*
Mas dessa vez Gaetano não cedeu, as *minne* de sua mulher eram sagradas, e ele empenharia armação e grades da cama para curá-la, até o colchão se fosse preciso. Entraram no consultório chorando e saíram desesperados. O médico, com todo o sadismo de que muitas vezes são capazes os cirurgiões, falou claro, não poupou os dois pobrezinhos de qualquer detalhe e não lhes deu esperança. Luísa estava condenada, a doença não lhe daria chance, e dela sairia "... apenas com uma mão na frente e outra atrás. É preciso operar, cortar fora a *minna*, os músculos e talvez também o braço, envenenar, queimar... Mas não garanto nada".

Luísa e Gaetano voltaram para casa num desânimo profundo, começaram a rezar para a santa, fizeram votos, promessas.

Minha bisavó partiu no ano-novo, deixando na casa um fedor horrível de couve e brócolis que *zà* Maria havia recomendado comer de manhã, de tarde e de noite para combater a doença. Mulher e marido tinham obedecido porque

---

* "Quanto trocado te rouba." (N. da T.)

qualquer coisa era melhor que perder aquele precioso tesouro que os ligara numa relação profunda, sólida e indissolúvel.

Luísa perdeu a vida por causa de uma misteriosa doença que começara numa mama e, em pouco tempo, comera o resto do seu corpo, suas forças, a energia secreta da sua existência. Gaetano, desesperado, pensou em se afogar no mar, mas aprendeu a nadar quase imediatamente porque Ágata, a filha, precisava dele, de seu trabalho, para se tornar professora primária... E depois, *os mortos junto aos mortos; os vivos à taberna.*

VI

Meus bisavôs viveram na passagem entre dois séculos, o XIX e o XX, em Belpasso, uma pequena localidade da província de Catânia, cidade rica, cuja economia girava em torno do refinamento do enxofre.

    A rua principal era uma longa serpente que se desenrolava sinuosa entre galpões industriais e chaminés de tijolos vermelhos. A densa fumaça que tapava o sol com frequência era o sinal concreto da vivacidade da burguesia empreendedora da época, que gerava riqueza e brindava à esperança de uma vida melhor, o sonho da ascensão social. O enxofre refinado era armazenado por mercadores que aguardavam nas plataformas do porto o carregamento para partir. O tráfego das mercadorias aumentara excessivamente. Até os estrangeiros investiam na indústria local, e o Banco da Sicília abrira sua primeira filial.

    Gaetano era talvez o único homem da província que não participava do frenesi coletivo. Seu natural otimismo fora varrido pela perda de Luísa, a lembrança da mulher o atormentava, a solidão tornara-o amargo, a dor o corroía. A *picciridda*, enquanto isso, havia se tornado uma *picciotta* graciosa, de boa índole. Sua educação fora confiada a uma irmã do pai muito mais velha que ele, uma ácida *signorina* sem filhos. A tia tratava a sobrinha de modo lacônico, mas era tímida e dócil na presença do irmão, a quem era muito submissa. Da mãe, Ágata herdara certa serenidade de alma que conferia ao seu rosto uma expressão doce, angelical. Enquanto Gaetano amaldiçoava o destino e sofria com a condição de homem desacompanhado, a filha não se sentia particularmente desafortunada, considerava-se apenas órfã de mãe. Foi seu modo pragmático de lidar com a vida que ajudou Ágata nas dificuldades que o destino não deixaria que lhe faltassem.

    Os cataneses prosperavam, Gaetano sofria, Ágata crescia, mas *bon tempo e malo tempo non dura tutto il tempo*,* de repente a vida tomou outro rumo; e,

---

* Bom tempo e mau tempo não duram todo o tempo. (N. da T.)

como sempre, a novidade vinha da América. A boa-nova foi um método mais simples e menos oneroso de extrair o enxofre, patenteado nos Estados Unidos por um certo senhor Frasch. A péssima notícia foi que a indústria catanesa foi rapidamente cortada do mercado internacional. Mais de quinhentos operários foram para o olho da rua de um dia para o outro.

Além disso, a guerra fez desabar o tráfego portuário. O sonho siciliano de crescimento social e de progresso econômico estava arruinado. A vida tornou-se de repente austera. Os homens foram chamados à frente de batalha. Gaetano, viúvo e com a responsabilidade de uma filha, conseguiu evitar a convocação, mas muitos sicilianos desertaram e viraram fugitivos, vivendo de rapinas e furtos.

A Sicília entrou num de seus recorrentes períodos de escuridão. A vida humana não tinha valor, e o reconhecimento dos direitos dos cidadãos, não garantidos pelas instituições, só ocorria graças à intervenção dos poderosos de plantão. Gaetano destinou uma parte do pão que produzia a quem não tinha, de modo a se sentir em paz consigo mesmo, enquanto a outra parte acabava diariamente na mesa do chefe da máfia ao qual poderia se dirigir em momento de necessidade. Desse modo, o padeiro conseguiu gozar de benefícios e privilégios negados a outros. Seu forno foi um dos poucos que permaneceram ativos em toda a província, e ele trabalhou freneticamente, desviando maus pensamentos e *camurrie**.

Com o fim da guerra, a situação piorou. As promessas do governo, sobretudo com relação à terra, não foram mantidas. Os jovens que voltaram da frente de batalha, desiludidos em suas expectativas, entregaram-se ao banditismo para satisfazer suas necessidades essenciais. Em defesa de seus bens, os proprietários de terra começaram a se dirigir aos mafiosos, que enriqueceram e reforçaram sua presença no território. Mas a situação econômica do padeiro continuou estável.

Ágata nesse meio-tempo tornara-se mulher. Seu físico tinha se modificado, o corpo frágil encheu-se em volta dos quadris com curvas redondas e atraentes, o pescoço, longo e alvo — entre o rosto oval e as costas delicadas — era parcialmente coberto por longos cabelos negros, o peito erguido sustentava seus seios altos e convidativos.

---

* *Camurrie*: pl. *camorria*, que pode significar aborrecimento ou camorra (máfia), associação secreta criminosa nascida em Nápoles nos séculos XVI e XVII e que se difundiu sobretudo no século XIX. (N. da T.)

A metamorfose acontecera de improviso, e Gaetano, preocupado que as *minne* da filha pudessem relembrar as da mulher, despertando assim a sua dor, evitava olhá-la, e na sua presença jamais tirava os olhos do chão. A moça sofria muito com esse comportamento do pai, convenceu-se de que ele não a amava e ligou-se à velha tia Filomena, único elemento feminino da casa que, mesmo limitada, numa ou noutra ocasião ajudara a mitigar a aspereza de uma família mutilada.

Além do bom temperamento, Ágata herdara da mãe a receita daquelas famosas *minne* que haviam perturbado seu pai a ponto de agora, depois da morte de Luísa, não querer nem mesmo sentir seu cheiro. Foi Ágata que, sem se dar por vencida, continuou a obra da mãe. A jovem tinha um caráter férreo, era silenciosa, uma verdadeira *mulher de valor*. Determinada, poucas cismas na cabeça, trabalhava no forno e não se lamentava; raramente se permitia alguns minutos de melancolia, geralmente à noite, quando, antes de ir para a cama, abandonava-se às recordações e deixava escapar de seu jovem coração toda a ternura que durante o dia reprimia. Rezar a confortava, e naquelas palavras murmuradas entre os lábios, Ágata encontrava equilíbrio e certezas.

VII

Domingo de manhã cedo, às seis, *vossia* vem à missa, espero na última fila, em frente à imagem de santa Lúcia, pois no altar de santa Ágata há sempre muita gente. Não aceito recusa.

Assinado
Sebastiano Badalamenti

O bilhetinho enrolado Ágata havia encontrado em meio às moedas para pagar meio quilo de pão moído. "Mas o que é que este atrevido quer?", pensou. "E quem sabe quantas mulheres importuna?" Aquele tom de comando a intrigara.

O rapaz a observava com olhos de fogo. Um mar tempestuoso agitava-se no seu corpo magro e nervoso, que parecia não demonstrar emoção. Apenas os cantos da boca, carnosa e sensual, vez por outra esticavam um pouco. Era esse o único sinal que diferenciava seu vulto granítico de uma estátua de sal.

"Parece experiente", pensava Ágata sem abaixar os olhos, "mas é inútil que se iluda, pois não vou lhe dar satisfação", e ao lhe devolver o troco colocou as moedas na mão dele, tocando sua palma com um dedo. A chegada do padeiro interrompeu aquela troca de olhares, e o rapaz apressou-se a sair da loja com uma reverência e uma respeitosa saudação: "*Voscenza* abençoe."

Apesar dessas considerações, a carta acertara o alvo, e, mesmo com sua determinação, Ágata ficou perturbada. Passou a noite acordada tentando escrever a resposta; rasgou várias folhas antes de encontrar as palavras certas para recusar aquele decidido convite. Não poderia ceder ao primeiro ataque, o que Sebastiano iria pensar dela? Recusar, mas sem ofender, era essa sua estratégia. Aquele rapaz assim tão voluntarioso na verdade lhe agradava muito, e ela queria deixar a porta aberta.

Como sempre, as dificuldades de fazer a corte situavam-se no difícil equilíbrio entre concessão e negação, que torna a amada ainda mais desejada e mais preciosa a relação. A intimidade traz falta de respeito; a soberba, solidão. Ágata buscava o modo apropriado de não dizer nem sim nem não. Ao amanhecer, as palavras vieram por si:

> Aos domingos vou sempre à missa das seis, mas me sento diante de santa Ágata e não posso mudar de lugar, trata-se de uma promessa feita sobre o túmulo de minha mãe, portanto creio que o senhor não irá se ofender se eu não puder aceitar seu convite diante de santa Lúcia; somente o bispo pode dissolver o meu voto, e não me parece ser o caso de incomodar Sua Excelência neste momento para contentar o primeiro que entra na padaria. E, se não lhe agradar o modo como preparamos o pão, faça a gentileza de dizer ao meu pai, ele saberá como contentá-lo.

A carta, escrita de um só golpe, permaneceu na gaveta durante alguns dias, até que Ágata se decidisse a entregar. Sebastiano todo dia vinha comprar o pão, observava o embrulho de papel marrom e ia embora desiludido. No quarto dia de espera, Ágata achou que era hora de dar uma resposta, se não quisesse passar por mal-educada. O bilhete, enrolado e perfumado, Sebastiano encontrou entre o papel oleado e dois bombons de anis.

O rapaz leu todas aquelas linhas pouco gentis de um fôlego só e não as tirou mais da cabeça. No dia seguinte voltou à padaria e, com uma expressão de "compadre Turiddu"* estampada no rosto, fez escorregar entre os dedos de Ágata outro de seus bilhetinhos:

> Gentilíssima Senhorita Ágata,
> contentíssimo em responder à sua carta, retardatária e tão desejada, mas eu fico feliz do mesmo jeito. Quero dizer, num primeiro momento, que a senhora é muito esperta, porém está lidando com uma pessoa que, de vez em quando, compreende as coisas a jato. Eu gosto demais do seu pão e terei motivos para falar com seu pai somente se a senhora se apresentar domingo à primeira missa.

O tom de quem não admite réplicas e não aceita recusas conquistou o coração de Ágata, que, como a maioria das mulheres, confundia prepotência

---

* Turiddu é personagem da *Cavalleria Rusticana*, ópera de Pietro Mascagni (1890). (N. da T.)

com vigor, agressividade com segurança. No domingo foi à primeira missa e sentou-se diante de santa Lúcia.

Assim começou a história de amor entre meus avós, com um bilhetinho por dia. Sebastiano colocava a carta no meio do dinheiro, ela dentro do saco de pão, junto com *mafaldine** quentes.

> Gentilíssima Senhorita Ágata,
> não precisa tomar informações, eu mesmo esclareço. Começo por lhe dizer, como a senhora sabe, que sou empregado da ferrovia, com 11 anos de serviço. Depois, a informo de que tenho alguma propriedade que me rende 400 liras ao mês. Pela presente, a informo também de que nasci a 13 de março de 1910. Gostaria de dizer-lhe ainda que tenho sérias intenções para com a senhora e espero que reciprocamente a senhora venha a ter comigo. Nestes dias fiz meu serviço na estação de Sant' Erasmo, talvez na próxima semana tenha que ir a Messina encontrar minha irmã que ali reside com seu marido, e tem também meu irmão que é soldado. Esperançoso por uma rápida resposta sua, enquanto me interessa ver assegurado pela senhora que a senhora me tem em conta da mesma forma que, de modo mais absoluto, a senhora conta para mim. Enviando-vos as mais sinceras e sentidas saudações e apertos de mão, assino,
>
> Sebastiano Badalamenti

A resposta não se fez esperar e chegou dentro de meio quilo de pão moído, farinha de grão duro, sésamo e cravo:

> Gentilíssimo Senhor Sebastiano,
> como o senhor sabe, sou professora primária, a sua carta muito me agradou, mas colho a ocasião para lhe dizer que as minhas intenções são tão sérias que, se o senhor desejar e não se ofender, posso inclusive ensiná-lo a escrever em italiano correto, porque daquilo que leio me parece que o senhor instrução não é que tenha muita. De todo modo, quando for o momento, será melhor falar primeiro com minha tia, porque minha mãe morreu e meu pai geralmente está um pouco nervoso. Na próxima semana podemos nos ver no relógio de Santa Lúcia depois da fornada do início da noite.

---

* *Mafaldine:* pãezinhos de forma arredondada, assados ao forno e feitos com farinha, fermento, sal, óleo de oliva e cobertos com gergelim. (N. da T.)

Entre cartas esperançosas, as de Sebastiano, e respostas evasivas, as de Ágata, a correspondência prosseguiu por alguns meses.

A tia Filomena intuíra que alguma coisa fervia na panela, repentinas mudanças de humor da sobrinha que havia sido sempre tão equilibrada, a expressão sonhadora de seu rosto, mas sobretudo o fato de não conseguir mais capturar seu olhar. Decidiu enfrentar diretamente:

"Ágata, fechou a porta da padaria?"

"Ah, *zà* Filomè, esqueci de novo!", um longo e profundo suspiro sublinhou suas desculpas.

"Agatì, o que você tem?"

"Nada, *zà* Filomena, é que, com este sol, ficar em casa é como estar na prisão." Ágata foi até a soleira da porta e começou a cantarolar: "*Si maritau Rosa, Saridda e Pippinedda, e io ca sugnu bedda mi vogghiu maritá...*"*

"*Uccello in gabbia o canta p'amuri o canta pi raggia!*** Você não está me contando alguma coisa, Ágata."

"*Zà* Filomena, *vossia* pode guardar um segredo?"

"Depende."

"*Zà* Filomena, *vossia* tem que me ajudar."

"*Macari chistu!* Eu sabia que tinha novidade."

"*Zà* Filomena..." Ágata respirou fundo e falou num fôlego só: "Eu quero noivar com Sebastiano Badalamenti, e *vossia* tem que falar com meu pai."

"*Bedda matre!* E quem tem coragem de contar pro Gaetano?"

"*Vossia.*"

Tia Filomena quase teve um enfarto. "Aquele ali tem um ciúme tão grande da filha...", pensava, mas Ágata precisava de ajuda, e ela não iria faltar com suas obrigações de vice-mãe.

"Ágata, diga ao seu namorado pra me escrever uma carta explicando suas intenções."

"Obrigada, *zà* Filomena, *'u Signuru vu paga e 'a Madonna v'accompagna!*"***

Gentilíssima Senhorita,
Com a presente, faço-vos compreender o que *vossia* não entendeu. Se não há nada em contrário, peço-vos a mão, e se não vos desagradar, e sem que ficais muda, fazei a cortesia de me responder. Em seguida à vossa decisão

---

* "Rosa, Saridda e Pippinedda se casaram, e eu que sou bela quero me casar." (N. da T.)
** "Passarinho na gaiola ou canta por amor ou canta de raiva." (N. da T.)
*** "O Senhor vos pague, e a Madona vos acompanhe!" (N. da T.)

procederei à declaração de intenções. Se *vossia* estais curiosa para conhecer minhas condições, escrevei-me, que procurarei me esforçar para vos informar detalhadamente. Espero resposta, vos envio saudações infinitas e assino
Sebastiano Badalementi

A carta, entre concordâncias temerárias, verbos mal conjugados, pronomes impróprios, apresentava todas as características de uma intimação, portanto a velha *signorina*, impressionada com o tom determinado, apressou-se a responder ao fogoso apaixonado pela sobrinha; como seu estilo era comedido, e o da família, prudente, convocou-o à igreja, para a primeira missa. Olhando-o fixamente nos olhos, sem mover um só músculo da face, sibilou: "Fale com meu irmão", o que significava: "A nossa família não é contrária."

"Como *vossia* ordena", respondeu o rapaz, lacônico, mas satisfeito.

Seguiram-se trepidantes dias de espera por Sebastiano, que para *a declaração*, como chamava, dependia de seu pai, o qual no meio-tempo, justamente quando dele mais precisava, fora internado no hospital; para Ágata foram momentos de angústia, temia a reação do pai. Gaetano, de fato, apesar do temperamento calmo, tinha ciúmes da filha, que, crescendo, estava cada vez mais parecida com a mãe, única mulher que adorara. Ágata sentia-se particularmente só e insegura, sem um guia adequado em momento tão delicado.

Mas, como se sabe, *casamentos e bispados pelo Céu são destinados.*

VIII

O pedido de casamento ainda hoje é um acontecimento desestabilizador para as famílias sicilianas. O poder masculino, baseado no controle sobre a vida e o corpo das mulheres, é colocado à dura prova durante o noivado, que é, desde as preliminares até a cerimônia final, uma verdadeira transferência de propriedade. Muitas são as variáveis das quais depende a felicidade dos esposos; primeira de todas, o dote da mulher, que constituirá o capital inicial da família.

Pigghia a una ca fa cent'unzi e no ca ti li porta, case com uma que saiba fazer dinheiro e não com uma que o traz de dote, é um dos tantos modos de enfrentar a questão segundo a sabedoria popular.

Nem Ágata nem Sebastiano possuíam bens, portanto a questão patrimonial estava fora de discussão. A grande complicação era o ciúme absurdo de meu bisavô, que, como bom siciliano, não podia suportar a ideia de que um estranho tocasse sua propriedade. Além disso, o temor de que uma defloração prematura pudesse transformar o prelúdio em mercadoria avariada influenciava de modo determinante o comportamento dos pais de então, que impunham proibições e restrições; do mesmo modo, o temor das filhas, que assumiam comportamentos cautelosos e hostis com relação a seus pretendentes.

Ágata realmente não sabia como se portar. Amava Sebastiano, tinha por ele um doce sentimento que tomava seu coração, sua cabeça e por vezes também o ventre. Gostaria de acariciá-lo, deixar-se beijar, apertá-lo contra o corpo, que intuía ser forte e musculoso, mas temia a reação do pai se a surpreendesse, o julgamento de seus vizinhos e o de seu próprio noivo, que poderia achar que ela não fosse de bem.

A ausência da mãe jogava contra ela, e a tia Filomena, mesmo intuindo que não se pode mandar no coração, não tinha condições de aconselhá-la.

"Gaetano, o fato é que Ágata está crescendo..." A velha *signorina* tentava falar com o irmão sobre o iminente noivado e, para não tocar diretamente no assunto, começava de longe. Coberta com um xalezinho preto, do outro lado do balcão da padaria, procurava levar Gaetano a enfrentar a espinhosa questão do dote. Não era fácil trazê-lo a suas responsabilidades de pai, parecia surdo e se enfiava entre os sacos de farinha como uma enguia diante de um caldeirão de água fervendo.

"É verdade", Gaetano nem mesmo erguera os olhos da peneira de farinha, "parece que ainda ontem era uma *truscitedda* cor-de-rosa entre as *minne* da Luísa...", e imediatamente a palavra *minne* fez a solteirona morrer de vergonha.

"Gaetano, não seja vulgar que a *picciotta* pode te ouvir."

Detrás da porta, Ágata, trêmula, ouvia a conversa, de vez em quando botava a cabeça pelo visor da porta e com os olhos implorava à tia que continuasse a falar.

"... É claro que os lençóis e a colcha nós temos que dar... na arca têm aqueles do enxoval da tua mulher que nunca foram usados... mas, e os colchões?"

"'*A figghia na fascia, 'a robba na cascia*", respondeu Gaetano, que era o mesmo que dizer: "O enxoval já estava preparado no baú quando Ágata ainda usava fralda, eu não dou mais nada", e encerrou a conversa. Pensando no casamento da filha, Gaetano era tomado por uma sensação de solidão desesperada que o tornava brusco e irascível.

As esposas conhecem bem as perturbações que agitam o sono de seus homens e sabem, no momento da intimidade, acalmá-los, modular seu humor, abrandar irracionalidades, aliviar os sofrimentos com um beijo, uma carícia, um "você lembra?". Entre um suspiro e outro arrancam promessas de calma e consentimento, enfim, fazem seu jogo, e redescobrem, justamente naquelas ocasiões, a poderosa arte da sedução. Somente uma mãe tem condições de administrar com perspicácia as tratativas pré-matrimoniais. E quem não a tem? Entrega-se à Madona, pede ajuda ao padre, recorre a escapulidas, colocando a família diante do fato consumado.

Pela primeira vez em sua vida, Ágata vivia com angústia a condição de órfã e percebia sua completa solidão. A mãe havia lhe deixado a receita das *minne* de santa Ágata, uma alma serena, um sentimento religioso autêntico e a certeza absoluta de que poderia resolver tudo sozinha; mas a situação era incerta, e ela se desgastava à procura do momento justo para trazer o pai a suas responsabilidades.

IX

Cara Ágata,
agradeço a senhora e a sua tia, que me autorizaram a falar com seu pai. Também lhe agradeço porque me avisa sobre o difícil temperamento de seu pai, mas diante de dois corações que amam a dificuldade chama-se facilidade. Informo que neste momento não me é possível falar com papai (o seu), porque papai (o meu) encontra-se em convalescença, esperarei que esteja bem, de modo que possa ir até os seus para tratar do matrimônio

Incrível, Sebastiano havia acertado o subjuntivo; as lições de italiano de Ágata tinham sido úteis.

... senão papai (o seu) poderá dizer "ele, estando com seu pai assim, que não pode vir, por que vem?". Mas, de todo modo, gostaria de me dar o luxo de honrar-me chamando-te por você. Obrigado pela proposta acolhida, receba as mais sinceras e sentidas saudações e apertos de mão
o teu Sebastiano que te sonha toda noite.

Lições úteis, mas não milagrosas.
Nisso passavam-se os dias, o noivado ainda não se oficializara, Sebastiano tornara-se mais ousado, e estava difícil para Ágata conseguir controlá-lo, tendo que contrariar seu próprio desejo. A cada encontro tinha que empenhar todas as suas forças para esfriar os ardores do *picciotto* que tentava dobrar sua virtude. A moça sabia muito bem que, uma vez desonrada, só lhe restaria ficar murchando dentro da loja do pai, e isso se ele, por bondade, permitisse. E realmente não sabia como se portar diante das investidas de Sebastiano.

A velha tia Filomena provavelmente iria morrer de vergonha só de ficar sabendo da existência de certas formas de intimidade; a mãe, no Céu, era surda aos seus pedidos; às amigas, se assim podia chamar suas ex-colegas de escola, certas coisas não podiam ser confidenciadas. Restava a sua madrinha de batismo, mas com ela não tinha intimidade, por isso Ágata consumia suas noites em orações, suspiros e ladainhas: "Responde-me quando clamo, ó Deus da minha justiça; na angústia me tens aliviado; tem misericórdia de mim e ouve a minha oração... Em paz me deito e logo pego no sono, porque, Senhor, só tu me fazes repousar seguro."

Também dessa vez Deus custava a responder, e, como sempre, Ágata teve que resolver sozinha. Escreveu então algumas linhas glaciais com o objetivo de conter o vigor de Sebastiano e salvaguardar a sua honra. A jogada não deu certo, porque o rapaz, convencido de que a noiva queria salientar a própria superioridade, se ofendeu:

> Depois se desculpa por ter escrito muito, mas por que te desculpas? A mim me agrada ler teu escrito, contentando-me inclusive quando me diz impropérios, coisa que a tua digna pessoa não sabe fazer. Se tens tempo e queres escrever, me dá muito prazer. Não me estendo para não me tornar aborrecedor, provavelmente, amanhã de manhã partirei, para onde não sei e não sei por quantos dias, se não me vê não se preocupe. Até logo.

Sebastiano não era daqueles que podem ser contrariados; depois, uma vez tomada uma posição, não era do tipo de voltar atrás, ou, como dizia, de "*rifardiarsela*".

> Saiba que o paneleiro quando faz as panelas coloca o cabo onde acha melhor e assim me pareceu que pretendia fazer você. Mas comigo não é o caso, porque eu também sou do mesmo ofício, toda vez que puder, colocarei a alça onde melhor me parecer, tendo a oportunidade, entenda-se.

Exatamente para dar a entender quem comandava.

Mas, ainda que profundamente ressentido e mantendo sua posição, o rapaz não interrompeu a correspondência e continuou enviando bilhetinhos com certa regularidade.

> Eu fui mal acostumado no passado; sou conhecido, as moças sabem da minha fama e até os pais me procuravam, mas eu jamais quis aceitar, enquanto agora me é difícil contigo e com a tua família... mas percebo que fiz mal de te falar sobre todos os mínimos suspiros que já dei.

Passada a raiva, Sebastiano procurou uma maneira de restabelecer a confiança com a namorada. A oportunidade aconteceu no dia da festa de Santa Ágata, quando a moça acrescentou no saquinho do pão uma das famosas *minne* que preparara de manhã cedo, com especial cuidado. Quando Sebastiano abocanhou o doce, sentiu na boca, além de um creme macio perfumado de canela, um minúsculo bilhetinho convidativo.

Sentiu o que está perdendo?

De noite, esperou Ágata no relógio de Santa Lúcia, e, em meio a desculpas, explicações, promessas, hesitações da parte dela, chantagens, ameaças, olhares turvos mas fogosos da parte dele, fizeram as pazes. Abraçaram-se bem apertado, Sebastiano excitado com o inesperado abrandamento de Ágata, ela desorientada e curiosa com aquele algo novo e desconhecido que com força pressionava o seu ventre através das roupas leves.

Uma coisa deveria ter ficado clara de imediato: a vida conjugal não seria um passeio. Sebastiano havia mostrado um caráter obscuro, irascível, áspero como a cômoda de madeira rústica onde se guardavam as roupas limpas. Apesar das dificuldades, do temperamento ruim do noivo e das imposições do pai, que não queria deixá-la ir embora, no Natal, os dois jovens tornaram-se finalmente marido e mulher. Livres para se amarem na casa da via Alloro, número 10, em frente à igreja da Gancia, no coração da cidade de Palermo, para onde o trabalho de ferroviário de Sebastiano os levara.

*Signuri, vi ringrazio che sugnu maritata, prima ero davanti alla porta, ora sugnu 'n mezzo alla strata!**

---

* "Senhor, agradeço por estar casada, antes ficava diante da porta, agora estou no meio da estrada!" (N. da T.)

X

Em Palermo, Ágata tornou-se terciária franciscana,* rezava continuamente, sua vida era toda uma oração; ao amanhecer, na missa, quando todos ainda dormiam; ao anoitecer, as vesperais antes que ficasse escuro, depois o rosário, e, nos intervalos, breves ladainhas murmuradas baixinho.

"Do nascer ao pôr do sol, seja louvado o nome do Senhor... bom e piedoso é o Senhor, suave na ira e grande no amor..." A serenidade de seu rosto encantava, a força que se desprendia de seu corpo reconfortava. A liturgia era fonte de consolo, dava a ela resistência diante das adversidades, nutria seu otimismo, mantinha sua confiança diante dos enfrentamentos da vida.

Após a morte da mãe, Ágata teve que cuidar sozinha de sua própria educação sentimental. O pai não voltara a se casar, a dor da perda de Luísa havia reprimido sua natureza passional; tia Filomena, que deveria ocupar o lugar de Luísa na vida da sobrinha, era virgem e com poucas esperanças de mudar de condição. Ágata teve que se arranjar entre textos sacros, vidas de santas, confissões aos padres; por isso sobre o assunto sabia pouco ou quase nada. No final, se convencera, pragmaticamente, de que "aquela coisa" a gente faz para ter filhos.

Sebastiano, por sua vez, era mais impetuoso que caloroso, porque obscuramente sentia que não compreendia as mulheres e, que talvez também não as amasse realmente, mas que eram algo que não se podia passar sem. Quando, logo depois das núpcias, submeteu a virtude da mulher, compreendeu estarrecido que as mulheres não eram coisa para ele, ao contrário, se pudesse escolher, preferiria viver com um amigo em lugar de Ágata. Mas não faltou com suas obrigações matrimoniais, *nzà ma'* poderiam dizer que era veado.

---

* Terciária: membro de uma ordem terceira, associação de leigos católicos, como a dos franciscanos. (N. da T.)

Consumou o casamento no trem de mudança de Catânia para Palermo. O vagão era velho e sem corredor central, com acesso direto à plataforma. Graças às suas habilidades de operário ferroviário especializado, Sebastiano conseguira o último compartimento, o mais reservado, e bloqueara o acesso por dentro. Exibindo sua virilidade, partiu para o ataque bem umas quatro vezes.

Ágata não conseguia acreditar no que via: tinha uma ideia dura sobre a vida, habituara-se a ir fundo nas coisas, sem superficialidade nem perda de tempo, mas não imaginava o quão despachado pudesse ser seu marido ao fazer "aquela coisa". Quase sem admitir a si mesma, havia imaginado carícias, beijos, doces palavras murmuradas entre os cabelos... Sebastiano pegou-a sobre o banco do trem, não teve nem vontade de despi-la e de olhar aquele seio magnífico que sua mulher herdara da mãe, e cuja função erótica ignorava completamente. Ágata não teve qualquer dificuldade especial, ficara apenas um pouco surpresa com o fato de que Nosso Senhor tivesse escolhido um modo tão complicado para fazer com que os esposos pudessem se tornar "uma só carne" e tivesse confinado naquele distante recesso de seu corpo o segredo da alegria, mas também da infelicidade do mundo.

O forte movimento ondulatório que o vagão do trem imprimia em seus corpos tornou mais fácil e menos cansativa a perda da virgindade, que a madrinha, na manhã do casamento, enquanto a ajudava a colocar o vestido branco, havia descrito como dor e humilhação infernais, culpa do pecado original que as mulheres carregam consigo. Ágata achou, inclusive, e apenas por alguns segundos, que havia sido tomada por um prazer fugaz, um ligeiro calor que de repente subiu ao seu rosto, passando pela barriga.

Foi a única vez, em toda a sua vida conjugal, que isso aconteceu junto ao marido. As *minne* macias, brancas, mal encobertas por uma camiseta fina de renda, permaneceram onde estavam, Sebastiano sequer experimentou tocá-las através da blusa. Ágata se convenceu de que serviriam apenas para amamentar. Não tinha certeza absoluta, mas considerou isso ao menos no que se referia ao relacionamento com o marido. O fato é que não entendia por que sentia bem ali os olhares dos homens, quando passeava por Belpasso com a tia.

Chegando a Palermo, e depois de experimentada e aprovada a vida a dois, as coisas não melhoraram; ao contrário, com o hábito Sebastiano ficou inclusive mais apressado: à noite, dentro da cama apenas erguia um pouco sua camisola longa; tornara-se tão rápido que Ágata às vezes quase não percebia, afastava as pernas e continuava a dormir.

Durante o dia Ágata mantinha o seio apertado em faixas de algodão, também para não provocar o ciúme de Sebastiano, que se enfurecia sob o menor pretexto. Com o passar do tempo, de tanto apertar e achatar, os seios caíram a ponto de formar um só volume com o ventre; apoiados na barriga grande e larga, tornaram-se a sustentação de todo o corpo.

Sebastiano não era mau, ao contrário, era ignorante e ciumento como o último dos Bourbons: qualquer motivo era o bastante para erguer a voz e as mãos, até a missa da manhã era causa de suspeitas e discussões. "Ágata, aonde é que você foi? Não te encontrei na cama, onde você estava?" Essa pergunta geralmente indicava o início de uma briga interminável, que inevitavelmente culminava com um par de tabefes.

Ágata não queria e não podia renunciar à sua vida religiosa, e assim continuava a ir à igreja com obstinação, negligenciando as reprimendas do marido. Com a cabeça coberta por uma mantilha de renda preta, a bolsa escura debaixo do braço, o infalível missal com a capinha de couro e as iniciais douradas estampadas na lombada, o rosário de coral vermelho nas mãos cobertas por luvas escuras e os olhos baixos, saía de casa seguida pelas blasfêmias do marido, que chegara a suspeitar de que tivesse algum caso com o velho pároco, diabético e completamente cego. Ela fazia de conta que não era nada e seguia seu caminho sem aceitar as provocações.

Mas certa vez Sebastiano exagerou, e minha avó teve que recorrer ao pai. Foi no início do casamento, no meio do inverno, quando ainda não tinham filhos para ela cuidar. Sebastiano perdeu a cabeça e a trancou no quarto. Ágata, mais preocupada com sua alma que com sua liberdade, conseguiu pedir ajuda aos parentes com a cumplicidade de uma vizinha. O pai chegou com seus quatro irmãos, encabeçados pela tia Filomena, que queria tomar satisfações. Indulgente como era, Gaetano não tinha a menor intenção de levantar as mãos, ao contrário, tinha absoluta certeza de que devia se tratar de algum mal-entendido, pequenos desentendimentos entre marido e mulher; mesmo assim foi convencido pelos irmãos a vir acompanhado e a trazer o fuzil de caça, praticamente um enfeite. "*Meglio dire che saccio ca chi sapiva*",* havia sentenciado enquanto escondia o cano duplo debaixo do casaco.

"Sebastiano, está acontecendo alguma coisa?" O padeiro, acompanhado da delegação de parentes, após as saudações de praxe, procurava as palavras adequadas para não ferir a suscetibilidade do genro, que agora era marido de Ágata e sobre ela detinha plenos poderes.

---

* "Melhor ter remorso que depois se lamentar." (N. da T.)

"*Nzù*", foi a lacônica resposta de Sebastiano, que, movendo a cabeça para o alto e para cima, negava a evidência com aquele estranho modo de dizer *não* que possuem os sicilianos e que, ao contrário, em qualquer parte do mundo significa *sim*.

"Mas Ágata não está?", Gaetano olhava em volta enquanto a irmã lhe dava cotoveladas de lado como que dizendo: "Desembucha. Por que está perdendo tempo?"

"*Nzù*", pela segunda vez Sebastiano negou fazendo um aceno afirmativo; não houve a terceira negação, porque Sebastiano não era são Pedro e Gaetano era apenas um modesto padeiro, inclusive bastante cansado devido à longa viagem que tivera que enfrentar. Por isso, com toda a ferocidade possível à sua boa alma e sinceramente preocupado com a integridade da filha, franziu a sobrancelha e apontou o dedo para o genro: "Você se casou com ela, mas não botou seu chapéu em cima da alma de Agatina!" E os canos cinza-escuros da arma despontaram debaixo da barra do seu casaco.

Ágata foi liberada e, pelo resto da vida, nunca mais Sebastiano tentou impedir as orações da mulher. Engoliu o sapo, mas continuava a murmurar à boca pequena e a morrer de raiva toda vez que ela ia à igreja. Essas blasfêmias ditas entre dentes cerrados magoavam Ágata, que achava seu marido um miserável, porque implicava com Nosso Senhor.

Ele era tão raivoso quanto ela era pacífica. Fosse qual fosse o fato, do mais sério ao mais banal, Ágata o recebia com serena resignação e confiança no futuro; as diferenças entre eles tornaram-se evidentes em pouco tempo, uma fenda larga e intransponível os separou, e nunca mais tiveram a sensação de pertencer um ao outro.

Uma vez, alguns ladrões — com certeza desprevenidos ao imaginar que iriam encontrar objetos de valor num estabelecimento como aquele da via Alloro — penetraram na casa e roubaram lençóis, cobertas, as pérolas falsas, presente de casamento, e o pouco ganho de Sebastiano, que, girando pelos quartos arrombados, fora tomado por um desespero desproporcional em relação ao dano sofrido.

"Acalme-se, Sebastiano..." Ágata procurava interromper a torrente de palavrões que saía da boca do marido deixando-a terrivelmente constrangida. "Não vou admitir más ações diante de meus olhos; detesto quem pratica o mal, não me terá como próximo..."

"Mas a quem poderiam interessar quatro lençóis velhos e duas moedas furadas?", Sebastiano se perguntava e maldizia o destino, o Pai Eterno e todos os santos que lhe vinham à cabeça.

"É sinal de que precisavam mais do que nós, o Senhor vai nos recompensar", foi a conclusão sublime de Ágata.

Seu fatalismo resignado agia sobre o marido como um detonador, fazendo com que despejasse variados e fantasiosos insultos. No dia seguinte, minha avó chamava o padre para benzer a casa, os familiares, as varandas, o pátio, os vizinhos.

Minha avó era boa, dócil, silenciosa, prudente; e, desde os primeiros dias de casamento, habituara-se a não contrariar o marido nem responder às suas gritarias.

Também durante as reuniões de família, em observância à tradição que queria as mulheres ignorantes de tudo, ela se colocava apartada e não participava das conversas dos parentes. Ficava na cozinha, preparava a comida, lavava os pratos, mantendo a devida distância de toda conversa que, de um momento para outro, pudesse se transformar em discussão e depois degenerar em briga. Entrando pelas janelas escancaradas, no inverno e no verão, uma corrente de ar cruzava a casa e a limpava das difamações e das considerações maldosas que Ágata, por coerência religiosa, não podia aceitar. Mesmo com esse resguardo, os familiares não a deixavam em paz, tendo sempre alguém que gritava atrás dela: "*Ágata, che sei, quariata frisca?*" A expressão, que literalmente se traduz no paradoxo "escaldada fria", nada significava, era apenas uma maneira de enfatizar a realidade — isto é, o insistente estranhamento de avó Ágata diante das mesquinharias humanas — com as primeiras palavras que passavam pela cabeça daquele bando de ignorantes que eram os parentes do marido.

Minha avó estava sempre de pé, pois para ela as cadeiras tinham, mais que tudo, função ornamental. Em sua cozinha, fritava alcachofras empanadas, cardos leves e crocantes; a sua fritura era considerada a melhor da via Alloro, e, com essa desculpa, os convidados sentados em volta da mesa a relegavam ao fogão fazendo-se servir de tudo.

Com o passar dos anos Sebastiano perdeu qualquer interesse por Ágata, a quem não dedicava nem sequer uma carícia. Mesmo o ciúme que o atormentava não era uma manifestação de amor, mas um modo de demarcar a posse: sua mulher fazia parte do mobiliário. Mas, ainda assim, todo ano, a 15 de agosto* — talvez devido ao calor, talvez à abstinência forçada a que ela perio-

---

* Data da festa de Ferragosto, que coincide com a religiosa, da Assunção de Nossa Senhora. Por extensão, período de alguns dias de férias em torno daquela data, no auge do verão. (N. da T.)

dicamente o submetia para puni-lo por seus abusos —, Sebastiano abria a melancia, cortava rapidamente o coração e o entregava a mulher com ar amoroso, como se fosse um buquê de rosas.

Pontualmente, no ano seguinte, em maio, ela dava à luz outro filho. A questão não era se lhe agradava ou não fazer amor; simplesmente o marido assobiava, e ela, obediente, se apresentava à beira da cama. O que Ágata desejava, suas desilusões, suas amarguras, a necessidade de ternura ninguém podia saber, ela era prudente demais para revelar seus pensamentos mais íntimos; mas de vez em quando suspirava, olhava ao longe, erguia as costas e agitava as mãos num tímido abraço.

Dos filhos, treze ao todo, dez morreram logo depois do nascimento, por uma cruel seleção natural ou graças a alguma boa santa. Como teriam conseguido manter a todos? Com a ajuda do Senhor sobreviveram apenas três. Baldassare, que iria se tornar meu pai, forte e determinado, deu trabalho à minha avó. Indiferente aos conselhos e às pancadas, desde o início seguiu seu próprio caminho, atrás de seu destino. Bartolo, o segundo, era sensível, tímido e sempre atracado à saia da mãe. Seu retraimento enfurecia meu avô, que o preferiria mais másculo. Benedetto, chamado Nittuzzo, muito menor que os irmãos, era um verdadeiro pilantra, com pouca vontade de estudar. Andava em más companhias e por muito tempo foi como um espinho no pescoço do meu pai, moralista irredutível.

Por uma estranha casualidade e talvez por um bizarro capricho do meu avô, mesmo os outros filhos de vida curtíssima foram registrados no cartório com nomes que começavam com a letra B: Bernardo, Benito, Biagio, Beata, Benedetta, Benuccia, Bruno, Beato, Battistina, Bonaventura.

Num curto espaço de tempo, o corpo ágil e atraente de Ágata se modificou. As costas se curvaram, a barriga alargada e redonda não se distinguia mais das *minne* caídas, mal se conseguia ver suas pernas finas em meio à barra de sua larga saia, os cabelos prateados iluminavam o rosto pacato. Aos 50 anos parecia ter muito mais, parecia uma velha.

XI

"Agatì, pegue o azeite e veja como eu faço; sente aqui perto, e fique preparada que, quando chegar a hora, precisa me ajudar a fazer um monte de *minnuzze*; vamos, não me faça perder tempo, senão amanhã a gente não pode ir à festa." Avó Ágata me ensinou a cozinhar com infinita paciência. Ainda ouço sua voz nos meus ouvidos: "Agatì, minha *beddruzza*, você parece a encantada do presépio.* Pode me dar essa garrafa ou devo fazer o pedido em papel timbrado?"

Desço rapidamente da cadeira mas no caminho ando devagar, um pé atrás do outro, os braços apertados, os cotovelos dobrados, o rosto tenso pelo esforço, *nzà ma'* se me cai o azeite, não haveria oração que bastasse para esconjurar lutos e desgraças. Sou uma *picciridda* voluntariosa, com meu vestido celeste sem mangas e por baixo uma camiseta de lã branca; ando pela cheirosa cozinha com um pano de prato amarrado à cintura para proteger o vestido bonito de manchas e respingos.

As mãos de minha avó movem-se suaves e elegantes em meio a farinha, ovos, banha. Era jovem e graciosa quando Sebastiano se apaixonou por ela. Na fotografia de casamento usa um vestido curto de renda, as falsas pérolas longas que descem sobre as *minne* abundantes, os cabelos negros, cachos que acabam logo abaixo das orelhas, pequenas e regulares; o pescoço alvo e longo inclina-se para a frente; os olhos grandes e negros demonstram surpresa. Parece dizer: "Mas veja só o que haveria de me acontecer." Tudo somado, acho que na foto aparece mais graciosa do que era na realidade, com aquele aspecto de cordeiro de sacrifício que lhe dá uma graça difusa, uma doçura antiga sobre o rosto; se penso na expressão severa que assumiu com o correr do tempo, digo que, realmente, era outra pessoa. Teve que se defender, por isso tinha aparência dura, mas não fazia mal a ninguém.

---

* Expressão que remete à figura do presépio que tem a boca aberta pela surpresa e pelo espanto. (N. da T.)

Certas vezes, especialmente quando se dirigia aos netos, reflorescia incontrolada toda a ternura de que era capaz, e o seu rosto rejuvenescia de improviso. Quando meu pai gritava, ou me repreendia, ou procurava reprimir a minha exuberância, os olhos de minha avó me fitavam compreensivos, a boca se alongava para o alto, os lábios se abriam num sorriso, os dentes irregulares, que não eram mais brancos, se mexiam e: "*Babbasunazza!*", me sussurrava com uma voz tão doce que eu não podia me enganar, era claro que me amava. Diferentemente de meus pais, desiludidos e aborrecidos com minha chegada, *figghia fimmina nuttata persa*,* ela me acolheu como uma bênção do Senhor.

Eu a seguia feito uma sombra, com as mangas enroladas até os cotovelos, ajudava nos trabalhos domésticos, ouvia seus contos enfeitiçada, realizava com precisão as tarefas que me passava. Era a única que me transmitia confiança, que me tratava como aquilo que eu era, nunca pequena demais para não fazer alguma coisa nem tão grande para fazer outras. Sua voz era um sopro na corrente da casa que batia as portas fazendo os vidros tremerem.

"Agatì, *beddruzza* minha, pegue a cadeira, senão não alcança a pia!" Então, me pegava por baixo dos braços e me erguia e, enquanto a tribo dos parentes sentada na sala de jantar punha os assuntos de família em dia, nós lavávamos os pratos juntas.

Da janela do banheiro, que ficava ao sul, o sol entrava poderoso, invadindo toda a casa. Por isso, a porta nunca era fechada: a fim de deixar a luz em liberdade para tomar o caminho da sala de jantar, através do corredor, até a sala de visitas, que era iluminada pelo reflexo. A casa era pobre, o mobiliário essencial, o único luxo eram as duas portas, a da sala de jantar e a de estar, constituídas por duas vidraças *liberty*. Abrindo por fora, delimitavam um pequeno espaço em penumbra, que constituía meu refúgio. Naquele canto me sentia segura e não tinha medo dos desenhos que as velas acesas aos santos projetavam nas paredes, num terrível teatro de sombras chinês, nem dos rumores repentinos que chegavam das outras casas e atravessavam as paredes misturando-se, como se o edifício fosse um único ambiente onde homens e fantasmas estariam em estreito contato.

Entre as duas vidraças daquelas portas eu passava muito tempo sozinha, com bonecas, pedacinhos de pano que emendava, novelos de fio. Um cheiro de pão e biscoitos subia pela fachada do prédio, entrava pela janela sem bater e se espalhava por toda parte. Na esquina da rua, bem debaixo da varanda da sala

---

* "Filha mulher, noite perdida." (N. da T.)

de estar, ficava a melhor padaria da zona. As despóticas proprietárias, as *signorine* Zummo, não tinham se casado. Baixas, gordas, cabelos pretos compridos e ralos enrolados num coque no alto da cabeça, as três solteironas escravizaram o irmão, único homem da família, que não apenas tivera que renunciar ao amor para não deixá-las sozinhas, solteiras, em casa, mas que também trabalhava feito uma mula dia e noite no fundo da padaria.

O infeliz padeiro preparava o pão num buraco escuro, quente no verão e no inverno, e pagava em vida o inferno que não merecia. Preparava biscoitos e *treccine*,* brioches macios, polvilhados com açúcar e enrolados um a um com a precisão de um cabeleireiro, enquanto suas irmãs espiavam os vizinhos, mexericavam, armazenavam indiscrições, fabricavam maldades.

Avó Ágata amava a via Alloro, a sua casa plena de correntes de ar e, sobretudo, o cheiro dos doces, fermento e farinha que a fazia voltar no tempo, à sua juventude, quando a vida possuía a cor dourada das *mafaldine* recém-saídas do forno, a consistência macia das cassatinhas que ela mesma preparava, o perfume penetrante dos biscoitos de anis, a luminosidade do glacê que escorria entre suas mãos laboriosas.

Se eu ficava para dormir em sua casa, minha avó me cobria de atenções. Me acordava de manhã com um suave roçar dos dedos, me levava pela mão até a cozinha — sobre a mesa arrumada estavam o leite quente, os biscoitos, a *panna*** e também o chocolate. Depois, ela descia da varanda o cesto de vime onde, a turnos, uma das *signorine*, assim se chamam entre nós as solteironas, colocava as míticas *treccine* de Alfio Zummo, acabadas de sair do forno. Eu as comia com gosto, tinham um sabor inconfundível de que ainda hoje me lembro e procuro em todas as padarias da região.

---

* *Treccine*, trancinhas: pãezinhos doces recheados, em forma de trança. (N. da T.)
** *Panna*: creme de leite fresco. (N. da T.)

XII

Quando meu avô Sebastiano morreu, houve uma espécie de conselho de família. A herança foi dividida sem conflitos entre os três filhos: o relógio de ferroviário ao meu pai, a caneta-tinteiro e um par de abotoaduras aos meus tios. Permanecia a espinhosa questão da avó Ágata: a quem caberia a sorte? Tendo em vista que Bartolo não era casado e que Nittuzzo, entre uma noiva malfalada e amigos *'ntisi*, levava uma vida perdulária, meu pai, cuja autoridade e senso de justiça não entravam em discussão, decidiu que minha avó iria viver conosco.

Foi convidada, talvez fosse melhor dizer convocada, num entardecer de junho. Sentado atrás da escrivaninha, o rosto sério, a veia da têmpora direita inchada e pulsante, meu pai procurava cuidadosamente as palavras com as quais iria lhe comunicar o resultado do conselho de família. Papai não falava, sentenciava; não compreendia, julgava; e suas palavras, naturalmente, eram lei. Apesar das aparências, sentia pela mãe um medo reverente, fruto das muitas pancadas que levara quando criança (não era época de diálogos com os filhos) e das inumeráveis orações a que minha avó o obrigara para dobrar sua vontade férrea e sua teimosia.

"Mãe, você não pode ficar sozinha..." Esfregando uma das mãos na outra com cuidado, como se estivesse com frio, um gesto que sempre fazia quando tinha que se concentrar ou quando tentava conter a raiva, meu pai havia iniciado com voz branda, acendendo um de muitos cigarros. As palavras congelavam e ficavam assim, materializando no ambiente ressentimento e desconfiança; nas pausas não casuais meu pai e minha avó se examinavam, e seus olhares revelavam toda a repugnância de uma conversa desagradável a ambos.

"Por quê, o que vai me acontecer?" Minha avó estava sentada no sofá da nossa sala de estar, vestida de preto, como sempre, os dedos brincavam com a barra da saia, enrolavam, depois esticavam a ponta de novo para baixo.

"Não, mamãe, não comece a ficar logo de mau humor... é que na sua idade, sem querer ofender, a senhora pode se sentir mal." Era o acionamento de uma estratégia sutil, a ânsia e a preocupação como testemunho do amor filial.

"E o que é que você pode me fazer como juiz? Se for o caso, será preciso um médico." As palavras de minha avó eram duras.

"Mas, sabe-se lá, de noite, sozinha... pode se sentir melancólica, em nossa casa tem as crianças... fazem companhia a você."

Diz-se que os netos são os reféns dos deuses, que deles se utilizam para resgatar os humanos e submetê-los à sua vontade. Assim se instrumentalizava meu pai, com a certeza de que minha avó, em virtude do profundo afeto que a ligava especialmente a mim, diria sim e ficaria até mesmo agradecida a ele. Mas, ao contrário, depois de 13 filhos, dos quais dez morreram assim que nasceram, a avó Ágata, para se proteger daquela dor que se repetia, por todos aqueles recém-nascidos sepultados poucos dias depois do parto, desenvolvera um sentimento quase que de antipatia pelas crianças, de quem não queria nem sentir o cheiro. Uma de suas histórias bíblicas preferidas era o Massacre dos Inocentes: apelar para seus netinhos foi não apenas inútil, mas contraproducente.

"E na verdade eu não estou sozinha, porque Nosso Senhor está comigo, e você faria bem em se lembrar disso de vez em quando. O fato de ser juiz não salva a sua alma. Talvez você seja um homem de justiça, mas daí a ser justo há uma distância." Meu pai realmente não esperava que sua generosa oferta fosse categoricamente recusada. Não me é difícil imaginar os pensamentos que andavam pela sua cabeça: "Mas como se permite, é minha mãe, mas ainda assim é sempre uma mulher! Deveria ficar contente que me preocupe com a senhora! É assim que se responde a mim, um juiz? É realmente verdade: *fai bene e scordatillo*". *

Minha avó, como a maior parte das viúvas, transcorrido o tempo de chorar e consumado o de lamentar, começava a saborear a liberdade e estava decidida a defendê-la com unhas e dentes. "Além disso, sua mulher é que tem que cuidar dos filhos, como eu fiz com vocês." Pobrezinha, havia sido a serva de toda a família, só faltava agora que a nora, minha mãe, a transformasse em cozinheira, babá, empregada em tempo integral para fazer de tudo, sem pagamento e com a obrigação inclusive de ficar agradecida. "Em todo caso, se eu me sentir sozinha, posso vir encontrar a Agatina, que, com todo o respeito, me parece ser a única em sua casa que tem algum sentimento. E não se fala mais nesse assunto."

---

* Parte do provérbio *fai bene e scordatillo*, *fai mali e pensaci*, faça o bem e esqueça, faça o mal e lembre. (N. da T.)

"Mas, mamãe, o que está dizendo? Eu estou só me preocupando..." O ligeiro tremor da voz e das mãos de meu pai traía a raiva que aumentava.

"Digo pela última vez, preocupe-se com sua alma e me deixe ficar sossegada com minhas recordações e meus pensamentos." Avó Ágata levantou da cadeira e foi para a cozinha, que, também em nossa casa, era seu lugar preferido. A discussão foi interrompida bruscamente e jamais retomada.

XIII

O pequeno círculo de parentes continuou a se reunir, ainda por alguns anos, na casa de minha avó todo dia 5 de fevereiro, mesmo depois da morte de meu avô Sebastiano. A missa e os doces eram para louvar a Santuzza, o macarrão com brócolis refogado, as friturinhas de alevinos,* as alcachofras empanadas, os moranguinhos com creme de leite fresco, para festejar o dia de todas as Ágatas da família. Na véspera, minha avó preparava o molho do macarrão, depurava os alevinos das algas que escapavam ao controle do peixeiro, empanava as alcachofras.

No dia da festa, ao amanhecer, ia à igreja; o infalível véu sobre os cabelos brancos agora já de muito tempo, as mãos unidas, minha avó passava em revista os seus mortos, orava por nós, vivos, e concluía sempre com um "Me confio a Agatina". Acendia uma vela e, revigorada em suas certezas, voltava para casa, onde o filho Bartolo, único ainda solteiro, embora noivo havia uma eternidade, dormia o sono dos justos. Acordava-o com uma xícara de café e um sorriso.

Bartolo, metido num pijama de flanela listrado, se esticava e se alongava com uma série interminável de rumores. Era um homem culto, mesmo que distraído a ponto de parecer infantilizado, de expressão sonhadora e olhos redondos que, por causa de uma forte miopia, ele sempre apertava até se tornarem dois minúsculos pontos pretos. Muito ligado à mãe, a ela dedicava versos que declamava em voz alta nos mais variados momentos do dia. Era o seu modo de demonstrar gratidão pelas atenções que minha avó jamais deixava que lhe faltassem, a ponto de irritar a noiva que, depois do casamento, o faria pagar por todas, revelando memória e capacidade de vingança fora do comum. Mas minha avó tinha uma predileção por Bartolo. Adorava os versos que o filho compunha para ela e o escutava fascinada diante de tanta sabedoria. Con-

---

* Alevinos: *aliches* ou sardinhas recém-nascidos, quase transparentes, que adquirem cor esbranquiçada após o cozimento. (N. da T.)

siderava seus dois filhos formados um milagre de santa Ágata. Nituzzo, o menor, não quis estudar, mas para ela isso não era problema porque: "Não é bom pedir demais ao Nosso Senhor, Agatì, *nzà ma'* se ele se zanga!, é capaz de acabar tirando o que te deu."

Meu avô Sebastiano, que lia e escrevia com dificuldade, não era muito sensível ao fascínio da cultura, como iria apreciar a doçura da poesia, a plenitude da literatura? Para ele toda ocasião era boa para zombar dos dois filhos debruçados sobre os livros, fisicamente consumidos por anos de estudo, sempre sem dinheiro, porque é difícil juntar almoço e jantar com a cultura. "Mas o que estão pensando?", como costumava interromper Bartolo e Baldassare. "Mas que magistrado, que professor, que nada! Agora vamos ver se conseguimos um postozinho na *Regione*."* Quando meu pai se tornou magistrado, se orgulhou num instante; tarde demais, poucos meses depois morreria, sem deixar marcas de sua passagem na vida dos filhos e na memória dos netos.

Nem no dia da festa de sua santa minha avó largava a limpeza da casa: arrumava as camas, varria rapidamente o chão, depois penteava os cabelos finos e ralos, punha o vestido de festa e entrava triunfante na cozinha.

"Agora não me atrapalhem." Era o único momento em que permitiam que desse ordens. Movia-se com graça diante do fogão, as mãos acariciavam as louças, as pernas iam e vinham suavemente sobre o pavimento de mármore perolado da Sicília, desunido e rachado em vários pontos. As panelas sujas se amontoavam sobre a pia de cimento, a água escorria da torneira sempre aberta e respingava em volta pequenas gotas que a luz do sol fazia brilharem.

---

* *Regione*: território autônomo italiano, com poderes administrativos e, em parte, também legislativos. (N. da T.)

XIV

O presente dos meus pais no dia da festa da minha santa era um vestido novo. Eu o encontrava aos pés da cama assim que acordava. Vestia-o imediatamente, eu adorava trocar de vestido, era pequena mas já bastante vaidosa. Esperava que meus pais me levassem de carro junto com meu irmão para encontrar o restante da família, na casa de minha avó. Ficava emocionada e curiosa para abrir o pacote que eu entrevia na sala de jantar desde o dia anterior, eufórica com o dia de festa, em paz comigo mesma porque as cassatinhas já estavam prontas e eu havia cumprido o meu dever com seriedade e devoção; também a Santuzza, eu acreditava, poderia estar contente. Com o nosso Fiat 600, percorríamos as mesmas ruas que o ônibus número 15.

O nariz grudado na janela, encolhida num canto, eu via desfilar diante de meus olhos as imagens de guindastes e andaimes que fariam a fortuna dos vários Vassallo, Moncada, Cassina.

As visitas aos parentes e os aniversários eram as únicas ocasiões que eu tinha para encontrar outras crianças, porque meu pai, temendo que fizéssemos amizade com os filhos de algum mafioso, fazia com que vivêssemos em isolamento quase completo. Apesar de suas precauções, meu colega de escola preferido, Enrico, um menino com uma carinha redonda, olhar doce, orelhas de abano, carregava um sobrenome tristemente famoso. Era o filho de um *boss* assassinado no final dos anos sessenta. Numa tarde de siroco,* apesar do Natal iminente, um comando de três homens disfarçados de *Finanzieri*** irrompera nos escritórios de um conhecido construtor, quando ali se discutia o futuro urbanístico da cidade. O pai do meu amigo não reagira, fingindo-se morto.

---

* Siroco: vento muito quente, muito seco e arenoso, que sopra da África para as regiões mediterrâneas. (N. da T.)
** *Finanzieri*: guardas das finanças. A *Guardia di Finanza* é um corpo especial de polícia do Estado italiano, ligado ao ministro da Economia e das Finanças. (N. da T.)

Depois, repentinamente sacara a pistola que... estava emperrada. Quando o destino quer! A foto do pequeno Enrico, de mãos dadas com o pai, foi publicada com grande destaque em todos os jornais. Foi naquela ocasião que o cordão de isolamento que meu pai havia obsessivamente instalado em torno de sua família mostrou-se frágil.

Morávamos em um apartamento grande num alto edifício de dez andares, erguido poucos anos antes pelas mãos de um mafiosinho que, tendo deixado de lado as calças de fustão e os sapatos reforçados com biqueiras para vestir a *grisaglia** dos empreendedores, reciclou-se como construtor.

Meu quarto, ensolarado, dava para o jardim de uma construção do início do século XIX, de propriedade de uma conhecida família palermitana, rica, poderosa e invejada. O perfume das flores misturava-se ao cheiro de mar, alcançava minhas janelas e provocava languidez na minha alma e formigamento no meu nariz. De manhã cedo, os carroceiros apregoavam pela rua.

De um dia para o outro, o solar, seu jardim, até mesmo as ratazanas que brincavam entre os ramos das magnólias, desapareceram. Certa manhã, em lugar do mar, das flores, do céu, encontrei uma grande parede, dura, de cor vermelho alaranjado. Se eu esticasse as mãos do terraço, conseguia tocá-la com a ponta dos dedos. O reboco áspero arranhava a polpa dos dedos e deixava na minha pele uma cor amarelada, como a de doença.

De repente meu quarto se tornou uma cela de prisão. O que pareceu um desaforo feito apenas a mim na realidade era um fenômeno bem mais dramático: entrara em ação o Saque de Palermo. Com a cumplicidade da administração municipal, em uma década, a cidade mudou de cara, enquanto os mafiosos moviam-se imperturbáveis nas malhas de uma sociedade honesta, mas também complacente e permissiva. A Conca d'Oro** virou cimento diante dos meus olhos.

---

* *Grisaglia*: tecido de lã ou de algodão penteado, tecido em pequenos pontos negros e brancos, com efeito cinzento. (N. da T.)
** *Conca d'Oro*: Concha de Ouro é o nome da planície que circunda Palermo, debruçando-se sobre o mar como uma baía. Sofreu, entre os anos 1950 e 1960, uma expansão urbanística descontrolada e especulações imobiliárias que ficariam conhecidas como o Saque de Palermo. (N. da T.)

XV

Don Ciccio Abella derrubara quase todos os casarões da cidade para construir edifícios altíssimos que tapavam a vista do mar e bloqueavam a brisa que abrandava o calor sufocante dos dias de verão. Como carroceiro, andara com um burro coberto de peles coloridas e apregoara sua própria mercadoria debaixo das janelas dos senhores: "*Accattatevi'u saleee, un chilo dieci lireee.*"* E então, depois de uma breve escapadela, casara-se com Teresa, a mulher sem *minne*, e começara um negócio com seus cunhados, mudando radicalmente o curso de sua vida.

A família da mulher fizera dinheiro no mercado negro, durante a guerra. Ciccio integrou-se rapidamente e mais: em pouco tempo, assumiu o controle dos negócios. Teresa casara-se com ele fortemente sugestionada, convencida de que a palpitação que experimentava perto dele fosse amor. Ciccio tinha mãos grandes e pesadas, e deixava crescer, retorcidas e afiadas, as unhas dos mindinhos. No verão e no inverno Teresa usava mangas compridas e meias escuras para esconder as marcas que o marido deixava em todo o seu corpo durante a noite. Ele odiava Teresa porque ela não tinha *minne*. Para ele era como se estivesse fazendo amor com um macho; aquele peito achatado feito um tapume de canteiro de obras, por um lado, o enervava — "Teresa, você parece um *picciutteddu* de 14 anos" —, por outro, o confortava: "Aquelas mulheres todas bunda, barriga e *minne*" provocavam nele uma espécie de vertigem. À força de bordoadas a fizera parir cinco filhos, depois parou de procurá-la. Chegava tarde da noite, adormecia perto dela, mas agora não a mordia nem beliscava mais. Teresa sentia sempre uma grande palpitação quando ouvia os passos pesados do marido pela escada, mas àquela altura havia percebido que não se tratava de amor, era medo. Ciccio tornara-se um chefão mafioso, e suas mãos sabiam ser ainda mais perigosas que antes.

---

* "Comprem o saaal, um quilo, dez liraaas." (N. da T.)

Depois do mercado negro, foi a cooperativa; quando do segundo filho vieram as propinas dos contratos de saneamento e esgoto, ao terceiro filho se mudaram. Haviam acabado de entrar na nova casa, mais adequada a um homem de sucesso, quando Nanni, o chefe de obras de Borgo, chegou esbaforido: "Don Ciccio, venha, estão procurando pelo senhor." Mudo e impassível, continuou a jantar. Teresa o espreitava, o coração fazia *tum tum tum*, ele não dera o menor sinal de se levantar. Nanni, que ainda não tinha barba e amava secretamente aquela mulher sem seios, insistiu:

"Don Ciccio, disseram que a coisa é urgente."

"Que novidade é essa? As coisas são urgentes quando eu acho que são! *Chista è camurria.*"* Teresa tinha as mãos juntas e rezava em silêncio, sem coragem de se dirigir ao marido.

Da boca de Nanni escapou tão somente: "Don Ciccio, *vossia* não corre? Trata-se da sua família." Foi naquele momento que o vago temor que durante meses atormentara Teresa, a ansiedade que a obrigava a tomar remédios, se concretizou na certeza de um fato fúnebre. A mulher tomou coragem para falar, ou melhor, para gritar: "O que foi, Nanni, é coisa grave? Aconteceu alguma coisa com meus irmãos?" E seus olhos procuraram os do marido. Seu coração batia enlouquecidamente, e nele ela pousara suas mãos com medo de que, sem a proteção das *minne*, saísse do peito, caindo em cima da mesa e estragando o almoço do marido.

Seus irmãos tinham sido assassinados, os dois juntos. O próprio Don Ciccio, seu marido, ordenara e agora se tornava o *capo* incontestável. Teresa não precisou de explicações para compreender perfeitamente o que tinha intuído desde a primeira noite de casamento, quando o marido a despira, passara a mão sobre seu peito e fizera um gesto com o polegar e o indicador da mão direita, que queria dizer: "Nada, nem parece uma fêmea!" Depois, desgostoso, virara seu rosto contra a parede e em pé, puxando seus cabelos, a fodeu, humilhando-a, uma, duas, três vezes. Sua vida pertencia a um animal feroz e agora estava completamente só em suas mãos.

Vestiu luto, chorou sem fazer rumor, mas depois teve que recomeçar a vida, porque no meio-tempo engravidara outra vez. Talvez excitado pelo poder, pela adrenalina daquele sangue todo, talvez a sensação de desafiar o destino, fato é que, depois do homicídio dos dois cunhados, Don Ciccio voltou a procurá-la na cama.

---

* Isso é uma amolação! (N. da T.)

Ao mesmo tempo, tinha se metido em negócios com políticos e banqueiros que de noite passavam em sua casa para receber ordens, trazer documentos, contar dinheiro. Teresa, agora, tinha que preparar comida e arrumar a mesa com a prataria, porque uma noite sim e outra também havia hóspedes importantes, o prefeito inclusive, que compartilhava o sono da noite com seu marido.

Depois da Conca d'Oro, Don Ciccio passou à cimentação da Avenida Liberdade, a rua mais elegante de Palermo, cujos numerosos casarões foram abatidos um após outro para dar lugar a edifícios altíssimos, de perfil anônimo e ordinário.

Enquanto meu pai guiava e bufava, da janela do carro eu observava a alternância de cores das fachadas, as varandas nuas. Sempre me perguntei por que meus pais nos geraram, irritados do jeito que ficavam com nosso vozerio e chateados com a nossa existência. Também para eles eu acho que não foi uma escolha. A sociedade da época exigia: não ter filhos era sinal de doença ou de impotência sexual e eles, sob este aspecto, desejavam ser o mais normais possível.

XVI

A voz aguda de minha avó ressoava na sala escura: "Agatì, minha *beddruzza*, você está uma graça nesse vestidinho, vem aqui que eu tenho uma surpresa pra você." Todo ano havia um presente para mim em cima do guarda-louça. Eu aguardava emocionada aquela surpresa, que trazia consigo a alegria de um gesto de amor. Para os outros parentes, minha mãe inclusive, havia apenas a obrigação de festejar a santa; minha avó, ao contrário, pensava em mim com alegria, e jamais iria me abandonar.

Eu ficava virando o pacote nas mãos, o coração tumultuado com aquelas atenções que todos os anos conseguiam me encantar.

"Vamos, abre, não quer saber o que é?" Eu não tinha pressa, não me interessava o que havia dentro, a mim bastava que a minha avó tivesse se lembrado de mim mais uma vez. Eu custava a me convencer, depois abria cuidadosa. O papel tinha uma consistência delicada, e eu tomava cuidado para não rasgar: ele também fazia parte do presente e, durante anos, até minha ida para o Continente, eu o guardava junto com fitinhas, cartas, bilhetinhos, presilhas e tudo aquilo que pudesse se tornar uma lembrança; com a precisão de um arquivista e a meticulosidade de um fetichista.

"Agatì, agora que você cresceu tem que ir à igreja com um véu na cabeça... o lenço vai te servir pra missa, e depois precisa da bolsa pro missal e o rosário. Você gosta?"

Enquanto isso, meu pai conduzia a conversa com a família, minha mãe o secundava, e ninguém mais parecia se lembrar de mim.

Escondido o presente na minha toca, eu acompanhava a minha avó na cozinha. "Venha aqui que eu vou colocar um pano na frente do seu vestido, porque se você se sujar quem é que vai aguentar sua mãe?" Minha avó fritava as alcachofras no azeite fervendo, escorria para retirar o excesso, eu salgava e colocava numa travessa grande, que minha mãe levava à mesa. Cada um de nós tinha uma tarefa, atribuída segundo o grau de dificuldade e a habilidade pessoal: a mais perigosa, para avó Ágata; o menos pesado, para mim; a de total satisfação, para minha mãe. A toalha branca, os pratos de porcelana, o conjunto de copos bonitos, as garrafas de cristal com o vinho davam o ar de festa.

Minha avó era incansável, cozinhava para todos, era tão natural que o fizesse que nenhuma mulher da família se oferecia para ajudá-la. As friturinhas macias de alevinos eram a iguaria de mar, materializavam-se sobre a mesa logo depois das alcachofras e desapareciam num segundo. Minha avó se sentava conosco assim que o macarrão ficava pronto, comia depressa a primeira coisa que lhe ocorria, depois corria até a cozinha para montar a *panna*.

A cada festa, o creme de leite era trazido pelo tio Vincenzo, irmão do meu avô, que era leiteiro. Avó Ágata batia com um movimento de braço homogêneo, rítmico e calculado; parecia cumprir um ritual sagrado. Os morangos assinalavam o início da primavera, coloriam meus lábios com um vermelho pálido, e seu perfume, delicado e penetrante como o de um recém-nascido que saiu do banho, misturava-se, em minha boca, ao doce das *treccine* das irmãs Zummo, cheias de açúcar e de uva-passa.

Ao final do almoço, junto com o café chegavam à mesa as cassatinhas, recebidas com aplausos. A bandeja grande vinha coberta de montanhinhas brancas, cintilantes, juntinhas duas a duas, que, antes de tudo, pediam para ser tocadas, depois para lamber seu glacê e enfim para mordê-las delicadamente, sem ferir. Assim que eu abocanhava, o creme de ricota, açúcar e chocolate ocupava todos os cantos da minha boca, sentia que se espalhava pelo céu da boca; fechava os olhos, e o prazer se estendia por todo o meu corpo de menina e misturava-se a uma sensação de proteção e de confiança, porque, segundo as convicções da minha avó, a cassatinha me afastaria das doenças e, em caso pior, com certeza, iria me curar. As *minne* de santa Ágata eram o seguro da minha saúde, o doce amuleto que iria me acompanhar em minha vida de mulher.

XVII

As *minne* de minha avó, de cuja beleza ninguém, menos ainda o marido, tivera a menor noção, graças à santa Ágata tiveram boa saúde durante toda a sua vida. Outras foram as doenças e os problemas para os quais não havia nem amuletos, nem antídotos, nem santos protetores.

Marcada na infância pela morte da mãe, minha avó havia concentrado toda a sua fé em santa Ágata, implorando a ela que a protegesse da terrível doença que roubara sua mãe antes que tivesse tempo de conhecê-la e amá-la.

Toda manhã, quando estava só em casa, Ágata liberava as *minne* das faixas que as mantinham achatadas e sofridas e as observava longamente diante do espelho, comprazendo-se com a luz de beleza que deixavam irradiar em seu peito. Sentia sua macia consistência, apreciava a regularidade de sua superfície, lavava-as com delicadeza, passava o dedo em volta do mamilo, enxugava com movimentos circulares, e por fim massageava com óleo de amêndoas doces, exatamente como fazia sua mãe, boa alma, mesmo que ela não pudesse saber.

Esse simples gesto de cuidado lhe causava às vezes uma tepidez suave, seguida de um rubor difuso pelo rosto, enquanto uma sensação de calor líquido no umbigo se expandia para baixo, até as pernas, depois retomava o caminho da barriga, como numa onda, um agradável vaivém cuja origem Ágata não conhecia; e então fechava os olhos, abandonava a cabeça para trás, perdia a noção do próprio corpo. Finalmente, satisfeita com aquele prazer tão leve quanto fugaz que o marido jamais fora capaz de lhe oferecer, cobria novamente as *minne* com as faixas de linho, bem apertadas, para proteger seu precioso tesouro.

Era a única parte do corpo à qual minha avó dedicava cuidado e atenção. Os outros órgãos ela nem mesmo sabia possuir. O coração, por exemplo, acreditava ter deixado em sua cidade, quando, jovem esposa, mudara-se para Palermo; não tinha noção dos santos protetores de sua cabeça e de sua memória, tanto que não percebeu que estavam deixando de funcionar aos poucos.

A doença que lentamente a transformava num pálido fantasma tinha um nome difícil: Alzheimer. Freios inibitórios e emoções permaneceram inalterados até o fim; as funções lógicas e a memória, ao contrário, alçaram voo por ocasião de uma inoportuna mudança, que deu o golpe de misericórdia à sua identidade já debilitada. Nos últimos anos de vida, minha avó deixara a casa da via Alloro, mudando-se para o oitavo andar de um edifício moderno, duplo elevador, um daqueles terríveis monstros que surgiram na periferia da cidade, numa daquelas zonas cimentadas por Don Ciccio Abella, com o qual a família Badalamenti, nesse meio-tempo, estabelecera parentesco.

Nittuzzo, o irmão mais novo de meu pai, havia casado com Concetta, uma das filhas do *boss*, criando embaraço entre seus familiares, que não tinham dinheiro mas dormiam sonos tranquilos e morriam todos em suas camas.

XVIII

Cettina Abella de Badalamenti era uma mulher de pequena estatura, cabelos ruivos, sem mamas também como a mãe, de modos vulgares e postura provocante. Meu pai se recusou categoricamente a participar da festa de noivado, apesar dos insistentes pedidos de minha mãe e da promessa de uma memorável *pignoccata** ao mel, de que ele gostava muito.

"Baldassare, é seu irmão..."

Silêncio.

"Não é que a gente possa ficar entrando em desavença com todo mundo..."

Nada.

"Olhe, comprei um presente... um lençol bordado em *chiacchierino*."**

Nem mesmo um olhar de esguelha.

"Como vamos fazer, vou eu com a *picciridda*?"

Na casa de meus pais, diferentemente da administração pública, valia a regra do silêncio-negação. Se meu pai não dizia um sim redondo e claro, com voz forte, demonstrando aderir à proposta em total consciência, você podia esquecer o que desejava, podia colocar uma cruz em cima. Assim, minha mãe se conformou com a ideia de se desentender com a cunhada, restringindo ainda mais o círculo de pessoas e de parentes que tinha permissão para frequentar.

Tio Nittuzzo, ao contrário do que se poderia imaginar, demonstrou grande respeito pela delicada posição do irmão magistrado e continuou a nos visitar nos anos seguintes, deixando sempre sua mulher em casa. Como sinal

---

* *Pignoccata*: "pinhada" — doce de mel e *pinoli* (sementes pequenas e claras de um pinheiro mediterrâneo). Na cozinha siciliana, doce constituído de bolinhos fritos de farinha, cobertos com mel e misturados com *pinoli* ou pistaches. (N. da T.)

** *Chiacchierino:* o mesmo que *frivolité,* bordado em rosetas ligadas umas às outras, feito com uma pequena bobina. (N. da T.)

de uma abertura parcial, me foi permitido participar da festa de noivado com minha avó Ágata, que, na qualidade de chefe de família, mesmo desprezando profundamente a nora e todos os seus, teria tratado do matrimônio. Eu era o simbólico raminho de oliveira esticado entre as duas fileiras opostas.

Encontramos os Abella, os parentes, os amigos, os amigos dos amigos sentados de costas para a parede na maior sala da casa. Num canto, a mesa com o bufê; nas paredes, penduradas num longo fio esticado entre dois pregos, as peças do enxoval da esposa, calcinhas e roupas íntimas inclusive.

As mulheres da família Abella não tinham *minne*, por isso todos aqueles sutiãs à mostra estavam inteiramente fora de lugar e de medida, mas serviam para demonstrar a potência do clã. Tio Nittuzzo não pensava absolutamente naquelas *minne* secas e naquele peito da noiva que parecia aplainado, porque, para compensar, Cettina tinha umas nádegas redondas e nervosas que não parava de balançar de um lado para o outro. "Onde falta, Deus provê", tinha sido o comentário da avó Ágata quando percebeu que as mãos de meu tio percorriam furtivas e rápidas os fundilhos da noiva.

Certamente aquelas nádegas representaram o laço secreto de um matrimônio mal combinado. Nittuzzo tinha um único pensamento na cabeça: ter direito àquele cu redondo, duro, musculoso, o *cuddureddu*,* como os noivos o chamavam na intimidade. Cettina lhe concedeu antes de chegar ao altar, emitindo um som gutural e amplo como o de uma vaca montada.

Ele a amou perdidamente por todos os anos seguintes.

---

* *Cuddureddu:* pão redondo na forma de rosca, coroa. (N. da T.)

XIX

Os primeiros sinais da doença de minha avó começaram a se manifestar após a morte do avô Sebastiano. Nada muito sério, mas ela perdia a chave de casa com frequência, interrompia a fala no meio, às vezes as palavras lhe faltavam. Nenhum de nós fez caso, pensávamos que o fato de viver sozinha a deixara distraída. Tinha pouca energia, e sua vontade estava menos firme. A mudança foi a última decisão de que participou com certo ar de consciência. Poucos dias depois, deixou de tecer considerações de bom-senso, fechou-se em si mesma e perdeu toda ligação com o seu tempo. As recordações tornaram-se etéreas, evanescentes, a memória começou a funcionar com intervalos, restituindo-lhe imagens antigas, de um passado que pertencia apenas a ela e do qual todos nós estávamos excluídos.

Quando foi embora de sua velha casa da via Alloro, minha avó teve que abandonar os objetos que juntara no correr dos anos e considerados inúteis pela nora Cettina, cuja vulgaridade jamais deixava de se concretizar em comportamentos que desrespeitavam os direitos alheios. A consciência de minha avó se fragmentou, como se aqueles pedaços de barbante usado, aparentemente inúteis, jogados fora com irresponsável leviandade, fossem, em vez disso, o fio insubstituível que a mantinha junto de suas lembranças. As poucas coisas de valor que possuía, entre as quais as falsas pérolas que meu avô Sebastiano havia comprado novamente depois do roubo num de seus raros atos de ternura, dela foram retiradas pela nora gorda, miserável, violenta; e com elas alçou voo o último claror de identidade.

O bairro de prédios enormes, todos iguais, sem a padaria das *signorine* Zummo, o bater dos sinos da Gancia, sem o muro do palácio Abatellis que minha avó olhava da janela de seu velho quarto, fez com que ela perdesse o senso de orientação, por isso parou de sair de casa; e a autonomia, que havia defendido com unhas e dentes quando da morte de seu marido, perdeu-se no espaço de alguns meses. Privada de todas as suas referências habituais, avó Ágata, antes ainda do Alzheimer, foi vítima da terrível família Abella, que dela roubou a única coisa realmente preciosa que possuía: sua identidade. Só por isso aparentemente se esqueceu de mim, a sua adorada Agatina, de si mesma e da vida enfim.

Junto à receita das *minne* de santa Ágata dela herdei uma folha de papel amarrotada onde estavam anotados casamentos, nascimentos, mortes, uma espécie de elementar árvore genealógica da família, e com isso um profundo senso de estranhamento frente a essa mesma família. Talvez por isso ainda hoje sempre procuro alguém que me pertença ou a quem pertencer.

LU CUNTU NA LU CUNTU
(A história dentro da história)

I

"Agatì, você não deve ficar andando por aí com 'a Calabresa'!" Minha avó Margherita ameaçadora aponta o dedo no meu nariz. É dura, alta, magra, tem redondos olhos míopes, um nariz aquilino que com o passar do tempo virou um bico de pássaro.

"Por quê, o que é que a Calabresa tem de mau?", respondo com ar impertinente, as mãos na cintura e o queixo empinado em ar de desafio.

"Nada. Mas se te pego por aí com ela você não sai mais de casa e pode esquecer as meias compridas!"

O tom não admite respostas e, além disso, eu quero demais as meias compridas, *nzà ma'* se minha avó mantiver a palavra... O combinado era que, se não fizesse tanta história, por ocasião de Santa Lúcia, mesmo não sendo minha festa, eu ganharia as meias. Ora, vai ser muito difícil manter a palavra dada, pois eu gosto muito da Calabresa. É gorda, come tudo o que encontra pela frente, anda pelo campo sem medo, nunca se lava, sabe coisas de adulto e ainda prometeu me levar para ver as vacas do pai dela... dessa vez não vai ser possível obedecer à minha avó, e, depois, 13 de dezembro me parece muito longe.

Meus avós maternos vivem em Malavacata, entre Palermo e Agrigento, no coração da Sicília. A estrada provincial divide a pequena cidade no comprimento, e nas suas margens se erguem dois bares, uma igreja, o círculo dos combatentes, a escola primária, a prefeitura, o ambulatório do médico — meu avô Alfonso —, as casinhas arruinadas dos camponeses, um ou outro sobradinho novo, o patrimônio imobiliário de gente pobre que emigrou para a Alemanha por causa da fome, e que acredita sepultar o passado de miséria debaixo de uma avalanche de cimento.

A cidadezinha está toda aqui, o resto é campo. As colinas em volta são suaves e protegem os habitantes como um abraço materno. Também as cores daqui são reconfortantes, porque voltam sempre iguais, a cada estação. Eu ainda as tenho nos olhos: o marrom dos campos que acabaram de ser arados, o branco da neve, o verde-esmeralda das favas e do grão novo da primavera, o amarelo das gramíneas de verão.

II

Meu avô, o doutor Alfonso Guazzalora Santadriano, depois de abandonar Palermo e uma brilhante carreira universitária, fechara-se pelo resto da vida naquele lugar de nome sinistro, Malavacata.

Era um tipo estranho, de mãos compridas e pernas curtas, como o descrevia seu irmão mais novo referindo-se, respectivamente, aos tapinhas na nuca que costumava lhe dar nos momentos de raiva e à sua inclinação natural para falar mentiras. Provinha de Montiduro, feudo extenso cujas terras no início do século pertenciam a apenas três famílias, entre as quais a sua. Os Guazzalora, havia várias gerações proprietários de uma fazenda nos limites do lugar, eram gente moderna, comunista, de comportamentos bizarros para a época. Pouco religiosos, talvez até mesmo ateus, eram considerados *mangiapreti** e excomungados, mas eram os senhores da região, por isso mereciam respeito.

Assunta Guazzalora Santadriano, minha bisavó, tinha o ânimo e a força de um *brigante*: dotada de uma estrutura robusta, corpulenta, sem beleza, de índole difícil e muito voluntariosa. De manhã cedo descia rápido ao campo com os camponeses, controlava-os, animava-os, trabalhava junto a eles quando necessário, resistindo a todo cansaço, a primeira a começar e última a terminar.

Nas noites de verão ficava no campo até para dormir. Tinha os cabelos presos numa longa trança preta que enrolava em volta da cabeça e espetava com uma série de presilhas de osso, as bochechas sempre avermelhadas, a boca carnosa, o lábio superior ligeiramente eriçado e coberto por uma tênue pelugem preta, a pele escurecida pelo sol dos campos, as mãos calejadas e fortes. O corpo robusto tinha a agilidade de um gato, habituada como estava a pular de uma pedra a outra, a afundar na lama até os joelhos e dela sair sem esforço.

---

* *Mangiapretti:* aqueles que não toleram os padres e falam mal deles habitualmente. (N. da T.)

Por comodidade, enrolava a saia e prendia na cintura. As pessoas sorriam à vista dos calções brancos, que ela não se preocupava em esconder. Os sapatos de couro duro enlaçados nos tornozelos contrastavam com a camisa delicada de renda branca; um medalhão preso ao pescoço com uma fitinha de veludo pendia entre suas fartas *minne*, apertadas num corpete escuro cujas cordinhas eram afrouxadas quando, debaixo do esforço físico, a respiração ficava curta e mais rápida.

Os camponeses de suas terras abaixavam os olhos diante daquela nudez exposta com desavergonhada desenvoltura e evitavam qualquer comentário, primeiro porque era a filha do patrão, e depois porque Assunta conquistara o respeito com seu trabalho. Se era preciso capinar, pegava na enxada como se fosse um deles, ordenhava as ovelhas, tinha inventado inclusive uma técnica de parto inteiramente sua, adequada às mulheres e aos animais; tanto que, se ela estava presente, evitava-se chamar o veterinário ou a parteira, dependendo do caso.

Quando o novilho forçava para sair e a vaca meneava com as dores do parto, ela chegava bem pertinho, falava com ela em voz baixa, monocórdia, diretamente na orelha, até praticamente hipnotizá-la; convencia-a de que, quanto antes colocasse aquele novilho no mundo, melhor seria para todos. A vaca, tomada pelos bons modos, ficava convencida, parava de se lamentar, dava à luz com rapidez, depois beijava suas mãos em sinal de agradecimento. Os animais reconheciam sua passada vigorosa, tanto que com a aproximação de dona Assunta paravam de ruminar, levantavam a cabeça, viravam o pescoço e a saudavam com prolongados mugidos.

Essa simbiose com os animais e esse cuidado com o campo, de que se encarregava sem economizar esforços, fizeram com que desenvolvesse um caráter rústico, esquivo. De poucas palavras, preferia agir, era corajosa e diferente das mulheres da época. Andava pelos campos inclusive à noite, com um fuzil que carregava debaixo da saia, exatamente como dona Peppina Salvo, a legendária "rainha de Gangi", filha e mulher de criminosos. Peppina tomara para si o papel de chefe do bando depois da morte de seu marido. Foi a última a se render diante do prefeito Mori e, no momento da prisão, escondeu debaixo da saia dinheiro e ouro, fruto de anos de rapina. Dona Peppina mantinha nos calções o seu tesouro, como de resto todas as mulheres do mundo.

Dona Assunta havia conhecido seu marido, meu bisavô, na época do grão: um bandido de passagem que batia pelos campos evitando as estradas movimentadas e as praças dos lugarejos. Encontraram-se perto da eira numa noite de agosto, quando o ar parado à espera do amanhecer condensa sobre os homens os sonhos, transformando-os em desejos. O céu era um pedaço de pano escuro, estendido em meio às estrelas que furavam sua trama. Os homens dormiam fora de casa, a céu aberto, vencidos pelo cansaço, debilitados pelo calor sufocante, atordoados pelo vinho. Até os cães tinham-se prostrado na imobilidade daquela noite e naquele silêncio irreal de fim do mundo. Parecia que o supremo comandante das marionetes havia deixado cair os fios que mantinham os bonecos em pé, apagado a luz do teatro, cerrando os olhos ele também, privando assim o universo de seu sopro vital.

Assunta caminhava como uma sobrevivente naquele deserto, e suas saias erguidas até o joelho como sempre mostravam na escuridão da noite o palor da pele nua que refletia a luz do luar. Afrouxara os laços da blusa para desabafar o calor acumulado durante o dia, e seu peito cheio erguia-se numa respiração curta e rápida: aquele era o único sinal de sua agitação, da melancolia que atormenta as moças quando desejam um homem, mesmo que às vezes não tenham consciência do que lhes falta.

Gaspare apareceu de repente diante de seus olhos. Teria feito melhor se ficasse escondido, era um *brigante* e arriscava não só a cadeia, mas também a vida. Porém, a pele clara de Assunta o atraiu irresistivelmente, mandando para longe qualquer prudência de um homem já há muitos dias sem mulher: dias demais para quem tinha a potência sexual conhecida e apreciada por todas as companheiras do bando.

O negror dos olhos dela foi a faísca no estopim do seu desejo. Não houve necessidade de muita conversa, palavras de amor, ou promessas. Ele se aproximou, ela foi ao seu encontro, uniram-se com a naturalidade que o ambiente sugeria, sem retraimentos. Também a esse respeito minha bisavó tinha ideias claras. Provavelmente os anos transcorridos em contato com os animais haviam moldado gestos simples e diretos.

Gaspare era jovem, forte, saudável, mas cansado de fugir e de se opor a um Estado que geralmente era capaz apenas de prepotência e injustiça. Parou na casa de Assunta, a família dela o acolheu e, como era comunista, matou sua fome sem fazer perguntas, encobriu-o, construiu-lhe uma identidade falsa. Em poucas semanas os dois se casaram. Tiveram oito filhos e fizeram amor todas as noites que passaram juntos, sem pular nenhuma. Assunta esqueceu toda forma de inquietação, apagada pelo amor e extenuada pelo trabalho do campo que a tornava sólida e forte como uma oliveira centenária. Pariu como suas vacas, em sã resignação. Gaspare jamais trabalhou, nem jamais a ajudou nos campos. Comia, dormia, pensava, acumulava energia que depois restituía à mulher noite após noite; ela o acolhia com gratidão e, movendo-se continuamente, deslocando seu corpo maciço dos campos às estalagens, da cozinha ao leito, debaixo e por cima do marido, absorvia e metabolizava tudo aquilo de que precisava.

Nem a morte prematura de Gaspare em virtude de um ataque de malária foi uma tragédia para ela; durante sua curta vida matrimonial havia desfrutado bastante dos prazeres do amor. O cuidado com os filhos, sete machos e uma fêmea, a ocupava mantendo-a afastada daquela natural melancolia que é o veneno cotidiano ao qual as mulheres geralmente não sabem renunciar.

Com o tempo juntaram-se as preocupações econômicas. O campo rendia cada vez menos, e os *gabellotti** haviam aumentado suas exigências, obrigando-a a pagar uma bela extorsão. Mas a sua era uma força antiga, que vinha do mais profundo âmago de sua personalidade, daquele lugar misterioso que pertence apenas às mulheres e a que elas chegam para resistir às adversidades. De lá Penélope arrancava forças para fugir às ciladas dos Próclidas, era ali que Andrômaca se refugiava para deixar que Heitor fosse livremente ao encontro de um destino mortal. Ali, no fundo do coração, para além da mente, do corpo, das conveniências, das aparências, toda dúvida se dissolve, e uma força pulsante se concentra. Ali Assunta, como todas as outras antes e depois dela, encontrou ânimo, coragem, perseverança. Seu carisma aumentou com o tempo, os camponeses reconheciam sua autoridade e seu prestígio, ela solucionava controvérsias, acertava casamentos, dava conselhos aos jovens, ajudava-os a encontrar seu caminho.

Com o passar dos anos seu corpo forte sofreu grandes transformações: quadrangular nas formas, adquirira, porém, um magnetismo erótico e uma energia sensual incontida. Murmurava-se que a sua energia estivesse entre as pernas, numa protuberância que seus amantes, aqueles rapazes todos para quem acertava os casamentos e que ela exercitava em sua cama, eram obrigados a acariciar até que Assunta, saciada, deixasse que fossem embora. O segredo da pele de seu rosto, firme, transparente e sem rugas, estava todo ali, naquele quarto onde à noite iniciava os adolescentes, despertava os tímidos e cansava os experientes. Nenhum deles jamais reclamou desse privilégio, e, se muitas moças do feudo tiveram uma vida conjugal feliz, talvez parte desse mérito tenha sido de dona Assunta Guazzalora Santadriano.

---

* *Gabellotto:* cobrador do imposto da gabela. Na Sicília, locador de uma fazenda agrícola de que, geralmente, não é o cultivador direto. (N. da T.)

Criou os filhos sozinha, sem um instante sequer de esmorecimento, trabalhando de dia e amando de noite. Como nenhum deles possuía físico adequado para o trabalho no campo, fez com que todos estudassem: um tornou-se engenheiro; outro foi senador; dois, advogados; um, pianista; um, prefeito; meu avô Alfonso, médico; a filha se casou com um rico proprietário de terra.

Assunta morreu aos 60 anos nos braços do último tímido que apelara a ela para encontrar uma mulher. O corpo, colocado na sala, tinha a blusa branca e a saia preta de sempre e foi visitado por todos os homens da propriedade. A face da avó Assunta tinha uma expressão extática, os lábios dispostos num sorriso e sombreados por um bigode cinza e espesso, crescido com o passar dos anos em função dos hormônios com que a natureza lhe fora generosa, e que eram a causa, junto à sua índole orgulhosa e independente, de sua conduta libertina.

III

Meu avô Alfonso trocou Montiduro pela cidade de Palermo aos 7 anos de idade. Morava num quarto alugado e cuidava de seu dia a dia com absoluta autonomia, preparando almoço e jantar, indo à escola, administrando o pouco dinheiro que sua mãe lhe enviava todo mês para que pudesse se manter. Aos 8 anos começou a fumar e nunca mais parou, mesmo depois de um infarto que, com apenas 40 anos, levou-o a uma parada cardíaca, mas sem que tivesse qualquer consequência sobre sua saúde futura, ou sobre seus hábitos. Era ainda um menino quando encontrou sua primeira mulher, uma puta por volta dos 30 anos que simpatizara com ele e o recebia em casa depois do trabalho, fazendo com que dormisse entre suas pernas. Mulheres e cigarros foram o centro de sua vida, o ponto de equilíbrio no desequilíbrio, a finalidade de toda ação, o motivo propulsor, refúgio e consolo.

Talvez fosse belo, eu não saberia dizer, certo é que as mulheres não resistiam a ele. Casou-se com minha avó Margherita assim que se formou. Encontrou-a em Modica em circunstâncias misteriosas; de fato nada se sabe sobre ela além de que seu pai foi jornalista e morreu muito jovem, deixando-a órfã aos 6 anos. Talvez todo esse mistério servisse para encobrir algum segredo doloroso ou vergonhoso, mas ninguém da família tem qualquer notícia a esse respeito.

Formado, meu avô tornou-se assistente junto à cátedra de oftalmologia da Universidade de Palermo. Desenvolvia pesquisa com globos oculares furtados à noite nos cemitérios da cidade. Ao anoitecer vestia o casaco e saía sem dar explicações, e nem sua mulher jamais pediu.

As monografias experimentais, necessárias à época para a obtenção da livre-docência, eram fruto de sangue, aquele coagulado dos cadáveres, e de suor, este do meu avô, que não poucas vezes se viu escavando a terra e profanando tumbas para conseguir o que precisava. E todo ano, antes de entregar os trabalhos na secretaria, dirigia-se ao seu professor para que ele assinasse.

* * *

"Professor, posso?"

"O que foi, Guazzalora? Terminou a ronda?"

Meu avô desabotoou seu jaleco branco, cruzou as mãos atrás das costas e entrou cheio de expectativas no gabinete do professor. Sabia que valia muito: já era um médico cotado junto à burguesia palermitana, e suas pesquisas tinham uma nota especial de originalidade que o distinguia do grupo informe dos colegas.

"Professor, a seção está em ordem, já fiz a ronda, já dei orientações ao responsável pela sala, a primeira intervenção é amanhã às sete."

"Obrigado, Guazzalora, nos vemos amanhã."

"Não, professor, me desculpe... gostaria de saber se teve tempo de dar uma olhada nos meus relatórios, os que entreguei na semana passada. O senhor sabe como é, os prazos para apresentar a solicitação terminam daqui a dois dias..."

"Sim, eu vi... excelentes, ótimo trabalho, muito bom de verdade!"

Meu avô soltou as mãos, trouxe os braços ao longo dos flancos, sentindo que a tensão começava a desaparecer, deixando o pescoço livre também para girar a cabeça à direita e à esquerda.

"Guazzalora, está dormindo? Pode ir."

Alfonso estava desorientado, não entendia o comportamento do seu superior, achava que iria pegar os documentos assinados, e em vez disso... Foi o próprio professor a tirá-lo do embaraço: "Ah, Guazzalora, eu não disse a você, sente-se que vamos conversar. Sabe, um médico não é realmente bom se não sabe fazer o trabalho de equipe. Antes de você há três colegas mais velhos, nos próximos anos você vai trabalhar para eles, depois será sua vez. Até logo, Guazzalora, nos vemos amanhã na sala de cirurgia."

Meu avô engoliu o sapo, não era uma época de direitos, apenas de deveres, e o professor dispunha da vida e da morte de seus assistentes.

Furioso de raiva, avô Alfonso se adequou àquelas regras não escritas e durante três anos trabalhou para os colegas, continuando a sair para suas pesquisas ao anoitecer. "O conde Drácula do cemitério de Sant'Orsola", assim o apelidaram os coveiros que, por uma modesta recompensa, indicavam a ele a presença de cadáveres frescos à espera de sepultamento.

Ao terceiro ano de especialização o doutor Alfonso Guazzalora Santadriano, que seu chefe chamava apenas pelo sobrenome, privando-o do título que lhe daria demasiada importância, produzira cinco trabalhos sobre a *Chlamydia*

Trachomatis, infecção banal dos olhos que, devido à pouca higiene e à condição miserável em que viviam os camponeses sicilianos daquele tempo, provocava lesões permanentes e cicatrizes que podiam cegar crianças já aos 10 anos de idade.

Aquele dia meu avô se apresentou no gabinete do professor Angelo Paterno com o coração cheio de esperança. Fora obediente, havia feito trabalho de equipe e, de acordo com o pacto, agora era sua vez.

Era um mês quente de julho, o siroco soprava sobre Palermo irritando o ânimo das pessoas que na falta de ar-condicionado sentiam um nervosismo fora do comum e brigavam com facilidade. Meu avô era do tipo inflamado; o siroco, com certeza, não o ajudava; e o pensamento da livre-docência, que da vez anterior se dissolvera como uma miragem, o estava deixando maluco.

"Bom dia, professor, posso entrar?", sua voz saiu em falsete.

"Entre, Guazzalora. O que foi? Problemas na seção? Controlou a catarata do honorável Cucco?"

O professor nesse meio-tempo pegara intimidade, do *senhor* passou ao *você* e tratava meu avô com uma irritante condescendência.

"Sim, professor, o honorável está tranquilo, está tudo em ordem na seção, mas gostaria de falar dos meus trabalhos. Sabe, amanhã terminam os prazos para apresentar a solicitação..."

"Guazzalora, do que está falando?"

"Mas, professor, da livre-docência."

"Guazzalora, você é casado?"

"Professor, mas o que é que isso tem a ver?"

"Responda, Guazzalora; as perguntas faço eu."

"Sim, professor, sou casado."

"E tem filhos?"

"Sinceramente, professor, não entendo..."

"Guazzalora, já disse que as perguntas faço eu!"

"Sim, professor, tenho três."

"E você tem problemas financeiros?"

"Não, professor, consigo dar de comer a eles e vesti-los."

"E como faz para ganhar?"

Meu avô começou a soltar fumaça pelo nariz e pelas orelhas, mas, como sua carreira dependia daquela miserável lenga-lenga, que estava faltando com a palavra dada, tentava controlar a raiva, com voz modulada.

"Mas, professor, o senhor quer o quê? Tenho salário de professor assistente universitário, de tarde me viro fazendo ambulatório, de noite são os plantões, e no fim do mês tenho o dinheiro de que preciso."

"Pois então, Guazzalora, você não tem necessidade daqueles trabalhos, porque já possui uma casa, uma mulher, três filhos, e todos comem. Este ano, seus trabalhos vão para o noivo da minha filha, do contrário não conseguem se casar."

"Professor, mas o que está dizendo? Tinha dado sua palavra... promessa é dívida", meu avô tentou entabular um confronto democrático e civilizado.

"Guazzalora, eu havia dito a você que o bom médico é aquele que sabe fazer trabalho de equipe, essa é a base da medicina moderna. Mesmo que às vezes na equipe apenas um trabalhe. *Questo ti attoca di fare, Guazzalora, ammuttare travagghiu!** E depois imagine se a filha do professor Angelo Paterno se casa com um doutorzinho desconhecido, sem ter ao menos a livre-docência? Lá se vai meu prestígio e, no fundo, o seu também, por acaso não sou o seu chefe?", e seus lábios se abriram num sorriso de complacência que, porém, daquele dia em diante não pôde mais exibir publicamente.

A cadeira atingiu seus incisivos, que caíram tilintantes sobre o tampo de metal da escrivaninha, enquanto a laceração do lábio superior e a luxação da mandíbula estamparam em seu rosto uma expressão de amargo arrependimento, o que fez com que se parecesse com um papa-defunto pelo resto de seus dias. As pessoas começaram a considerá-lo portador de má sorte, e seu sucesso como médico naufragou junto com a livre-docência de seu assistente, o doutor Alfonso Gazzalora Santadriano.

Meu avô evitou a queixa-crime apenas porque Angelo Paterno, catedrático de prestígio e de fama regional, não poderia admitir publicamente a derrota nem contar a verdade. Mesmo que universalmente praticado, o nepotismo era um modo de agir inconfessável, faz-se, mas não se fala.

Meu avô se viu de um dia para o outro médico sanitarista da prefeitura de Malavacata. Minha avó Margherita, que naqueles primeiros anos palermitanos tinha usufruído de uma vida discretamente confortável, de aceitação social e também de certo mundanismo, entre teatros e círculos literários, desceu das luzes da cidade para a escuridão da província agrícola. Mas, sobre os tormentos e dificuldades que seguramente a acompanharam nessa imprevista mudança, sabemos pouco ou quase nada: de si jamais falou, verdadeira mulher de valor.

---

* "É o que te cabe fazer, Guazzalora, acumular trabalho!" (N. da T.)

IV

O temperamento de meu avô, de ruim ficou péssimo. Instável como uma mulher na menopausa, mudava de humor repentinamente, sem motivo aparente. De pouca estatura, possuía um comportamento altivo e a postura segura de quem conhece as próprias qualidades; no todo poderia ser definido como um homem fascinante, e com certeza as mulheres ficavam irresistivelmente atraídas por ele. Os olhos grandes, acinzentados, plenos de paixão, os cabelos esbranquiçados quando ainda jovem, usava roupas brancas no verão e no inverno, e combinava sapatos e boné. Apaixonava-se com certa frequência, noivava em casa uma vez por ano — por isso sua família não era um obstáculo — e, nos intervalos, perseguia as empregadinhas que minha avó dispensava de um dia para o outro, pelo desaforo.

Durante o fascismo, contra sua vontade, fizeram-no vestir a divisa federal, porque era a pessoa de maior autoridade e mais visada das redondezas. Pouco ideológico, não habituado à disciplina e à obediência que o regime pretendia dos cidadãos comuns e, sobretudo, de seus representantes, logo foi expulso do partido com uma carta cheia de insultos, que avó Margherita conservou como prova da incapacidade do marido.

Em julho de 1943 chegou a Malavacata um batalhão de soldados americanos. Entraram na vila em meio a duas fileiras de camponeses de bonés na mão e cara atônita, que não sabiam se riam ou se choravam. Conscientes de que os novos visitantes eram de toda forma invasores, aqueles infelizes estavam na rua a olhar, a suportar, a organizar uma espécie de resistência passiva, *càlati junco che passa la china*.* Os proprietários de terra, prontos a passar para o lado dos vencedores, haviam constituído comitês de recepção, preparado almoços de boas-vindas e ceias de gala. Quem havia se exposto muito com a administração

---

* Provérbio que significa "ao mais potente ceda o prudente"; literalmente: dobre-se o junco que passa a cheia. (N. da T.)

anterior se refugiou nas montanhas, em alguma propriedade longínqua, esperando que a euforia pelo novo apagasse da memória as antigas malfeitorias.

Malavacata era um lugar atrasado, isolado do resto do mundo, que se alcançava através de trilhas poeirentas, que se estendiam por campos e colinas. A estação ferroviária era distante cerca de cinco quilômetros, e a ela se chegava a pé ou em lombo de burro.

Para os habitantes do lugar, que nunca haviam visto gente de fora, os soldados americanos representaram o primeiro contato próximo com o estrangeiro. Aqueles homens tão encardidos deviam ter rodado muitas estradas e, mesmo assim, sorriam confiantes, mostrando dentes brancos e perfeitos, tão diferentes dos seus, pretos e estragados pela malária e pela desnutrição.

"*Bedda matri,* que negrume! Esses ingleses estão mesmo emporcalhados!" Para os malavacatenses, meu avô incluído, qualquer um que viesse de fora, mesmo sendo da cidade vizinha, era '*ngrisi,* isto é, "inglês".

"Precisamos de água... sujos deste jeito é bom que se lavem... água, rápido!" Trouxeram ânforas e cântaros transbordantes, sabão e cinza. Mas, quanto mais aqueles homens se lavavam, mais suas peles resplandeciam uma cor entre o marrom queimado e o ébano. Em Malavacata ninguém jamais conhecera um negro, não havia dúvida portanto de que o escuro da pele fosse decorrente da pouca higiene, do barro; os moradores esperavam confiantes que a água e o sabão trariam de volta a cor natural daqueles rostos que por alguma estranha magia tinham dentes alvíssimos. Quando ficou evidente que o negro não era graxa e nunca sairia, os malavacatenses trancaram-se em casa entre gritos, invocações e rezas.

"*Bedda matri!* O diabo!"

"*Madunnuzza bedda*, proteja-nos!'

Pediu-se ao padre que interviesse com um exorcismo oficial, e também as *ma'are* — as feiticeiras que preparavam filtros do amor, afastavam mau-olhado, curavam doenças, quando se precisava, mas sempre às escondidas, porque concorriam com o padre e o médico — foram consultadas à plena luz do dia, nessa ocasião.

Foram necessários diversos dias, vários maços de cigarro e muitos quilos de *ciunchi*, "chewingum", chiclete, para convencer aquelas pessoas de que os negros eram homens como eles, iguais a eles e por vezes até melhores. Em pouco tempo a paridade entre invadidos e invasores foi alcançada, graças às mulheres do lugar, que desses últimos ficaram com a parte melhor, elogiando suas qualidades. A administração local foi entregue ao advogado Schininà, destacado expoente mafioso.

* * *

Schininà tinha péssimas relações com meu avô Alfonso, certamente não por motivos políticos, como se poderia pensar. Havia tempos o advogado tinha inveja pelas mulheres que rodeavam o doutor; por isso, aproveitando o poder que lhe caíra como uma bênção dos céus, para tirar do caminho o rival amoroso, denunciou-o ao tribunal de guerra como fascista. Os soldados do exército realizaram uma investigação durante a qual encontraram um fuzil de caça debaixo da cama.

O "sequestro das armas", como foi definido no comunicado redigido pelas autoridades de guerra, agravou a posição do meu avô, que por conta de seu caráter orgulhoso não fazia nada para aliviar as acusações que caíam sobre sua cabeça. Levaram-no para o Ucciardone, o cárcere de Palermo, aonde minha avó, enfrentando viagens aventurosas, um pouco de trem, um pouco de burro, levava laranja e roupas para ele. Mas, graças à carta que atestava a pouca afeição de meu avô pela ideologia fascista, escrupulosamente conservada pela sua mulher com bem outras intenções, Alfonso demonstrou sua inocência e retornou como herói. A aura de perseguido político o deixou ainda mais fascinante e carismático, e as mulheres nunca mais o deixaram em paz.

O desembarque dos Aliados fora altamente desejado pela Cosa Nostra, que durante *Il Ventennio** teve que se redimensionar sob a ação decidida do prefeito Mori. No confuso período que se seguiu ao desembarque, portanto, a transição para a democracia foi administrada pelos mafiosos locais, que, com o consenso dos Aliados, instalaram-se oficialmente no interior das instituições, encarregaram-se da ordem e garantiram a justiça.

Alfonso Guazzalora Santadriano, digno herdeiro de uma família comunista, que ficara fascinado com Natoli e com os *Beati Paoli*,** que frequentara os cemitérios palermitanos no coração da noite e que, apesar dos estudos científicos, era irremediavelmente atraído pelos mistérios e pelas práticas esotéricas, fundou então uma sociedade secreta, com o objetivo de se divertir um pouco e de ter algum controle diante dos novos poderosos, aí incluído o advogado

---

* *Il Ventennio*, a Vintena: o período de vinte anos (1925-1945) da ditadura fascista. (N. da T.)
** Luigi Natoli (1857-1941), escritor siciliano, muito popular por seus romances publicados em capítulos em jornais e revistas. Seu romance mais famoso, *Beati Paoli*, dedica-se ao tema dessa associação secreta, atuante na defesa dos fracos e dos oprimidos. (N. da T.)

Schininà. Fortalecido pelo seu papel de médico, que lhe permitia entrar na intimidade das famílias e conhecer seus segredos inconfessáveis, reuniu a maior parte dos malavacatenses numa loja que obedecia às suas ordens.

Em tempos nos quais as fronteiras da legalidade deslocam-se continuamente e as garantias e os direitos se dissolvem com facilidade, apenas a amizade com os poderosos pode garantir a sobrevivência. E, às vezes, nem o pertencimento ao clã dominante é suficiente para levar uma vida tranquila. Os camponeses analfabetos, que representavam a maioria da população de Malavacata, acorreram em grande número para se colocar sob a proteção do doutor que possuía fama de estar próximo ao povo e não por acaso era chamado "o Comunista".

A cerimônia para entrada na sociedade secreta era coreográfica e inspirada nos rituais mafiosos. Os participantes se encontravam no ambulatório onde o novo filiado jurava fidelidade com a mão esquerda apoiada num balde, o utilizado pelo meu avô na universidade para seus estudos de anatomia, e a mão direita no coração. Ao final meu avô recitava com ar turvo algumas frases latinas: "*Post prandium aut stabis aut lente deambulabis...*", os ditames da escola de medicina salernitana eram o fundamento do rito de filiação.

Por alguns meses, como carbonários reuniram-se todas as noites. Meu avô era informado sobre os acontecimentos, falava-se de justiça social, sonhava-se com um futuro melhor, mantinham-se sob controle os novos administradores. Não durou muito: o Schininà de sempre fez uma denúncia anônima, e meu avô foi preso mais uma vez. Mas foi colocado em liberdade logo depois, assim que os juízes compreenderam que os "vestígios de sacrifícios humanos" não iam além do balde utilizado pelo doutor em seus estudos e as "fórmulas mágicas" eram banais regras de higiene corporal. Meu avô foi carregado em triunfo e festejado como herói. Voltou a sonhar, a inquietar as mulheres, a se apaixonar, a negociar com a política.

V

O bandido Giuliano imperava na Sicília ocidental, aclamado e venerado pela gente simples, por chefes da máfia, políticos. Meu avô se tornou separatista e continuou a fazer o que sempre havia feito, cuidar gratuitamente das pessoas: dos pobres porque não tinham dinheiro, dos ricos porque ele achava que cobrar era de mau gosto.

"*Dutturi, dutturi*!" Meu avô estava sentado na cozinha com sua infalível xícara de café, quando Gesuela chegou esbaforida.
"O que foi? O que aconteceu?" Avó Margherita desde de manhã cedo esperava por Gesuela, seu boletim diário de informação. Não havia nascimento, morte, traição, cornos, pauladas, suspiro, peido de que não ficasse a par e que não transmitisse à sua patroa em tempo real.
"*Signura*!" Gesuela estava sem fôlego por causa da corrida.
"Gesuela, parece *babba*. Fale."
"*Signura*, um deus nos acuda... Giuliano está na montanha."
"É, *macari chistu*! O que Giuliano está fazendo nesse lugar de desvalidos, sem dinheiro?"
"*Signura*, Giuliano está na montanha. Totò Manicamorta está na caserna, dizendo aos carabineiros que fiquem reclusos, sem sair até amanhã."
"Alfonso", minha avó dirigindo-se ao marido, "você acha possível?"
Meu avô tirou o quepe, coçou a cabeça como para organizar as ideias e então, com ar indiferente: "É claro que eu acho, está acompanhando a irmã Mariannina até aqui porque precisa de uma consulta para os olhos."
"*Signura*, o que foi que eu disse? Arrumo a mesa? Preparo o café?"
"Gesuela, não é que temos convidados, se estão vindo é porque precisam de alguma coisa."
Mariannina Giuliano veio de braços dados com sua mãe Maria; foram recebidas com as honras de rainhas pelos camponeses em festa. Giuliano ficou

parado no topo da montanha velando pela integridade e honra das duas mulheres. Meu avô tratou de Mariannina de graça: "Só faltava essa, cobrar da irmã de Giuliano!"

VI

A distinção de meu avô e o seu escasso apego ao dinheiro trouxeram muitos problemas econômicos para a família, que àquela altura se encontrava numa situação de verdadeira indigência. Avó Margherita, a senhora do mistério, tinha que se arranjar e consumia seus dias em meio à fome, à miséria, com casacos virados do avesso, calçados remendados. Todo dia colocava na mesa macarrão, batata e uma infinita série de palavrões ao marido, que não tinha condições de garantir a sua sobrevivência e a dos filhos. Dirigia-se a ele de modo grosseiro, e o apelidara com desprezo de "o Herói dos dois mundos", mas o Garibaldi de Malavacata fazia que não ouvia.

Cansada de passar fome e aproveitando a recente reforma agrária, pela qual a terra fora redistribuída aos trabalhadores braçais, transformando-os em pequenos empreendedores, minha avó organizou uma cooperativa de trabalhadores rurais. Rapidamente começou a ganhar mais que um profissional, sem falar que agora a família tinha alimento em abundância e lã para as roupas.

Imediatamente, a inveja fez-se presente nas vestes do advogado Schininà de sempre, que enviou uma série de cartas anônimas ao chefe dos soldados, que apontavam irregularidades nos registros contábeis e fraudes fiscais. Tratava-se evidentemente de outra tentativa de golpe contra o doutor Alfonso Guazzalora. Os inspetores chegaram afoitos, estudaram minuciosamente os livros contábeis e tiveram que se render: minha avó estava limpa como a água da fonte. Meu avô começou a observá-la com outros olhos, e a admirar sua capacidade e seu espírito de iniciativa.

Margherita tivera a intuição de converter a velha sociedade secreta do marido numa preciosa rede de conexões entre pastores, camponeses e moleiros do latifúndio dos Calà Ulloa, pequenos senhores locais, e os pequenos cultivadores dos feudos vizinhos, que se tornaram independentes com a reforma. Uma vez por semana havia o mercado da praça. Os pequenos produtores trocavam ou vendiam suas mercadorias e depois, correndo, comunicavam os valores ganhos à dona Margherita, que, da cozinha de casa, dirigia todas as operações.

Minha avó não punha o nariz fora de casa, seu isolamento era o modo de meu avô defender sua honra e também seu próprio status profissional. "Eu sou rico e minha mulher não tem necessidade de sair de casa pra trabalhar": era esse o verdadeiro significado do isolamento feminino da época.

A reforma agrária despertou também o espírito comunista de meu avô, que estava adormecido já fazia algum tempo. Decidiu que era hora de acabar com a exploração dos camponeses e que chegara o momento de dar a eles a terra, como prescrevia a lei.

Montado num cavalo branco, desfraldando uma bandeira vermelha, ocupou, junto com seus amigos, algumas terras dos Calà Ulloa, sinistros proprietários das panças gordas cheias de colesterol e pernas embolotadas de bagos de gota. Nem é preciso dizer que foi preso novamente, enquanto aos camponeses foi atribuída uma pequena porção de terreno chamada 'u *gattareddu*, um pedregal árido como o coração dos administradores locais.

Meu avô ficou preso por alguns meses, e as coisas voltaram a andar mal. Minha avó, relegada à casa, pouco podia fazer contra a potência dos grandes proprietários de terra, que àquela altura a hostilizavam abertamente. Em um ano o balanço da cooperativa passou do verde brilhante ao vermelho, e vieram de novo fome, miséria, casacões do avesso, sapatos remendados, ovo de vez em quando e carne uma vez por mês.

Mas *bon tempo e malo tempo non dura tutto il tempo*, as novas eleições espantaram o perigo comunista, venceu a Democracia Cristã, que ampliou a assistência sanitária por meio da previdência social; meu avô, com desagrado, começou a ganhar, minha avó Margherita se aquietou e voltou a suas ocupações de verdadeira senhora, que eram o violino e a matemática.

VII

Parece que minha mãe está grávida. Ninguém me comunicou oficialmente, *nzà ma'* se eu ficasse impressionada. A palavra *grávida* não pode ser pronunciada, no máximo se usa o verbo *comprar*: "Comprei um belo de um machinho que promete" ou "Quando compra sua filha?".

Entendi que minha mãe vai *comprar* em agosto e, em consequência dessa impensada aquisição, reclama continuamente. Fala que não pode cuidar de tudo, que se cansa, que as pernas doem, que não consegue encontrar uma empregada para ajudar, que meu pai é muito exigente, que o enjoo não a deixa em paz, em suma, comporta-se como uma velha rabugenta.

De vez em quando alguém me pergunta: "O que quer que sua mãe compre, irmãozinho ou irmãzinha?" Se tivessem me perguntado antes eu teria respondido: "Nada. Não quero ninguém que me mande embora de casa, que já me deixa infeliz mesmo antes de chegar; por mim não queria nem conhecer." Mas às crianças não é permitido escolher, então com ar distraído respondo: "Um cachorro." O cretino da vez ri, acha que sabe mais que eu; esse é o mundo dos grandes. Conclusão: no início das férias de verão me levam, como todo ano, aos meus avós de Malavacata.

"Ali o ar é bom, Agatì, vai abrir seu apetite." Meu pai ressaltava as vantagens daquelas férias com muita ênfase e isso me deixou desconfiada. "Agatì, a vovó faz o caldo de galinha pra você... e, depois, você sabe como volta robusta." Minha mãe, ao contrário, estimulava minha vaidade: "Você vai ver que belo rosto branco e vermelho vai ganhar no campo." Pode ser, a mim aquele cuidado todo deixou desconfiada e esquiva, feito uma gata que acabou de parir.

Depois das férias de verão meus pais não vieram me buscar e eu comecei a frequentar a escola primária do lugar.

* * *

Meus pais agiram tal e qual os do Pequeno Polegar, me levaram até o bosque e nunca mais voltaram. Eu, exatamente como ele, não estava preparada e não tinha as pedrinhas no bolso para marcar o caminho, por isso entrei no bosque à procura de abrigo. Em vez da mulher do ogro, por sorte, encontrei meus avós, que me fizeram feliz, encontrei Ninetta, a empregada, uma mulher cheia de amor que me acolheu entre suas grandes *minne* maternas, uma professora doce, compreensiva e cheia de cuidados que entendeu todas as minhas dificuldades e me ajudou a superá-las.

Mas por que os meus pais preferiram se afastar de mim, uma menina dócil que ajudava em casa, comia e dormia sem fazer história, se contentava com pouco, brincava silenciosa, tranquila, ficando com meu irmão Sebastiano, que, ao contrário, quebrava tudo, resmungava, ficava dia e noite sem dar sossego, é um mistério doloroso, que até hoje atormenta minha alma.

No início, o fato de que meu pai e meu irmão tivessem o prazer da companhia da minha mãe realmente não me descia, e por isso eu os odiei profundamente. Todos eles juntos em casa, enquanto eu sozinha e abandonada morria de inveja... a saudade apertava o meu peito e contraía a minha respiração como se eu fosse asmática. Depois me acostumei, fiquei livre da sensação de opressão, me transformei numa menina feliz.

Fingia. Os danos daquele abandono explodiriam violentamente anos e anos depois.

Com suas esquisitices e seu afeto, meu avô Alfonso conseguira me consolar. Morávamos numa casa velha muito desconfortável e desajeitada. Entrava-se diretamente numa cozinha escura, que era seu coração. Ao centro uma mesa grande de madeira escura, onde comíamos e que, quando necessário, virava escrivaninha, apoio para algum trabalho, mesa de passar roupa.

Minha avó, toda noite, antes do jantar, entre pratos e louças, fazia suas contas. Num caderninho preto anotava minuciosamente quantos ovos, peras, favas, tomates, amêndoas, caquis, ou, conforme a estação, sorvas, figos-da-índia, azeitonas, o camponês trouxera; na mesma linha, quanto ganhara com a venda daquele produto. Era seu modo de contribuir com o orçamento familiar, que havia melhorado nos últimos tempos, graças aos reembolsos da previdência, mas ainda insuficientes para atender às necessidades de todos.

Meu avô não tinha uma boa relação com o dinheiro. Ficava aborrecido para recebê-lo e assim que o tinha nas mãos gastava em coisas inúteis. "Está certo, já não basta que estejam doentes, ainda quer pedir dinheiro a eles?", era a sua resposta às pressões da mulher, que o encorajava a buscar os pagamentos parcelados.

Também cuidavam de mim duas tias gêmeas, Nellina — devotadíssima a Madonna della Luce, casada com o médico novo da cidade, inimigo implacável de meu avô — e Titina, ainda *signorina*, professora primária que, à espera de *lu postu governativo*, uma vaga na escola pública, dava aulas particulares a um grupo de cabeças-duras analfabetos para pagar um ou outro capricho. E havia ainda a Ninetta, a empregada chamada também de "Addinedda", galinhola, que morava na parte baixa e pobre da cidade; sua mãe era a puta oficial da província, por isso lhe coubera um marido despossuído, sem disposição para trabalhar e que mulher alguma chamada de honesta teria pegado, mas sabemos que a culpa dos pais recai sobre os filhos. Addinedda, mais que galinha, era um burro de carga, tinha uma fileira de *picciriddi* com diferença de dez meses entre um e outro, trabalhava fora e dentro de casa e mantinha toda a família com o pouco que ganhava. A alcunha, ganhara no campo, como uma espécie de medalha: a quem ficava se lamentando por algum aborrecimento, uma doença, uma desgraça, Ninetta dizia indignada: *"A gaddina fa l' uovo e al gallo gli abbrucia 'u culu!"** De tanto ouvir isso, as pessoas começaram a chamá-la de Addinedda.

Seu corpo gordo e deformado não lhe fazia justiça, porque era doce e de ânimo delicado. Não sabia ler nem escrever, assinava com uma cruz. No fim do mês recebia um subsídio por invalidez, que ia pegar no correio.

Eu era pequena, mas já sabia escrever graças à televisão e ao professor Alberto Manzi, que também me ensinara a me expressar em italiano correto, pois entre nós era costume falar apenas em dialeto. A professora local aperfeiçoou a minha educação.

Ninetta me considerava a sua *picciridda* e fazia todas as minhas vontades. Me carregava nos braços para cima e para baixo pelas escadas, me cobria de afeto muito mais do que seu salário a obrigava. Me ensinou também uma oração que ainda hoje rezo antes de adormecer:

> *Iu mi curcu na lu me letto,*
> *cu' Maria na lu me petto,*
> *iu dormu, idda vigghia,*
> *si c'è cosa m'arruspigghia.*

(Eu me deito no meu leito,/ com Maria no coração,/ eu durmo, ela vela,/ se algo acontece, me acorda.)

---

* "A galinha bota o ovo, e o cu do galo é que arde!" (N. da T.)

VIII

"Mamãe, mamãee, mamãeee!"

"Titina, o que foi? Está se sentindo mal? O que você quer?"

Avó Margherita acode preocupada à cama da filha que acabou de acordar, chorando como sempre. "Mamãe, você sabe que eu tenho pressão baixa e que de manhã preciso de café pra me levantar", ela responde com voz chorosa. É sempre tão manhosa a Titina, não acha namorado e tem medo de ficar solteirona. Sua desventura, de vez em vez, se resume a um café aguado, à alcinha da combinação despregada, a uma mancha na blusa, à estação fria ou quente, enfim, tem sempre alguma coisa.

Minha avó a adora, é sua filha preferida e para tudo o que ela diz, faz o contracanto: "É verdade! Tem razão! Coitada, com a pouca saúde que tem..." Titina passa o tempo todo a choramingar, e a mãe a comiserar. Eu as observo curiosa e de vez em quando faço um arremedo, com uma vozinha em falsete repito as lamúrias de Titina: "Ahhh, que dor na perna.... *Bedda matreee*, a barata, lá perto da cadeira, que nojo..." de repente, o sopapo desagradável chega infalível. Agora, porém, fiquei mais esperta e antes de comentar espero meu avô chegar em casa: diante dele elas não têm coragem de reagir e posso dizer o que me passa pela cabeça, sem represália.

Há algum tempo, aos lamentos de Titina se juntaram os suspiros de Nellina, a irmã gêmea que, sempre na mesma hora, chega em casa com ar aflito e comportamento sofrido. Se para uma o problema é achar um marido, para a outra, é *comprar* um filho, que não chegou, após tantos anos de casamento. Na cidade as pessoas começaram a comentar: "Mas o quê, a filha do doutor é doente?"

"Não só filha, é também mulher de doutor!"

"E daí? Vai me dizer que os médicos não ficam doentes?"

"É verdade, não tinha pensado. Será que o doutor, quer dizer, o marido, tem algum problema?"

"Ele é um pouco velho, não será a próstata?"
"Mas, sinceramente, por aqui tem gente que comprou com 70 anos..."
"Mas será que ele não se faz de doutor de *babbio*?"
"Só faltava essa!"
"Vai ver nem sabe curar as pessoas..."
"Ou então é ruim de encaixe!"

A impotência do doutor, por sua vez genro do único Doutor com D maiúsculo do lugar, isto é, meu avô, é o assunto preferido das conversas dos moradores. Parece impossível que o marido de Nellina não seja capaz de engravidá-la, coisa de ficção científica, coisa "para contar ao médico". De início era um burburinho, depois alguém começou a falar em alta voz, e a questão assumiu feições políticas.

Os médicos do governo controlavam naquela época um bom número de votos e estavam em posição de decidir as eleições municipais, regionais e até mesmo nacionais. Meu avô Alfonso durante muitos anos havia sido o único médico no raio de muitos quilômetros: senhor indiscutível da terapia, distribuía saúde, exercitava poder despótico e garantia um discreto número de votos ao Partido Comunista, em cujas fileiras militava também seu irmão mais novo, que depois iria se tornar deputado.

Após o final da guerra os moradores de Malavacata tinham aumentado, apesar do fluxo migratório para a Alemanha. Portanto, o município recebeu um segundo médico. O novo doutor, que se chamava Gnaziu, mal chegou ao lugar noivou com a tia Nellina, que, com medo de morrer solteira, agarrou-o com pressa e furor, sem se importar com a oposição do pai. Gnaziu custou a encontrar clientes, levando em conta que avô Alfonso era obsequiado como um semideus pelas famílias de quem conhecia todos os segredos. Nellina o ajudou, girando de um canto para outro daquele lugar, em busca de novos pacientes.

Não se tratava apenas de aumentar o caixa ao final do mês, mas de adquirir o controle dos votos durante as eleições, estreitar laços com as referências nacionais dos partidos e então usufruir de posteriores benefícios. Nellina era mulher de igreja, seu marido, democrático e, obviamente, cristão. Cada pensionista trazia consigo os votos da família, pelo menos cinco, e os médicos agarravam seus clientes para valer.

A luta entre os dois rivais foi particularmente sanguinolenta, até porque acontecia dentro da mesma família, e confundiu as pessoas que, sem consciência política, tomavam partido, ora por um, ora por outro, com base apenas na simpatia ou conveniência. Por um lado a esterilidade de Nellina trazia sério prejuízo ao marido — como médico porque não era capaz de curá-la, como homem porque não era capaz de cobri-la —; por outro, dava grande vantagem ao meu avô, mulherengo impertinente, cuja virilidade não era colocada em discussão. Minha avó, frequentemente chamada à causa, mantinha aparente neutralidade.

De qualquer modo, durante aproximadamente trinta anos, avô Alfonso esteve em posição de controlar a vida política de Malavacata, exasperando o ânimo da filha e fazendo-se odiar pelo genro, que teve que esperar a morte do doutor Guazzalora para ter sua revanche.

Enquanto isso, toda manhã Nellina ia assistir à primeira missa na igreja, desfiava o rosário diante da imagem da Madona e, pontualmente, às onze, se apresentava na casa dos pais com uma série de lamentações. Sob a graça de Deus, mãe e filhas sentavam-se, então, em volta da mesa da cozinha, e as gêmeas por horas a fio confiavam à mãe suas respectivas aflições, brigando a respeito de quem tinha mais motivos para se desesperar, e concordando sobre uma ou outra bisbilhotice escarafunchada no ambulatório do marido de uma ou do pai das duas.

Eram observadas por Ninetta, considerada pessoa da família; contudo, se a empregada aprontava uma das suas, em torno daquela mesma mesa se sussurrava: "Uma espiã paga deve ser mandada embora. O certo é que Gesuela era outra coisa, e antigamente se contentava com um pouco de comida, agora a gente tem até que pagar", e assim por diante, dando livre vazão às costumeiras recriminações das patroas que sempre choramingam a penúltima empregada, cujas qualidades vêm a tona só depois que foi embora.

IX

"*Ma'*, o que acha das minhas mãos?" Titina hoje está estranhamente alegre. Minha avó revira os olhos míopes: "Por quê, o que elas têm?" Titina, chateada, mas alegre ainda, bate as pálpebras atrás dos óculos grossos: a miopia é uma doença de família, ela também é obrigada a usar lentes grossas como fundos de garrafa, que devido ao peso deformaram o nariz da mãe e da filha, fazendo com que pareçam aves de rapina.

"*Ma'*, você não entende nada mesmo! Sabia que as mãos são um instrumento de sedução?"

Minha avó faz cara de interrogação. Titina, sem dar trégua: "*Ma'*, sabia que tenho as mesmas medidas de Brigitte Bardot?", levanta da cadeira e dá uma volta. Minhas tias têm *minne* tão grandes que em vez de excitar a fantasia dos homens acabam embaraçando e, às vezes, até mesmo amedrontando: é de sufocar. Depois, como fazem para ficar de pé é uma questão de física mecânica; sem ter um contrapeso adequado, parecem estar a ponto de cair para a frente a qualquer momento.

"*Signura, preparo lu cafeni?*" Ninetta geralmente junta o *ni* no final da frase. "*Noni*", imita Nellina.

"O que é que vocês têm hoje?" Minha avó está desorientada, e Titina:

"*Ma'*, lembra do Fanu? Aquele da estrada ao pé da fortaleza."

"Mas quem? Aquele que chamam de 'Alto Voltaico'?", intervém Ninetta, largando o que está fazendo.

"Não o chame de 'Alto Voltaico'! Ele é Baldassare, isto é, meu pai o chama assim porque é muito alto e de pele escura."

"Não sabe que neste lugar até a altura pode ser um problema?" Avó Margherita procura mudar o assunto, que não está agradando a ela.

E Ninetta: "*Signura*, o que está dizendo é calúnia! Falam assim porque é comprido, seco e negro como os africanos! Tem um país onde todos são assim..."

"Vamos falar de geografia ou posso continuar?", replica Titina irritada.

Minha avó tenta levar a conversa para um terreno neutro: "Ninetta, quieta, vá passar o molho."

"Sim, senhora, desculpe."

Restabelecida a tranquilidade, distante dos ouvidos inimigos, Titina senta-se e continua: "Resumindo, *ma'*, ele diz que tenho mãos de princesa e que tenho as mesmas medidas da Brigitte Bardot..."

"*Torna parrino e sciuscia*!* São coisas que os homens dizem."

"... e me convidou pra dançar no domingo", concluiu Titina sem ligar para a interrupção venenosa da irmã.

"E o que é que ele sabe das suas medidas? Vai, *babba*, é melhor se esquecer disso, porque aquele ali é um infeliz de um mulherengo." Nellina não cede e, quando pode, cutuca ainda mais.

"Está certa você, que pra não ficar sozinha pegou o pior inimigo do papai." Realmente, para minhas tias não deve ser fácil achar marido. Não só porque são feias, mas também porque não têm dinheiro. Mas são honestas, de bons costumes, de ótima família, e isso acabou sendo suficiente para Nellina se casar. Vai bastar também para Titina?

"Ninetta, já passou o molho?", minha avó tenta mudar de assunto.

"*Signura*, eu estou fazendo."

"De todo modo, pelo sim, pelo não, vou sair no domingo", Titina volta à carga.

"E ponha o antifurto", grita a irmã, rindo zombeteira. Antifurto, segundo meu pai, era o chapéu que as gêmeas usavam para sair. Uma espécie de sopeira que, realmente, não ajudava muito, tanto que meu pai dizia que elas ficavam tão feias com aquela panela que nem mesmo um ladrão num beco sem saída iria querer cortejá-las. Por isso aquele chapéu, no vocabulário familiar, tornara-se "o antifurto".

"Escute, vamos pedir alguma informação antes." Avó Margherita tenta ganhar tempo.

"Mas que informações precisamos pedir a estranhos? Dou eu as informações", contesta Nellina: não há notícia naquele lugar que ela não fique sabendo em poucos minutos. "Ele tem uma pequena família, modesta, mas honesta. O pai ficou viúvo de novo, foi para o Continente e ali teve outro filho. O Alto Voltaico é empregado da região e gasta todo o salário com as prostitutas, não vê como está seco e definhado? Aquilo são as putas que estão comendo ele vivo!"

---

* "Volta o pároco a soprar." (N. da T.)

"Cuide de você e da sua casa, que seu marido também está bem longe de ser um santo, não me faça falar", responde Titina, que já vê no Alto Voltaico a única saída para conseguir dar adeus a uma virgindade que, se para as outras moças é um valor agregado, no seu caso significa um defeito de fábrica.

"O que está querendo dizer? *Si c'è cosa parra!*,* responde a irmã com olhar mafioso; depois, mudando repentinamente de expressão, continua com voz trêmula: "Cuido de mim, mas não basta, pedi a todos os santos pra cuidarem de mim, mas só a Madona pode me conceder a graça!"

"Mas o que há, minha filha? As coisas não vão bem? Tem alguma preocupação?"

"Mamãe, o que é que eu vou dizer..." Nellina custa a encontrar as palavras: "Como posso dizer, nada.... este mês também nada! De noite, um trabalhão, gira pra cá, fica de lá, levanta a perna, arca a coluna, tric e trac e nada, não acontece nada."

"Eu sinto muito. Claro, passaram seis anos, já era hora de ter engravidado... sua irmã Sabedda nesse mesmo período já fez três; teve até que deixar a Agatina com a gente, pois não sabe a quem dar atenção agora que tem o *picciriddu* novo. É verdade que o marido dela é jovem e o seu passou um pouquinho do ponto, mas o homem pode ter filho até 80 anos. Eu sei bem pelo seu pai, mulherengo como é, o que me faz passar. Toda barriga que passeia debaixo da minha varanda me faz subir o sangue à cabeça. "Aí está", penso, "outro bastardinho do doutor...""

Nellina interrompe aquela avalanche de palavras com um gesto de impaciência e desata a chorar, a mãe e a irmã correm para abraçá-la, e ela, soluçando: "Ah, minha Madonnina, olhe por mim, me dê esta graça, que, se eu ficar grávida, faço o caminho até você de pés descalços..."

"Nellina, mais que à Madonna, deveria pedir a um médico." Minha avó sempre foi uma mulher laica e pragmática. E eu, além dos problemas das tias, fico sabendo que minha mãe afinal *comprou*.

---

* "Se tem alguma coisa, fala!" (N. da T.)

X

"Doutor, o senhor me empresta a Agatina? Eu trago de volta em cinco minutos!" Dona Gesuela me pega com sua mão, que surge de um xale preto. Tem o rosto marcado por linhas longas e profundas, sinais de um cansaço antigo, os cabelos grisalhos e ralos recolhidos atrás da nuca num coque acanhado, seguro com presilhas de osso de tamanho exagerado em relação ao tufo miúdo de cabelo. Os dedos nodulosos, lenhosos, deformados, que se enlaçam apertados aos meus, parecem os da avó Ágata; mas desta vez sou eu a levar pela mão essa velha mulher, tão ingênua e desvalida que confia numa menina para resolver um problema importante. Naquele aperto de mão quente e ansioso percebo todo o seu abandono.

O marido ficou atrás, o quepe nas mãos em sinal de respeito, a cabeça inclinada, as pernas magras dentro das calças de fustão, os joelhos levemente dobrados.

"Por quê, o que tem que fazer com a *picciridda*?" Meu avô responde de modo brusco, levanta só uma sobrancelha e olha para eles de viés. Gesuela prestou serviços a ele quando era mais jovem, ajudou a cuidar de minha mãe e de minhas tias. Tano, o marido, é um homem tão bom quanto colérico, dado a uma briga. Para evitar maiores problemas, inventou um interessante sistema para conter a raiva. Toda vez que começava o comichão, corria para a mulher, mesmo durante o horário de trabalho. Rosto perturbado e hesitante, murmurava: "*Voscenza,* sua bênção, doutor... dona Margherita, permite que minha mulher venha até em casa? Preciso falar com ela." Gesuela cobria a cabeça com o xale e o seguia até em casa, onde ele lhe dava umas belas bofetadas de quebrar os dentes; depois a mulher, com o rosto vermelho e a cabeça tonta, voltava a trabalhar. Essas manobras estranhas deixaram minha avó cismada, não estava convencida das visitas de Tano, que parecia precisar da mulher até três vezes ao dia. Depois de muita pressão, conseguiu fazer Gesuela confessar.

"Não consigo acreditar! E eu que tinha pensado que ele tinha necessidade..."

"Do quê, *signura*?"

"Sei lá, talvez alguma necessidade física..."

"E vai necessitar do quê, *signura*? Ele é um homem, não um *picciriddu*."

"Gesuela, está se fazendo de *babba* comigo?"

"Não, senhora."

"Enfim, Gesuela, achei que Tano, exuberante, fogoso... pensei que talvez não pudesse esperar até a noite pra certas necessidades..."

"*Vossia, signura*, com todo o respeito, está querendo *babbiare*. A única coisa de que o Tano tem urgência é de encher a minha cara de bofetada, *nzà ma'* se tiver que esperar, é capaz de ter um ataque apoplético!"

"Então ele que venha te dar as bofetadas aqui em casa, é inútil ficar perdendo tempo pela rua."

"Tem razão! Se *voscenza* permite, talvez eu faça ele me dar aqui debaixo da escada, pois fora do portão não fica nem bem, com as pessoas que passam..."

"Onde achar melhor, Gesuela, o que importa é que fiquem tranquilos e acabem com esse teatrinho."

"Sim, sim, senhora. Assim que me dá uns sopapos Tano fica bem e tranquilo, parece que acabou de confessar."

Tano teve permissão para bater na mulher à vontade, diretamente no local de trabalho; foi uma notável economia de tempo e energia.

"*Dutturi*, então o senhor me empresta a *picciridda*?", Gesuela pede novamente a permissão do meu avô para me levar com ela.

"E você acha que ela é um pacote? Antes tem que me dizer pra que coisa te serve, depois a gente vê."

"*Dutturi*, temos que pegar o vale no correio, e a *picciridda* nos serve pra assinar."

Ninguém ali sabe escrever. No correio encontro uma longa fila de velhos analfabetos que estão me esperando. Para uma menina, é tarefa de grande responsabilidade. Assino o módulo para a retirada do dinheiro para todos eles.

Gaetano Indorante, Rosalia Cascino, Concetta Giallombardo, Crocefissa Turone, Gesuela Nicosia; o empregado chama, depois entrega uma folha, cada um faz uma cruz, e eu escrevo meu nome do lado.

"Obrigado, *dutturi*, com a *picciridda* deram o dinheiro rápido." Dona Gesuela me entrega de volta ao meu avô, que me acolhe com uma expressão de alegria e de braços abertos.

"Agatina, minha *ciuriddu*!" Meu avô Alfonso não gosta de ficar longe de mim, sou para ele um passatempo, uma companhia preciosa, e ele demonstra não poder ficar sem a minha pessoa.

XI

"Ágata, Agatina, minha *picciridda*, onde você está?", Ninetta está na soleira da porta, olhando a rua ao longe, os olhos apertados para conseguir enxergar uma imagem à distância. Está na hora de comer, mas eu não tenho intenção de voltar para casa.

"O que faço, respondo?", pergunto para Calabresa, que me puxa insistentemente pelo braço.

"Não liga", a Calabresa balança os ombros e se espreme contra a parede do corredor de entrada, debaixo da rampa da escada.

"Agatinaaa! Esta *picciridda* me deixa maluca. Fica o dia inteiro trancada dentro de casa, depois, quando chega a hora de comer, vira e mexe, escapa fora. Está sempre pela rua. Tenho que contar pra dona Margherita: sua neta parece uma cigana, não tem horário pra dormir, comer... isso não fica nada bem, é a neta do doutor afinal, que mau pressentimento!"

Ninetta de vez em quando perde a paciência, e é compreensível: carrega a família toda nas costas, tem que trabalhar feito uma mula e, além disso, tem que cuidar dos filhos dos outros; os seus, pelo menos, educa à força de tabefes, mas de mim tem que cuidar com mil cuidados. Minha avó é muito compreensiva, percebe quanto custa a Ninetta toda vez que é obrigada a modular a voz, a polir seus modos. Procura ajudá-la, faz com que fale por horas, esperando que, entre comentários, desabafos pessoais, contos fantasiosos, consiga esquecer seus problemas e descobrir novas formas de enfrentar a vida de todos os dias.

"*Signura*, não encontro a *picciridda*." Em pé no espaço apertado da entrada, gorda a ponto de ocupar toda a porta, as mãos na cintura e com a testa franzida, Ninetta está com o rosto avermelhado pelo esforço da escada, pequenas gotas de suor brilham no meio da pelugem do lábio superior. "Está bem, Ninetta, não se preocupe", minha avó é conciliadora, "você vai ver que na hora em que a fome aperta, ela volta pra casa. Mas o que foi? Sua cara está parecendo uma berinjela."

"*Signura,* este mês não me veio." Ninetta está séria, segura a barriga gorda com as duas mãos.

"Explique melhor que eu não entendi nada." Avó Margherita não tem senso de ironia e não sabe ler nas entrelinhas. As coisas devem ser ditas a ela de forma redonda e clara, do contrário se estufa e não ouve mais.

"*Signura,* não me vieram mais, as minhas coisas, as regras, como *vossia* chama?" Ninetta abaixa os olhos, uma nova onda de rubor sobe pelo pescoço em direção aos seus cabelos. Uma coisa é contar os fatos dos outros, outra é falar de si, entrar na intimidade.

"É, Ninetta, você deve estar grávida de novo."

"Não, *signura,* não pode ser, isso é a menopausa."

"Mas quantos anos você tem?" Minha avó, na qualidade de esposa de médico, é médica ela também, e geralmente, quando se trata de distúrbios femininos, é ela quem faz a primeira consulta, depois, se for o caso, encaminha a paciente para o marido.

"Cinquenta."

"A galinha canta! Pode ser menopausa, mas você tem certeza de que seu marido não tem mesmo nada a ver com isso?"

"Não, senhora, desta vez não entrou mesmo, não chegou a entrar", é a cândida resposta de Ninetta.

"Pois então é a menopausa, meus parabéns!"

"*Signura,* devo contar ao doutor?"

"E o que é que ele vai fazer? Esqueça isso e lave as escadas que estão cheias de barro."

Meu avô chega no meio dessa troca de frases, ouviu que fora mencionado e se intromete:

"O que é que precisam me contar?"

"Nada, nada", corta rápido minha avó, "coisas de mulher"; agora o diagnóstico já foi feito, e não vale a pena atrapalhar um médico, estas são coisas de comadre.

XII

"*Signura, signura, bedda matri*, que horror!", Ninetta gritava, farfalhava com voz aguda e penetrante.

"O que é que você tem, Ninetta?" Minha avó correu pelas escadas, e lá estava Addinedda estendida pelo meio, o balde virado, a água que escorria pelos degraus deixando-os perigosamente escorregadios. "*Signura, matri mia*, está tudo girando, minha pança revirada."

"Você comeu alguma coisa?"

"Mas que comida, um pouco de macarrão com molho."

"Você deve estar cansada, faz o seguinte: vai pra casa e descansa."

"Parece fácil pra *vossia*... pra casa... descansa... mas *vossia* sabe o que eu encontro em casa?"

"Ninetta, é melhor que lavar as escadas. E depois, se não está se sentindo bem... não; vai pra casa."

Addinedda voltou para casa de má vontade, agitando aquelas enormes cadeiras protuberantes. Ela não sabia, mas estava para botar ovo.

Logo depois, a filha mais velha veio até meus avós: "*Dutturi, dutturi*, minha mãe..."

"Estou indo, estou indo..." Lá se foi avô Alfonso com sua maleta de instrumentos, batendo a porta e resmungando: "Comem tudo o que veem pela frente e depois... esta chateação. Não se consegue ter sossego nunca. O que é que sua mãe tem? O que foi que ela comeu?"

"Não sei, *dutturi*, grita, está com dor de barriga, sente uma coisa mexendo..."

A casa de Ninetta, um cômodo no térreo, com a imagem da Madona e a boneca de porcelana em cima da cama, estava cheia de rapazinhos travessos, de olhos arregalados, calados, todos em volta da mãe que se lamentava.

"Ai, ai, ai ai, *dutturi*, me ajude."

"O que foi que você comeu, sua cínica?"

"*Dutturi, bedda matre*, nada, não vejo pão faz três dias."

"Fora, todos estes rapagotes pra fora."

Os rapazinhos desaparecem num instante: habituados ao pai violento, bastava um olhar ameaçador para que cada um deles quisesse ficar invisível. A porta se fechou com um barulho forte atrás das costas do último, e Ninetta se aquietou como se seus lamentos tivessem sido uma espécie de teatro para segurar as solicitações da família. Uma calma íntima caiu sobre o aposento, o doutor pegou a mão de Ninetta, se aproximou de sua cara gorda e soprou no seu ouvido: "Ninetta, será que você não está grávida?"

"*Bedda matri, dutturi*, um filho? Na menopausa? Acha que eu sou sant'Anna?"

"Não, você é uma amolação; vem aqui e vamos ver o que você tem."

O doutor começou a examinar o abdome.

"Tem mais gordura na sua pança que no porco que foi decepado! Mas o que você acha que minha mão pode sentir no meio de toda essa gordura que você tem? É verdade que são sensíveis mas não fazem radiografia! Addinè, algo me diz que você está chocando."

Ninetta, enquanto isso, voltara a se lamentar, talvez para comovê-lo também, ou com medo de que o doutor não a levasse a sério.

"*Dutturi, bedda matri*, me ajude... todos estes *picciriddi*... quem vai cuidar deles, se eu não me levantar daqui?"

"Sim, você acha fácil... nada, não sinto nada."

"*Dutturi*, sinto uma dor que parece que vou arrebentar no meio."

Ninetta tinha começado inclusive a respirar com dificuldade, virava de um lado para o outro da mesa onde se deitara para a consulta; as pernas balançavam no vazio, enquanto os braços apertados em volta dos seus pneus de gordura pareciam embalar uma recém-nascida imaginária.

"Ninetta, levante as pernas, deixa eu ver o que tem aqui embaixo..."

"*Dutturi*, o que acha que poderia ser? A racha, não? Aquela das mulheres."

"Ninetta, deixa eu ver esta racha, abre as pernas, vai querer dar uma de Maria Goretti depois de velha?*"

Ninetta dobrou as pernas, apoiou os pés sobre a mesa, afastou as coxas o pouco que sua gordura permitia. Entre as dobras da carne vermelha de assadura, da escura fissura longitudinal da vulva de Addinedda aflorava a cabeça luzidia de um recém-nascido, o ovo que havia chocado pressionava para sair.

---

* Maria Goretti, italiana canonizada em 1947, é a santa da castidade, das vítimas de estupro, que teria sofrido ainda bem jovem. (N. da T.)

"Ninetta, mas que doença o quê, você está parindo! Rápido, empurra que o *picciriddu* quer nascer."

"*Bedda matri, dutturi, voscenza*, me ajude, não aguento mais." Ninetta agarrou a mão do meu avô e a beijou com devoção. Meu avô, desajeitado, odiava essas manifestações de submissão, por isso se afastou e começou a destratá-la: "Filha de uma puta, larga minha mão, senão como vou te ajudar? Ainda filhos, na sua idade..." Depois, vendo que Ninetta estava exausta e sem mais força para empurrar, usou um fórceps. Alfonsina nasceu em poucos segundos, recebida festivamente por toda a família porque "melhor isso que uma doença!".

Ninetta precisou de dois dias para se recompor e voltar ao trabalho com uma pequena *truscitedda* cor-de-rosa agarrada à sua mama.

XIII

"Agatì, vem que nós vamos no estábulo!" Dessa vez, a Calabresa me sacode com força. Está com pressa para me mostrar o rebanho do seu pai e além disso quer ser vista pelo lugar andando com a neta do doutor; ela que não é nada, nem mesmo siciliana, e que não é adulada por nenhum malavacatense.

"Antonella, se me pegam no estábulo, minha avó não me deixa mais sair de casa e eu posso esquecer as meias compridas até o ano que vem." As meias são uma ideia fixa para mim. Consegui ganhar um par de sapatos de salto de tanto insistir e fazer birra, meu avô encomendou ao sapateiro, sob medida, mas meias nem pensar, tem o veto de minha avó e ele não tem coragem de contrariá-la.

"E quem vai ver? A essa hora está todo mundo comendo."

Estou com um pressentimento estranho apertando a minha garganta. Se minha minha avó souber que corro pelo campo, adeus meias, mas não consigo resistir à Calabresa. Tenho a imagem daquelas meias compridas nos olhos, só de pensar em usá-las sinto quase um prazer físico, por isso fico em dúvida, mas acabo indo do mesmo jeito. Meu coração bate forte, minha respiração fica intensa e tenho uma sensação de mal-estar. Isso acontece toda vez que desobedeço...

A Calabresa, sem ligar para minha indecisão, me puxou pelo caminho todo, estamos embocando na estradinha que leva até as estrumeiras, a descarga do lixo que fica na entrada da vila.

Ligeiras, um pé atrás do outro, corremos resfolegando entre as árvores do reflorestamento e as cercas vivas. O ar pinica, o cheiro forte da fossa coça a garganta e nos faz tossir sem parar. A primavera chegou, as amêndoas já perderam suas flores brancas, e as colinas em volta têm um verde intenso, alguns cachorros vira-latas nos seguem e latem entre si, enquanto ao longe se entrevê o vilarejo de Grisafi, estendido na encosta de uma montanha cujo pico ainda está coberto de neve. É o feudo que se estende a perder de vista. Uma sucessão de terras cultivadas, oliveiras enfileiradas, casinhas de pedra isoladas, os recintos dos cavalos, os abrigos das ovelhas. Porém, não consigo usufruir o espetáculo dessa paisagem tão antiga que parece saída de uma fábula; se me descobrem, dessa vez vai haver problema. Posso andar pela vila à vontade, mas pelo campo aberto estou proibida.

Chegamos à estrebaria ofegantes, um pouco pela corrida, um pouco pelo medo de sermos descobertas. O portão está fechado com um fio de arame torcido que não conseguimos soltar. A Calabresa é rápida para trepar no pequeno muro lateral que marca o limite da sua propriedade, e estende a mão para me ajudar a subir. Subo e sento ao lado dela, as bordas afiadas das pedras arranham minhas pernas. Contamos e recontamos as vacas, uma, duas, três, quatro... aí uma delas se mexe, o rebanho se mistura e nós recomeçamos do início. Mastigam sem parar, calmas, lentas, a cabeça que ondula para a direita e para a esquerda, um fio de baba escorre pelo focinho e desce até o chão, os chifres pontudos sobre a cabeça que desenham pequenos círculos no ar. O couro marrom-escuro é pontilhado por muitas moscas pequenas e pegajosas, que elas suportam pacientemente.

"Viu? Eu disse a você que meu pai tem um monte de vaca. Nós também produzimos queijo e ricota, e, com o dinheiro que minha mãe guarda, disse que vai me dar meias novas." A Calabresa tem o mesmo problema que eu, ao menos quanto aos desejos somos iguais.

Sinto um pouco de inveja por conta daquelas meias vermelhas e longas que estão na moda este ano; na loja da vila deixam à mostra um par, que todas as mocinhas ficam namorando. Minha avó não quis me comprar, diz que sou muito pequena, que ainda tenho que usar meias três-quartos, uma desculpa depois da outra. Ficamos sentadas no muro, estamos como que encantadas, cada uma seguindo seus próprios sonhos, que, no silêncio do campo, se sucedem como as imagens de um filme mudo.

"Agatina, o que está fazendo em cima desse muro? Agora vou contar pra sua avó!" A voz estridente de "Occhi Torti", Olhos Tortos, a neta estrábica do alfaiate Totò, quebra o silêncio, me traz à realidade, dá corpo àquela vaga sensação de inquietude que acompanha qualquer desobediência minha.

"Sua delatora", grito com todo o meu fôlego e, de um salto, desço do muro para dar umas cacetadas nela. Mas não sou rápida o bastante, e Occhi Torti já foi longe, está fora do meu alcance. Corre em direção à vila, com a esperança de me fazer um desaforo, nem acredita que, finalmente, vai conseguir se vingar de todas as vezes que eu zombei dela por causa daquele defeito na vista que não a deixa olhar diretamente no rosto das pessoas.

Tento pensar depressa em uma solução, mas, ai de mim, acho que dessa vez posso dar adeus às minhas meias. A Calabresa sabe que uma série de problemas, inclusive uma carga de cacetadas, vai chover em cima de nós, mas é uma cara de pau e além disso está acostumada a levar surra, não tem uma noite que seu pai não faça com que experimente o cinturão. "Vamos esperar um pouco", diz, "vamos nos esconder e voltar pra casa mais tarde esta noite; eles vão estar tão preocupados achando que nos perderam que, quando a gente chegar vão agradecer à Madona e, quem sabe, dispensem as cacetadas". Instintivamente não acho uma boa ideia, mas não quero passar por desmancha-prazeres; além do quê, não tenho nem tempo de pensar, a Calabresa desceu do muro, e então eu a sigo e me vejo no meio do rebanho e com os pés imundos de esterco.

"Vem, Agatina, não precisa ficar com medo que elas não são perigosas e não mordem." A Calabresa me dá a mão e me puxa para dentro da estábulo. Na manjedoura estão ligadas as vacas de leite, aquelas pesadas, a verdadeira riqueza do pai da Calabresa e uma raridade na Sicília. Nossas vacas geralmente são magras, cor marrom-escuro; estas, em vez disso, são pretas e brancas, como a vaquinha Carolina da propaganda.* Me sinto confortada com aqueles focinhos bonachões; mais que isso, espero ouvir, de um momento para outro, a cantilena *eeeò* que acompanha a publicidade do queijinho em vez do *muuu* de sempre. Sentadas num canto, com o calor e o fedor do estrume, a Calabresa e eu adormecemos. Acordo quando já está escuro.

"Antonè, o que está fazendo, está dormindo?"

"Sim, o que foi?"

"Nada, é que lá fora já está escuro."

"E daí? Não vai me dizer que está com medo?" A Calabresa sempre me desafia, talvez porque eu seja menor que ela, sempre me pergunta se estou com medo.

"Não... mas eu nunca fiquei fora de casa de noite."

"E não gosta de fazer uma coisa nova?"

"E se meus avós ficarem preocupados?"

"Melhor! Assim quando você voltar vão ficar tão contentes que acabam esquecendo o que você fez."

---

* Publicidade para os queijinhos cremosos *Invernizzi* dos anos 1920. Carolina, a vaca operária empenhada em produzir litros de leite diariamente, dominou os anúncios publicitários italianos da época, alcançando grande sucesso entre as crianças, que, juntando etiquetas do queijinho, podiam concorrer a uma de suas versões infláveis. (N. da T.)

"E se minha avó brigar com a Ninetta?"

"Agatì, sossega, ela é empregada e já está acostumada a ser repreendida."

Fico com vontade de chorar, mas na frente da Calabresa eu me seguro, não posso dar uma de *picciridda*, e medrosa, por isso me controlo e proponho que a gente saia para ver se tem alguém lá fora. "Agatina, no meio do campo, no escuro, sozinha, nem pensar!"

"Mas então o que vamos fazer?"

"Nada, vamos conversar. Aqui está quente, estamos seguras, porque aqui dentro da propriedade do meu pai ninguém entra sem ser convidado."

Enquanto isso, na vila, sem que soubéssemos, as buscas já haviam começado. O pai da Calabresa não sabe explicar o desaparecimento da filha; ele é respeitoso, assim que tem ricota fresca a leva imediatamente para os chefões locais, e, quando se trata de presentear, sempre há queijo pronto. Meu avô ameaça soldados, pequenos mafiosos, capangas, mas ninguém nos vira, com exceção de Occhi Torti, que, assustada com toda aquela confusão, decidiu não contar para não se meter em encrenca.

Todos pensam num acidente: nesta ilha as crianças são sagradas, pode-se bater nelas, explorá-las, esfomeá-las, até violentá-las; mas matá-las não, é proibidíssimo.

XIV

A Calabresa, a essa altura completamente acordada, está com vontade de falar: "Mas, Agatina, você sabe como é que as crianças nascem?", assoprou no meu ouvido, como se alguém pudesse escutar. Geralmente tenho uma resposta pronta, mas desta vez, mesmo com raiva, tenho que admitir que não faço a menor ideia.

"Se você jurar ficar de boca fechada, eu conto."

Ponho a mão no coração, depois cruzo os dedos e cuspo em cima.

"Você sabe que eu durmo na cama perto dos meus pais", começa a Calabresa. "De noite, quando estão todos dormindo, meu pai fica pelado, agarra minha mãe pelos braços e vira ela de cabeça pra baixo. Depois levanta sua camisola e monta em cima dela. Começa a esfregar pra frente e pra trás, primeiro devagar, depois cada vez mais rápido. Ela chora 'ai aai aaai', acho que sente dor, coitada! Ele tapa sua boca, *nzà ma'* se começa a fazer barulho, acorda todo mundo. Ele também fica com a respiração forte, se agita, fala palavrões, fica chamando 'Maria, Mariaa, Mariaaa'."

"Se o dia foi bom, alegre, ele a coloca de quatro e ordenha suas *minni* como se fossem tetas de vaca. Ele parece um touro montando. E sim, e não, minha mãe às vezes se deixa agarrar, e ele a larga, e pega, por baixo, por cima. Quando se cansa, tomba pro lado e dorme. Chamam isso *fazer amor*, depois de nove meses compram um *picciriddu*."

Eu não entendi o que a Calabresa quis dizer, e me deu vontade de perguntar, mas não quero passar por uma *babbasuna*, justamente diante dela, e faço de conta que compreendi: "Isso é tudo? Eu já sabia."

Minha amiga fica decepcionada, pensava ter me revelado vai se saber qual segredo, mas eu não dou essa satisfação a ninguém!

Eles nos encontram antes do amanhecer, a Calabresa foi arrastada para casa pelos cabelos, pelo pai enfurecido que já tinha na mão o cinturão pronto para cantar; para mim tem a Ninetta, que limpou meu rosto com um paninho de prato úmido.

Nellina e Titina, minhas tias gêmeas, têm uma crise histérica, gritam, suas vozes se acavalam, uma se sobrepõe à outra, gesticulam. Minha avó se cala e como sempre evita tomar posição.

"Tem que contar pra mãe dela como essa mocinha está malcriada." Tia Titina está fora de si e tenta atiçar minha avó, que dificilmente se deixa levar por uma briga. "Agatina não se comporta mais", insiste Titina, "sai, entra, anda por aí, dentro e fora da vila, é melhor que venha buscá-la." Quando meu avô chega, cai o silêncio. Ninetta corre a preparar o café, depois pega um pano, o mesmo que enxugou meu rosto, e seca os pratos, tira o pó das cadeiras, passa pelo pescoço suado. Tia Nellina põe o casaco para ir embora, sabe que meu avô não permitiria que ela falasse, sobretudo se o assunto da conversa sou eu, sua netinha adorada.

"Agatina, minha *ciuriddu*, aonde é que você foi? Você sabe que, quando não está, eu não gosto de ficar dentro de casa com essas galinhas. Você se divertiu com a Calabresa?", meu avô pergunta com voz amorosa.

"Vovô, ela tem um monte de vaca, o estábulo é dez vezes maior que a nossa casa, e também me explicou como se faz filho."

Silêncio. Os óculos de minhas tias caem do nariz, Ninetta desaba sobre uma cadeira como se tivessem retirado o apoio das suas costas, dá para perceber que toquei em alguma coisa de peso, porque todos prendem a respiração. Eu não me espanto com o embaraço geral, e o silêncio me parece um sinal evidente de interesse por aquilo que estou para dizer: "Tia, você que não pode ter filhos... mas o seu marido de noite se esfrega em cima de você pra frente e pra trás, ele ordenha suas *minne* como faz o pai da Calabresa com a mulher dele?"

Tia Nellina esconde o rosto com as mãos, de vergonha, Tia Titina deixa escapar um grito desesperado, até Ninetta exclama um "*bedda matri*!" que me surpreende.

"Mas o que é que essas *minne* têm de tão importante?", me ocorre dizer, "não devem ser tão especiais assim se todas as mulheres têm, até as vacas!"

"É verdade!", acrescenta meu avô, rindo divertido. "Agatina tem razão, pra que tanto espalhafato, brutas galinhas depenadas?"

Dessa vez minha avó Margherita deixou de lado sua neutralidade habitual: "Agatina, domingo você volta pra casa, não quero mais ser responsável por você."

XV

Em vez disso, continuo em Malavacata; para começar, porque meu avô, que era o chefe, se divertiu feito louco quando me ouviu falar daquela maneira e não quis saber de me deixar ir embora; e depois porque minha mãe, que havia *comprado* fazia pouco tempo, não podia se ocupar de mim.

Enquanto isso, como que por milagre, minha tia Nellina engravidou. Evidentemente meu conselho serviu para alguma coisa. Ah, até me deram as meias de presente, e bem antes do dia de Santa Lúcia. Chegaram os feriados de Páscoa, e meus pais vieram me apresentar oficialmente o último nascido da casa Badalamenti.

Avó Margherita, diferentemente da avó Ágata, não gostava de cozinhar. A ela agradavam os números, lidava com a matemática, amava a música e além disso tinha nascido para comandar, nada de serva humilde! Por isso geralmente era Ninetta que se embrulhava com as panelas. Mas, em ocasiões especiais, e aquele almoço de família era uma delas, avó Margherita fazia um esforço e entrava na cozinha murmurando seu aborrecimento. Preparava logo de manhã cedo, e quando os sinos anunciavam a primeira missa o almoço já estava pronto: o molho de tomate para temperar o macarrão e depois as costeletas e as batatas fritas ao amanhecer, e levadas à mesa frias e ressequidas. Ela não queria saber de preocupação, o almoço era considerado um dever a cumprir e depois arquivar, e pouco se importava se a comida, preparada horas antes, não era tragável, desde que estivesse em paz com sua consciência.

Meus pais chegaram no momento em que o macarrão foi para o prato, não tinham tempo a perder. Havia muito que eu não os via, porque depois dos primeiros meses de nosso afastamento — quando vinham me encontrar uma vez por semana —, com a desculpa "da distância, a estrada não é adequada, Sabedda passa mal....", suas visitas foram rareando e depois pararam de vez.

Sem eles, eu também, no fundo, fiquei mais tranquila. Meu avô fizera com que me sentisse uma pequena princesa, Ninetta me amava como se fosse minha mãe e, aparentemente, longe de meus pais, dos quais pouco depois esqueci o semblante, eu era uma menina serena, quase feliz. Quando os vi descerem do Fiat 600 azul-celeste, tive a sensação de que meu estômago ia sair pela boca, e a náusea tomou minha garganta. Corri para me esconder no banheiro.

"Ágata, Agatinaaa." Ninetta vem me tirar da toca. "Vai, está querendo brincar de esconde-esconde? Vem, seu pai e sua mãe estão aqui, isso é hora de sumir?", me pegou pelos braços e me levou até a sala de estar. Estavam todos em volta do meu irmãozinho, pequeno, cabelos pretos, rosto amarelo, e que, obviamente, se chama Alfonso como meu avô.

"Oi, Agatina", meu pai me cumprimentou com um olhar indiferente. Meu pai me parecia bonito, tinha os cabelos pretos penteados para trás, musculoso, lembrava um pouco o Maurizio Arena.* Evitei olhar minha mãe, o ciúme que senti ao vê-la acariciando ternamente a cabeça de Alfonso foi um soco na cara.

"Baldassare, você na cabeceira, você minha *ciuriddu*, vem aqui, deixa estes '*ngrisi*' pra lá." Meu constrangimento era evidente para meu avô.

Meu pai parecia não perceber nada, dificilmente me dirigia a palavra, e dedicou todo o tempo do almoço a zombar de minhas tias gêmeas. Meu avô o adorava e era fascinado pela sua personalidade. Além disso, sua posição social o colocava acima dos outros, por isso seu sarcasmo era tolerado, as brincadeiras, aceitas, as críticas, acolhidas. Os assuntos preferidos do meu pai eram a idade do marido de Nellina, muito velho para qualquer coisa, *megghio di niente marito vecchio, se non fa niente quaria il letto,*** e as medidas de Titina, que, a dar ouvidos ao Alto Voltaico, eram as mesmas que as de Brigitte Bardot. Antes de terminar o almoço, quando todos esperavam a cassata, eu corri para me esconder de novo. A dor pela separação iminente dos meus pais era muito forte, e eu sentia não ter forças para ser abandonada mais uma vez. Na porta de casa, depois de ter me procurado inutilmente, meu pai foi embora deixando uma ameaça no ar: "Ficou uma grande malcriada, deixa ela voltar pra casa que eu vou saber como endireitá-la."

Quando o carro desapareceu no fim da rua, saí do meu esconderijo, meu avô me comprou um sorvete e eu me consolei rapidamente. Já era primavera avançada, o ar tépido me dava ânimo novo, além disso eu agora tinha mais liberdade, avó Margherita diminuíra seu controle sobre mim, ocupada como estava com as lamúrias da tia Nellina, que não encontrava nada melhor para fazer do que ficar se lamentando da gravidez.

---

* Maurizio Arena (1933-1979), ator italiano famoso nos anos 1950. (N. da T.)
** "Marido velho é melhor que nada, se nada faz, esquenta a cama." (N. da T.)

* * *

A gestação de Nellina durou muito, mais de nove meses, e foi marcada por uma série de arrotos ribombantes e peidos rumorosíssimos que anunciavam de longe a chegada da tia. Suas dimensões triplicaram no período de poucas semanas. "Será o tempo?", toda manhã Nellina perguntava ao marido. Gnaziu balançava os ombros e lhe prescrevia exames médicos inúteis.

Nellina intensificara suas orações à Madona, agora estava em jogo a saúde de seu filho. De manhã a missa, de noite o rosário cantado. Talvez tivesse me perdoado a sugestão vulgar, que de qualquer maneira se revelara útil; talvez me considerasse seu amuleto da sorte, ou achasse que eu fora tomada por um impulso purificador, porque aquelas noções rudimentares sobre sexo poderiam ter-me arruinado de alguma maneira, mesmo que eu ainda fosse uma *picciridda*: fato este que me obrigava a acompanhá-la à igreja todos os domingos. Sentada no primeiro banco, diante do altar-mor enfeitado com estuques, sob a imagem de madeira da Madonna del Soccorso, eu cantava com ela o ritornelo do rosário. A mais velha da congregação entoava a estrofe com voz nasal:

> *Maria ch' è 'na putenza, rumpi qualunqui travu;*
> *lu piccatu di Eva è riscattatu;*
> *e ai Vostri peri, c'aviti lu serpenti,*
> *lu malubbidienti, chi na l'infernu sta.*
> *Che beddu stu bambinu,*
> *chi Vui tiniti 'mbrazza,*
> *cu' la putenti mazza a nui difennerà.*
> *E va ali Cieli sta bedda armunia,*
> *evviva Gesuzzu, Giuseppi e Maria.*

(Maria, que é uma poderosa, arrebenta toda trava;/ o pecado de Eva foi resgatado; / e aos Vossos pés tendes a serpente, / o desobediente que jaz no inferno. / Que belo este menino / que Vós tendes nos braços, / nos defenderá com seu potente cetro. / E sobe aos Céus esta bela harmonia, / e viva Jesus, José e Maria.)

E eu respondia a cada estrofe com minha vozinha:

> *E decimila voti ladamu sta gran Signura...*
> *e sempri ladata sia di l'Assicursu la bedda Maria.*

(E dez mil vezes louvemos esta grande Senhora... / e para sempre louvada seja a *bedda* Maria do Socorro.)

Nellina rezava e, satisfeita com a gravidez, deixara de ter ciúme do marido e da atenção que ele dava à empregadinha que haviam contratado para lhe dar uma mão e diminuir o peso dos trabalhos domésticos.

Titina, nesse meio-tempo, penhorando um relógio e recebendo em troca um anel, tinha oficializado seu noivado com o Alto Voltaico, e caminhava cantarolando frívola para o casamento.

Meu avô havia parado de fazer política. Consumada a paixão separatista depois do assassinato de Accursio Miraglia* e do massacre de Portella**, abandonada a fé comunista depois da desilusão com a reforma agrária, por alguns anos ainda se ocupara com os problemas da região, fazendo com que fosse eleito prefeito o seu candidato e mostrando sua força ao genro que defendia outro. Agora porém, já havia algum tempo, dedicava-se tão somente à sua verdadeira paixão: as mulheres.

Noivou com muita seriedade com uma jovem viúva, uma tal Immacolata Spanò, chamada "Cirasa", Cereja, mãe de dois filhos.

---

* Sindicalista italiano assassinado pela Cosa Nostra. (N. da T.)
** No dia 1º de maio de 1947, quando se voltava a comemorar a festa dos trabalhadores, deslocada para 1º de abril durante o fascismo, aproximadamente 2 mil trabalhadores se reuniram na região de Piana degli Albanesi no vale de Portella della Ginestra para se manifestar contra o sistema latifundiário. Receberam tiros de metralhadora que partiram das colinas, matando 11 pessoas. Até hoje não se sabe ao certo quem deu os disparos. (N. da T.)

XVI

"*Dutturi*, preparo um café?"

"Sim, Immacolata, e talvez um *cannolo**, me distrai de vez em quando."

"*Dutturi*, basta o *cannolo* como distração?"

"Minha *Cirasedda*, já que não posso fazer outra coisa, tenho que me contentar com o *cannolo*."

"Por quê, *dutturi*, o que *vossia* gostaria de fazer?"

"O que está fazendo, zombando de mim? Querendo me provocar? Ou está se sentindo segura porque tem a *picciridda*?"

"*Dutturi*, o senhor quer *babbiare*? Uma pobre viúva sozinha vai querer zombar do doutor? Um homem assim importante..."

Immacolata Spanò, chamada Cirasa, havia poucos meses era a amante do avô Alfonso, ou melhor, noiva, porque ele realmente se apaixonava pelas mulheres que frequentava, cortejava, dava presentes. Immacolata agradava demais a ele, parece que tinha o sabor de cerejas maduras. Mas como fez para experimentar só fui saber anos depois.

Avô Alfonso passava todo seu tempo livre na casa da Cirasa, pegava sua mão, falava com voz suave, chegara inclusive a levar flores para ela. Minha avó engolia a raiva: sabia que ia passar logo, era o tempo de forçar a porta da jovem viúva e de penetrar na sua estância secreta, de se saciar com seu sabor doce e xaroposo, mas enquanto isso todas aquelas manhas lhe faziam ferver o sangue.

Todo dia, logo no início da tarde, meu avô me levava à casa da jovem viúva. "Agatina, o que está fazendo, me acompanha numa visita?" Eu era seu álibi.

"*Dutturi*, deixe a *picciridda* em casa." Ninetta sabia do caso — e quem não sabia? — e, ao seu modo, defendia a honra da patroa.

---

* *Cannolo:* doce de massa enrolada, frita ou cozida no forno, recheada de ricota, açúcar, frutas cristalizadas e chocolate, especialidade da Sicília. (N. da T.)

Meu avô lançava a ela um olhar furioso e dirigindo-se a mim: "Minha *ciuriddu*, venha que eu também te compro um sorvete." Mas não parávamos em bar nenhum, o sorvete eu encontrava na cozinha da Cirasa, que havia preparado também doces e balas para eu ficar tranquila. Avô Alfonso entrava na casa de sua amante com o passo firme de patrão, tirava o chapéu, tomava café, abocanhava um *cannolo*, atendia às necessidades médicas da filha da jovem viúva, imobilizada na cama desde o nascimento, e finalmente se concentrava na noiva.

"*Dutturi*, me dói o peito." A jovem viúva sempre sentia dor em algum lugar, um mal-estar, uma doença que requeria a piedosa intervenção do médico.

"*Mischina*, onde é que está doendo?", perguntava meu avô com a boca cheia de creme.

"Aqui, *dutturi*, bem aqui embaixo." Com a mão erguia uma *minna* pesada e apontava o dedo na direção do peito, na região próxima ao coração.

"Assim eu não estou sentindo nada." Meu avô esticava a mão e apalpava o seio com os olhos fechados.

"Não pode ser, *dutturi*, de noite me dói tanto que não consigo dormir. Viro e reviro na cama. Depois o sacristão toca o sino, eu me levanto e vou pra missa."

"Immacolata, tem certeza de que é o coração que te faz mal?"

"Tenho, *dutturi*, e não é só ele. A dor começa aqui", Cirasa indicava a *minna*, "depois desce aqui pra baixo, revira minha barriga como uma panela fervendo, depois pega a estrada de baixo..." Passava a mão sobre a pança, os dedos escorregavam para baixo, acariciava o púbis, erguia a saia e chegava até as coxas.

"Immacolata, sabe o que mais? É melhor que eu examine você, *nzà ma'* se for alguma coisa grave. Você não pode se permitir ficar doente."

"*Nzà ma', dutturi*! Com dois filhos pequenos e sem marido! Mas *vossia* é tão bom assim, que vai me examinar?"

"Minha Cirasedda, e eu não sou médico? É o meu trabalho."

"Se o *dutturi* viesse comigo, a *picciridda* podia ficar brincando com a minha filha que, *mischina*, é obrigada a ficar na cama e sem ter nada pra fazer, assim se distrai." Meu avô a seguia em transe, parecia uma serpente, e a viúva, seu encantador. Eu ficava com a filha da Cirasa, juntas recortávamos pequenos bonecos de papel, que depois coloríamos, me contava história de fadas, princesas e bruxas; enquanto isso, do cômodo ao lado, chegavam os gemidos da pobre Immacolata, que se submetia a consultas dolorosas e a curas tormentosas.

Foi uma longa doença, fatigante para médico e paciente e seguida de uma melancólica convalescença para os dois, mas depois de um ano Cirasa ficou boa e sem sequelas, e meu avô, livre do empenho que havia assumido em relação à jovem viúva, começou a cuidar da Carmelina, mais conhecida como "Cincusei", porque se você perguntava a ela "Carmelina, quantos dedos você tem na mão?", ela respondia: "Deixa eu contar, acho que cinco ou seis."

XVII

"Ágata! Ágataa! Ágataaa!" A voz de minha mãe me chamava insistente. Fiquei um bom tempo de pé na entrada, escondida entre um falso banco antigo e a parede, da qual ainda sinto nas mãos a aspereza do revestimento.

"Uma atriz, olha que espirituosa, uma atriz profissional!" Minha mãe está falando de mim com a senhora do andar de cima, e pelo tom da voz se percebe que não está me fazendo elogios. Que sou uma atriz, é o que ela me diz com os lábios apertados e o olhar cortante toda vez que abro a boca: não acredita em mim, está convencida de que represento. E talvez tenha razão. O fato é que, como me proibia tudo, comecei a dizer umas mentiras, depois a mentira tornou-se um hábito, e criei para mim uma vida paralela. Os dois anos de absoluta liberdade passados na casa de meus avós, numa localidade de gente simples, me deixaram indiferente às restrições e pressões da vida da cidade.

Voltei ao quinto andar do mesmo edifício grandalhão anos sessenta, onde meu pai magistrado mora frente a frente com empregados, profissionais, senhoritas de reputação duvidosa, delinquentes em prisão domiciliar, inclusive um monsenhor. Em Palermo é assim, o sagrado e o profano vivem numa relação de proximidade física como em nenhuma outra cidade, e a filha do magistrado estuda para se tornar grande junto com o filho do mafioso, no instituto privado Giuseppe Mazzini.

O apartamento é dividido em duas metades simétricas por um longo corredor que se abre para a sala de jantar principal, o salão, o escritório, a sala de estar, a cozinha, dois banheiros, uma saletinha e vários quartos. O meu fica perto da entrada, e o barulho dos elevadores, das portas que se fecham grosseiramente, das chaves que giram nas fechaduras, de dia me faz companhia, de noite me mete medo. Para me tranquilizar, minha mãe colocou no meu quarto uma luz fraca, tipo um pequeno lume de cemitério, que de noite fica sempre acesa, dando ao quarto uma atmosfera espectral. As sombras dos móveis, das cadeiras, até mesmo dos livros, são fantasmas inquietantes cuja presença procuro ignorar, dormindo com o rosto virado para a parede, imobilizada na mesma posição.

Para criar coragem repito obsessivamente a oração que Ninetta me ensinou: "*Iu mi curcu na lu me letto, cu' Maria na lu me petto, iu dormu, idda vigghia, si c'é cosa m'arruspigghia*". Acabo e começo de novo dez, vinte, cem vezes, confiando naquele instrumento de proteção, o único que possuo. Estou só e assustada, considero meus pais dois verdadeiros estranhos, e meus avós, que os haviam substituído, estão longe.

De manhã me levanto com o rosto pálido e duas bolsas pretas debaixo dos olhos. Avô Alfonso, chamado para uma consulta, veio correndo, diagnosticou uma anemia infantil e me prescreveu vitaminas absurdas, que não fazem efeito, um pouco porque não tenho necessidade, um pouco porque minha mãe não sabe que a garrafa só tem água, e que as vitaminas estão numa cápsula debaixo da tampa que deve ser rompida e depois dissolvida no líquido antes de ministrar. Assim, durante vários meses, me tratam simplesmente com água.

Depois de dois anos de afastamento reencontrei o afeto da avó Ágata, que vem me ver sempre que pode e às vezes até fica para dormir. Suas mãos tortas pela artrose perderam a força, mas seu toque me dá segurança, seus braços me apertam e me confortam. Não sei descrever a sensação de doçura que tomou conta do meu coração na primeira vez que nos encontramos.

Minha avó mudou um pouco, apesar de, aparentemente, o rosto ser sempre o mesmo, os cabelos igualmente cinza e ralos, o corpo ganhou um pouco de peso e as costas estão mais curvas. Deve ser o tom da voz, ou a expressão dos olhos, as longas pausas entre uma palavra e outra, ou talvez o andar inseguro, mas tenho a impressão de que, irremediavelmente, ela envelheceu. Pela primeira vez me vem à mente que minha avó poderia morrer de um momento a outro... "Não, ela não!", digo a mim mesma angustiada. Depois, sua presença frequente afastou esse pensamento, suas atenções me consolaram, graças a ela recuperei o sono perdido em minhas noites solitárias e de manhã me levanto esperta, com os olhos límpidos e a pele transparente.

Minha mãe diz satisfeita: "Aquelas vitaminas realmente são necessárias, veja que belo rosto você tem esta manhã." Mas, quando minha avó se vai, voltam minha insônia, a cara de múmia e as olheiras nos olhos. Mamãe aumenta a dose do remédio e lamenta: "Esta menina deve ter algum problema sério, não assimila nada."

Novos edifícios ergueram-se a toda a nossa volta; os antigos casarões haviam desaparecido; os jardins, eliminados; as árvores, abatidas. As pessoas, porém, ainda tinham confiança no futuro, era necessário que os homens se livrassem, com suas próprias forças, da condição de miséria em que nasciam, era urgente que a justiça fosse igual para todos.

A crônica policial, porém, estava cheia de vítimas de assassinatos. O jornal *L'Ora* chegava à tarde com suas fotos de cabeças decapitadas e gente que se estrangulara com cordas. Eu folheava com curiosidade, lia todos os detalhes, meu pavor aumentava, e a insônia piorava.

A adaptação à nova vida exigiu mais tempo que o previsto, e avó Ágata, preocupada com minha saúde, decidiu ficar um pouco mais conosco. Para mim foi uma festa e a ocasião para aprender novas receitas: os biscoitos de anis, o bolo de batatas gratinadas, as *sfince* de são José,* o *brociolone*.** Minha mãe herdara da avó Margherita o ódio pela cozinha, suas iguarias eram simples, essenciais e malcozidas.

Na hora do almoço, meu pai saía do escritório e subia ao andar de cima, ia à casa dos Settecamini, uma família de personagens bizarros, com quem adorava se entreter. Ele ficava mais relaxado, e assim minha mãe não se sentia obrigada a colocar alguma coisa no fogo; a cozinha era fria e ali reinava principalmente o cheiro de detergente: em lugar de cozinhar, minha mãe preferia desinfetar. A presença da avó Ágata durante algum tempo trouxe rajadas de perfumes e de calor para dentro de nossa casa.

Além das novas receitas, aprendi histórias fantasiosas e recomeçamos a festejar santa Ágata e a preparar suas doces *minne*.

---

* *Sfince de são José*: doces sicilianos, presentes na festa de são José, feitos com farinha, ovos, mel e outros ingredientes e recheados com creme de ricota. (N. da T.)
** *Brociolone*: *braciola* grande, bife enrolado, fatia de carne enrolada, embutida e assada. (N. da T.)

XVIII

Certa noite avó Ágata teve um pesadelo e de repente começou a gritar enquanto dormia. Quando descobri que ela, sempre tão alegre e firme, também era visitada por sonhos violentos, perdi minha timidez. Foi a ocasião para confessar meus medos. Avó Ágata, por sua vez, falou com meus pais, e eu passei a dormir no quarto com meu irmão Sebastiano. Mas esta providência não melhorou as coisas.

Meu pai estava num de seus períodos de excepcional nervosismo, devido ao excesso de trabalho, aos problemas econômicos e sobretudo à ambição desenfreada que o levava a traçar metas que agora pareciam estar distantes demais, inatingíveis. O salário era magro, a família numerosa e era preciso economizar. Quando meus irmãos e eu íamos para a cama, papai explodia em brigas furibundas, gritava com minha mãe, por fim ia dormir no sofá. Eu conhecia muito pouco os meus pais, e todo aquele movimento noturno me dava uma eterna sensação de perigo e me fazia sentir continuamente culpada. A briga explodia de improviso: a cama desarrumada, o choro do irmão mais novo, a salada mal lavada, a camisa fora de lugar, tudo era desculpa, meu pai se comportava exatamente como meu avô Sebastiano.

Todos os dias, ao escurecer, eu sentia dentro de mim uma inquietude que no coração da noite se transformava em angústia, mesmo quando tudo estava tranquilo. Ao amanhecer, exausta, eu pegava no sono, mas dali a pouco era hora de ir para a escola. Não tinha forças para me levantar, e minha mãe que, como sempre, evitava pensar a respeito, me chamava uma, duas, dez vezes.

"Ágata, vamos logo, vai levantar ou não?", mas eu não a escutava.

"Ágata, vai se lavar senão vai chegar tarde", e eu virava para o outro lado.

"Ágata, chega de história, vamos pra escola." Eu afundava cada vez mais no colchão de lã e me enrolava no meio das cobertas, pois em casa não havia aquecimento.

"Ágata, raspa fora!" A voz de minha mãe agora subia uma oitava. "Esta *picciridda* realmente não quer saber de estudar, é inteligente mas não tem vontade pra nada", falava sozinha no seu quarto enquanto arrumava a cama. "Ágata, se você não levantar, vou contar pro teu pai!" Meu pai me dava muito medo, parecia um ogro de goelas escancaradas. Assim, eu juntava minhas poucas forças e num segundo já estava no elevador.

Foi então que comecei a comer tudo o que encontrava pela frente. Tinha uma fome insaciável e engolia doces, balas, pão com manteiga, inclusive uma mistura esquisita que eu preparava sozinha na cozinha, mesclando pó de café com açúcar. A comida me dava certa resistência ao cansaço, e o café me mantinha acordada. À mesa, eu devorava tudo: azeitonas temperadas, batatas gratinadas, fritada com molho. Em um ano, tornara-me obesa.

Hoje diriam que se tratava de um distúrbio alimentar, bulimia, talvez. Minha mãe não entendia o problema, toda vez que eu procurava diminuir a comida se enfiava na cozinha e, assim, quando eu chegava da escola encontrava a mesa posta com meus pratos favoritos. Achava que queria me fazer um desaforo, talvez fosse o modo de ficar com a consciência em paz, diante da pouca atenção que dedicava a sua única filha mulher.

A escola piorou o problema. Toda manhã eu subia a longa escadaria com o coração na mão. Passava diante da diretora fazendo uma reverência e entrava na sala diante da indiferença coletiva. Em Malavacata eu tivera uma professora bondosa que vinha me pegar em casa pela manhã, conhecia seus alunos um a um, chamava-os pelo primeiro nome e na primavera, com o tempo bom, dava aulas ao ar livre... A transferência para o instituto Giuseppe Mazzini foi chocante.

No primeiro dia de escola ganhei a primeira reprimenda de uma bedel gorda e suada porque eu subia os degraus da escadaria externa de dois em dois em vez de um em um. "Mas o que interessa a essa aí a maneira como subo a escada?", pensei.

Parei na entrada, esperando que alguém viesse me receber. Fiquei uma boa meia hora observando os colegas, que inclinavam o busto para a diretora, com um aceno de cabeça, diziam "com reverência" em lugar de "bom dia" como em todos os países do mundo, e iam decididos para seus lugares. Senti-me profundamente sozinha, depois juntei toda a minha coragem, entrei na sala que me foi indicada e ocupei o primeiro lugar que estava livre, ignorando os olhares de meus colegas e a expressão espantada da professora que esperava uma saudação, uma reverência e a pergunta de sempre, "posso me sentar?".

Jamais esquecerei o rosto de cera da professora, com os olhos marcados por uma pesada linha escura e os cabelos loiros oxigenados. Tinha uma cabeça pequena comparada aos largos quadris, que transbordavam das laterais da cadeira. Sua voz era dura, rouca, masculina, o tom imperativo quando me chamava ao quadro-negro, inquisitório quando me interrogava. Levei logo uma segunda repreensão pelo atraso, pelos modos, pelo simples fato de existir.

Eu queria desaparecer, mas desde aquela época eu já era do tipo que não se rendia facilmente, por isso resolvi pensar um pouco, então decidi me tornar a melhor aluna da classe e conquistei meu espaço. No início não foi fácil, do jeito que eu era gorda. Eu tinha que correr, brincar de queimado e estátua, esconde-esconde, e com todos os meus quilos eu ficava muito cansada; além do mais, era desengonçada, sem graça, sempre com medo de cair, enquanto meus companheiros zombavam de mim continuamente. Nenhuma tentativa de escapar dava certo, lá estava a professora, sempre solerte e zelante, que me obrigava a jogar. Os dias de chuva eram um maná vindo do Céu, eu podia ficar na sala, sentada na carteira sem precisar fazer acrobacias.

O ódio pelo meu corpo nasceu naquela classe, aceitá-lo foi um longo e fatigante trabalho. Toda vez que conseguia ficar em paz com ele, a vida interferia mudando os contornos da minha figura, tornando-a novamente desconhecida e hostil. Puberdade, maternidade, doenças, uma a cada vez, foram alterando minhas características e me deixando infeliz.

A verdadeira estrela da classe, Marinella, ao contrário, era rica, bela, famosa e, principalmente, filha da diretora. Montava a cavalo, usava vestidos da moda, tinha inclusive um aparelho nos dentes, o que naquela época representava um indiscutível sinal de prosperidade e denunciava o pertencimento a classes sociais elevadas. Quando ela tinha febre, eu, que era sempre a mais brilhante, pelo menos do ponto de vista do boletim, tinha o raro privilégio de subir, durante o horário escolar, até o segundo andar, onde ela morava, para fazer os deveres com ela.

Sua casa era um castelo de conto de fadas, a coberta de sua cama tinha os mesmos desenhos do papel de parede, a empregada usava um longo avental azul, a grande sala de visitas era dividida em quatro ambientes, um seguido ao outro, e nós tínhamos permissão para entrar. Eu observava todos os detalhes com olhos encantados, e tudo me parecia extraordinariamente refinado. Eu aproveitava aqueles momentos de glória, quando me distinguia dos meus companheiros "de baixa família", como dizia minha mãe, que não podiam ir até os andares altos.

XIX

Palermo era uma cidade de cores fortes e de tintas escuras. Paixões subterrâneas a percorriam ao longo e ao largo em busca de uma brecha por onde emergir. A cidade era como o corpo de uma mulher de seios fartos, perenemente excitada, que ninguém quer cortejar. As pessoas, as ruas, os edifícios pareciam como que tomados por convulsões. Mil pequenos abalos faziam pulsar as antigas vielas da Vucciria, numerosas pequenas ondas agitavam o perfil das montanhas que dominam a cidade, certos dias ameaçadoras, outros amáveis e acolhedoras. As pessoas se deslocavam de um lugar para outro fazendo trajetos misteriosos, como se quisessem despistar alguém hipoteticamente à espreita. Uma energia magnética percorria Palermo, com dificuldade para encontrar a saída. O orgasmo chegava de repente e explodia num crime, depois lembrado por meses e meses.

Foram para toda a Sicília anos de violência e delitos intermináveis, que nos deixaram anestesiados. Alguns poucos, os que haviam feito da guerra contra a máfia uma profissão, se importavam. Os outros levavam suas vidas, certos de que a marginalidade, em relação aos acontecimentos e ao poder, lhes garantiria vida longa, ordem e harmonia. Mas a máfia inexoravelmente acabava se entrelaçando à vida de todos, ficando estreitamente ligada ao sentimento comum. As pessoas pensavam mafiosamente, respiravam de modo mafioso, viviam de maneira mafiosa, morriam mafiosamente. Era uma espécie de profunda insegurança, que nos levava em direção a uma ordem pré-constituída, a uma instituição forte: era a necessidade do pai que aflige os órfãos.

Foram anos pesados, nebulosos, dos quais recordo um período particularmente negro para mim. Meu pai se preparava para um maldito concurso para acelerar o tempo da carreira. Trancou-se em casa para estudar; ocupou o que durante um tempo havia sido meu quarto. Junto à escrivaninha tinha um remador ergométrico para aliviar a tensão. Fumava ininterruptamente, três ou quatro maços de cigarros por dia, e que eu ia comprar na esquina. A janela era aberta apenas na hora do almoço, quando ele saía daquela minúscula sala para ir ao andar de cima na casa da família Settecamini, o que representava seu momento de recreação.

Nosso edifício era habitado por pessoas originais, algumas francamente desatinadas, que tinham feito de sua estranheza motivo de orgulho, como sucede com a maior parte dos sicilianos.

No primeiro andar havia um monsenhor que tinha uma linha direta com o Pai Eterno e por isso era cheio de si.

No quarto, o comendador Martuscelli, funcionário aposentado, costumava receber as pessoas num roupão de seda e com uma redinha preta nos cabelos. Se por acaso alguém batia de repente, ele não abria até que tirasse a roupa para vestir o roupão e colocar sua rede. Era assim, amava as formalidades.

Mas a nata do edifício eram os do sexto andar, com quem meu pai passava todos os momentos livres. Michele Settecamini, o chefe de família, era um tabelião, de idade avançada, gordo, diabético, cheio de dinheiro e com uma amante fixa que às segundas-feiras ele exibia no círculo de tiro ao alvo. Em Palermo era comum os profissionais exibirem a amante em público, o que era um símbolo de status, como o carro, a casa, a casa de praia. A mulher do tabelião, Rosuccia, baixa e redonda, uma espécie de barrilzinho com os cabelos louros platinados curtos e armados, como estava na moda naqueles anos, passava seus dias entre a cozinha, onde preparava macias fritadas e cheirosas caponatas, e a cama em que descansava, falava com as amigas, ajeitava os cabelos.

Rosuccia não só tinha conhecimento da jovem mulher, bela, elegante e exibindo casaco de pele, que sempre acompanhava seu marido, como também a aprovava incondicionalmente; não toleraria ter menos chifres que as outras mulheres; ao contrário, se vangloriava com as amigas: "O cacho de Michele é o mais bonito de todos; vocês viram que coxas, que porte...? Sem comparação", dizia satisfeita.

Em casa, Rosuccia costumava usar baby-doll de renda transparente de diversas cores: preto, roxo, vermelho, dependendo do dia da semana. Tinha também grande paixão pelas pantufas de cetim, cujos saltinhos de pino produziam um repicar irritante. Os pavimentos de mármore dos apartamentos e a estrutura de cimento armado do edifício transmitiam inteiramente os sons de um andar a outro, de modo que desde de manhã cedo se ouvia um petulante *tic tic* num vaivém entre a cozinha e o quarto. Uma vez minha mãe arriscou pedir a ela que substituísse as pantufas elegantes mas barulhentas por outras rasteiras, mais simples, porém silenciosas; como resposta, Rosuccia mandou-

-lhe um par de tapa-ouvidos de cera. Olharam-se atravessado durante alguns meses, por fim minha mãe cedeu e as duas senhoras retomaram relações cordiais e de boa vizinhança.

Além disso, todos nós sabíamos que aquela família era o refúgio de meu pai. Os irmãos Settecamini, ociosos e preguiçosos, não quiseram estudar e, ao lado de noivas e amantes, eram sustentados pelo pai, que não se cansava de compará-los a Baldassare, meu pai, que, ao contrário deles, era "bravo, trabalhador, estudioso... o filho que eu gostaria de ter tido".

O tabelião desprezava seus filhos, que o odiavam profundamente e o alvejavam com brincadeiras de quartel, desaforos cruéis, palavras de desdém.

"Aquele sacana do Michele levantou." O tabelião era surdo e os filhos se aproveitavam da deficiência para insultá-lo em voz alta, ofendê-lo descaradamente. Os quatro filhos atribuíam ao pai a culpa de sua incapacidade e, apoiados pela mãe, destilavam ódio e rancor com injúrias de todos os tipos, e de que o tabelião não tinha conhecimento dado seu beato isolamento acústico.

Também o irmão de Rosuccia, Umberto, nutria pelo cunhado um ódio tão profundo quanto incompreensível, gerado provavelmente por um sentimento de inveja frente ao rico tabelião. Toda manhã, escondido na portaria, esperava que Michele saísse para se enfiar pelas escadas correndo, entrar em casa e sentar-se na cozinha com a irmã, para o café da manhã. Depois, de barriga cheia, entrava no banheiro, lavava-se, barbeava-se, perfumava-se e dormia por algumas horas na cama de Michele, escapulindo de casa poucos minutos antes que ele voltasse, e vestindo uma camisa limpa sua.

Quando perdia nas corridas de cavalo, desafogava sua desilusão pulando sobre a cama com os sapatos sujos, que depois limpava com os casacos do tabelião, e gritava: "Assim aquele cornudo aprende!" Rosuccia o protegia como se fosse sua mãe e se compadecia: "Aquele ali, *mischino*, não pôde estudar! Dinheiro meu pai não tinha. Preparados meu enxoval e meu dote, para ele não sobrou mais nada. Meu marido não entende que meu irmãozinho, *mischino*, tem necessidade. E depois que mal há se dorme um pouco quando ele sai? É que Michele realmente é um sacana, não pode ver ninguém satisfeito."

Todo dia, na hora do almoço, o tabelião queria comer sentado à mesa com toda a família reunida. Era o momento em que explodia a cruel fantasia dos quatro irmãos e da mãe.

"Chama o sacana do seu pai e diz para ele que está pronto."

"Cornudo, o macarrão está na mesa."

"O que comemos hoje?", perguntava o tabelião, esfregando as mãos.

"*Anelletti al forno*,* pra te envenenar."

"Bife rolê e ervilha, *nzà ma'* Deus te mandasse uma bela cólica."

Meu pai participava sempre com grande satisfação do almoço da família Settecamini; eram os únicos momentos em que eu o via sorrir.

Michele gostava da presença de meu pai e ignorava totalmente os motivos de sua alegria: "É, Baldassà, gente alegre o Céu ajuda!"

A televisão estava sempre ligada, e o aparecimento das garotas-propaganda era recebido com assobios, aplausos e comentários: "Bonequinha, não me diz nada?", eram todos fãs da Orsomando.** As vozes, os gritos, os assobios impediam completamente que Michelle ouvisse. No meio desse caos, os irmãos, um de cada vez, iam abaixando progressivamente o volume. E conforme a voz ia sumindo o tabelião se aproximava da tevê, até o momento em que, com a bunda completamente erguida da cadeira e a mão atrás da orelha, acabava com a cara colada na tela. Depois de um tempo em pé, os músculos contraídos começavam a doer, só então percebia que os filhos debochavam dele, começava a xingar, jogava o prato para o ar e por fim ia direto para a amante em busca de compreensão.

O cunhado, sempre de tocaia na portaria, ganhava as escadas e ia comer com irmã e sobrinhos, num clima de grande harmonia e afeto.

Quem quer que entrasse naquela família era rebatizado com um apelido que destacava uma característica dolorosa, um defeito desagradável. Nem as crianças escapavam do sarcasmo dos Settecamini. Meu irmão Sebastiano virou "Surciddu", Ratinho, por conta dos dentes novos que cresceram compridos e salientes em relação ao seu rostinho pequeno, de orelhas de abano, ou melhor "de guarda-chuva", como eles diziam, e de corpo frágil e nervoso. O outro eles chamavam de "Cinesino stitico", *** por causa de sua coloração oliva. "O que é, o que é, aquela coisa amarela que se espreme?", lhe perguntavam assim que ele aparecia, e meu irmão respondia: "Um limão", e eles em coro: "Não, bobo; um chinesinho desmilinguido", e caíam na risada.

---

* Os *anelletti* — massa de macarrão em forma de aneizinhos — são um prato em que a massa vai ao forno com molho de tomate, carne bovina e suína moídas e ervilhas. (N. da T.)
** Nicoletta Orsomando, garota-propaganda da RAI de 1953 a 1993. (N. da T.)
*** Chinesinho desmilinguido. Cinesino é denominação de um tipo de sinalizador colocado nas margens das pistas aeroportuárias ou no centro de cruzamentos de estradas, constituído por uma coluna amarela, com uma lâmpada também de cor amarela. (N. da T.)

Eu era "a Lavandaia", a Lavadeira, porque tinha as mãos grandes, braços redondos e carnudos, punhos torneados. Certa vez, chegaram a tomar minhas medidas com a fita e concluíram: "Sim, Agatina, você realmente tem punhos de lavadeira." Meu pai concordava e, não me perguntem por quê, aquelas pequenas crueldades *com a gente humilde* o faziam rir com gosto.

Mas a mão de Deus é poderosa e chegou o dia da vingança.

Sem que ninguém soubesse, Michele Settecamini foi ao otorrino, que numa única seção devolveu a ele a audição. Feliz feito um menino, voltou para casa sem dizer nada para fazer uma surpresa à família.

"Chegou o sacana do Michele!"

"Com todos os acidentes que tem por aí, nunca acontece nada com ele?"

"Arruma a mesa, que o sacana quer comer."

O tabelião emudeceu com a surpresa, não conseguia acreditar nos seus ouvidos.

"O sacana cornudo também ficou mudo."

À mesa, naquele dia, as maldições e os palavrões foram inclusive mais criativos do que o comum; o tabelião se calava, pela primeira vez se dava conta do ódio que sua família sentia por ele. Quando não aguentava mais, saiu com a sua: "Aquele cornudo do Michele a partir de hoje está se sentindo muitíssimo bem", e jogando a toalha para o ar foi ter com a amante, desta vez definitivamente.

A mediação de meu pai trouxe-o de volta à casa depois de alguns dias, e a palavra *cornudo* foi banida do vocabulário dos Settecamini, as relações entre pai e filhos permaneceram tensas e meu pai não subiu mais ao sexto andar.

Entre nós, no andar de baixo, a atmosfera ficou ainda mais pesada e nervosa, avó Ágata de tanto em tanto vinha nos ver, mas suas visitas eram rápidas e formais, paramos de festejar a Santuzza mais uma vez. Eu ficava muito preocupada, certos rituais serviam para manter boa a santa e garantir a nossa saúde.

Pararam também os passeios dominicais a Malavacata, também para isso era preciso tempo, e meus pais não tinham.

Finalmente meu pai passou no concurso e conseguiu um cargo no Continente. Foi sozinho, decidido a voltar alguns meses depois. O ar de casa ficou mais leve. Podíamos brincar, pular, correr, gritar, ninguém mais nos repreendia. Minha mãe preparava quase sempre pãezinhos e saladas, mas, tirando isso, nossa vida ficou um pouco mais parecida com a das outras crianças, quase normal.

XX

Depois do casamento, tia Titina deixou Malavacata transferindo-se para Palermo com o Alto Voltaico. De vez em quando eu passava o domingo em sua casa; era ela quem pedia à minha mãe permissão para me deixar com ela. Gostaria de ter tido muitos filhos, mas o sonho de uma família numerosa e feliz durou pouco devido a uma esterilidade incurável, e agora o marido, que não conseguira engravidá-la, também deixara de procurá-la. Quando ficava mais infeliz do que o comum, vinha até nós para pedir conselhos à avó Margherita ou buscar a solidariedade da irmã gêmea.

Dessa vez a causa do seu desgosto era séria e tinha um nome: "Mas você está me entendendo? Ele vai ter um filho de uma tal de Cetty! Mas que nome de puta!"

"Titina, o que se vai fazer? Aquele mulherengo sempre foi assim, e nós bem que te avisamos."

"Certo, e eu ia fazer o quê, ficar solteira? Ou vestir os santos nas igrejas?"

"Não, mas talvez tivesse encontrado alguém um pouco decente."

"Mas foi o que me apareceu..."

Já fazia tempo que o Alto Voltaico batia a estrada de outras mulheres, mas agora engravidara uma e, para piorar a afronta, começara a gastar o salário da mulher com as cartas. Não se entende por que ela não coloca ele para fora de casa; é feio *como le botte di cuteddu*,* sem cabelo, os dentes todos tortos, negro como piche, e passa todos os domingos em cima do sofá, com a mão dentro das calças, manejando à direita e à esquerda, como se estivesse procurando num mar sem fundo.

---

* "Feio como marcas de navalha." (N. da T.)

"Vai ver que de tão nanico", Nellina disse certa vez, "ele precisa manipular bastante pra encontrar e talvez nem consiga..."

Durante a transmissão do futebol pela televisão, parece que está dormindo, mas assim que termina o segundo tempo, levanta de um golpe só, penteia aqueles quatro fios de cabelo que tem na cabeça, sai pela porta feito um raio e volta só na manhã seguinte.

"Quem sabe ele achou", eu fico pensando enquanto ele me cumprimenta com um tapinha do qual tento me esquivar. Suas mãos sujas, que estavam dentro das ceroulas e que nunca lava, me dão nojo. Ele, que dificilmente entende as razões dos outros, ri da minha pouca afabilidade, me faz uma careta e lamenta: "Esta *picciridda* é de fato arredia." Mas cedo ou tarde eu vou dizer a ele: "Se quer que eu seja cordial, lave essas mãos fedorentas antes de tocar no meu rosto fresco e perfumado!" Ao perceber que ele está para sair, Titina tenta ir atrás dele. "O que está fazendo, vai sair?" O início é prudente.

"E o que quer que eu faça, que passe o domingo inteiro dentro de casa?" A briga está no ar.

"Não, é claro..."

"Vou pegar um pouco de ar fresco, pois fumei muito e a casa está com cheiro ruim..."

"E quem sabe eu não vou com você, e damos um passeio?"

Titina gostaria de fazer como todas as mulheres: vestir a melhor roupa, passear na avenida, seios empinados, braços dados com o marido, cumprimentando à direita e à esquerda.

"Mas tem a Agatina, como vamos fazer?"

"Ela vem com a gente."

Titina insiste e ao mesmo tempo vai se despindo no corredor, rápida, para deixá-lo diante do fato consumado.

O Alto Voltaico balança a cabeça, fazendo um gesto de impaciência: "Você sabe que depois Agatina se cansa e nós temos que ficar puxando... não, é melhor você ficar em casa com ela. Além disso, daqui a pouco a mãe dela vem buscá-la."

Titina não se dá por vencida: "Sabe o que vamos fazer? Ela vem com a gente, e no caminho nós a deixamos em casa", e ajeita depressa o cabelo.

"Está bem, mas vai logo que depois quero ir até o círculo jogar."

Ela, num raio, agarra um vestido do armário, longo, marrom, que a deixa parecida com um abajur.

"Mas o que está fazendo? Tire esse vestido, mas aonde acha que vamos?"

"Por quê, o que é que tem o vestido? Não está bom?", responde Titina irritada. A briga vai se aproximando.

"Não, não está bom, com essas *minne* que você tem, parece que estou saindo com um balão inflável, e fico com vergonha." O Alto Voltaico está procurando um pretexto para brigar, e ela cai na armadilha.

"É claro que entendo, mas das putas que você frequenta você não tem vergonha." Com as veias do pescoço saltando, Titina já tirou o vestido, ficou de anágua, em posição de desvantagem em relação ao marido, que, ao contrário, está vestido, penteado, pronto para sair, mesmo de mãos sujas.

"Lave a boca antes de falar, que a única puta de verdade aqui é você, e que não poderia ser de tão feia que é!"

Até para mim ficou claro que ele procura uma desculpa para brigar e deixar a mulher em casa. Fui testemunha de muitas cenas do gênero. Marido e mulher se enfrentam primeiro com palavras e depois com gestos.

Tia Titina começa a gritar, o rosto vermelho feito um peru, o nariz roxo, as *minne* que sobem e descem como se um terremoto tivesse abalado sua estrutura, fazendo rolarem para a frente e trazendo com elas todo o peito, os braços curtos, as mãos de unhas afiadas. O Alto Voltaico continua pressionando, insulta, ofende, diz a ela o quanto é feia, fala de todo o nojo que sente à noite, quando vai para a cama. Titina não aguenta mais e com as garras que tem rasga a pele do rosto dele. Num segundo, o marido fica com a face toda banhada, leva as mãos ao rosto, a dor faz com que recue, e quando vê o vermelho de seu próprio sangue acerta na mulher uma sonora bofetada que quase arranca seu nariz. Titina para, vira as costas e se tranca no quarto, onde vai ficar chorando até a segunda-feira de manhã. O Alto Voltaico vai embora, eu fico na porta de entrada e finalmente posso respirar sem medo de que alguém note minha presença.

XXI

A certa altura, Titina, cansada das violências físicas e morais que o Alto Voltaico lhe causava, deixou Palermo definitivamente e se refugiou na casa dos pais em Malavacata.

O verão já começou, e naquele dia eu já estou de férias na casa dos meus avós. Os campos estão cobertos de espigas grossas e altas à espera da colheita, e as papoulas formam manchas vermelho-afogueadas interrompendo o amarelado uniforme do grão.

Titina chegou à casa dos meus avós acompanhada pelo marido. Veste calças compridas colantes verde-água com as tiras presas dentro do sapato, sapatos *décolleté* de saltos altíssimos. Uma malha azul aderente evidencia sua "sétima medida", o enorme volume dos seus seios, dando a ela uma forma bizarra. Aqueles dois amortecedores lhe conferem um equilíbrio instável: Titina pende como se de um momento para o outro pudesse cair desastrosamente com a cara no chão e parar a 30 centímetros graças ao seu peito.

Bate a porta do Ford Capri com o qual seu marido se comporta como playboy de província e, ondulando sob o peso não contrabalançado dos seios, equilibrando-se em cima dos saltos, tranca-se no banheiro. Por detrás da porta chega um som desesperado que rompe barreiras e finalmente encontra o caminho livre, resguardada pela presença da família, sentindo-se protegida da violência do marido.

O Alto Voltaico está desolado, ergue os ombros como que dizendo: "Quem a entende é realmente um bravo", agita a cabeça redonda, revira os olhos, é evidente que está irritado, mas se faz de desentendido: "Bem? O que aconteceu?", diz para a sogra, minha avó Margherita, que olha para ele espantada. A culpa do desespero de Titina é dele, todos sabemos; nenhum de nós, porém, tem coragem de perguntar: "O que você fez com a Titina?"

O silêncio é uma prova difícil para o responsável, o rumor das palavras esconde, confunde as águas, e, de fato, o Alto Voltaico é o primeiro a falar: "Está com um ataque de urticária, talvez tenha se esfregado num molho de favas."

"Em Palermo?", pergunta minha avó. Mas ele não se digna a responder e sem se despedir entra no carro e vai embora. Nenhum de nós jamais o verá de novo, mesmo que da cidade vários amigos periodicamente tragam notícias de seus malfeitos e de suas mulheres de má fama.

Titina continua trancada no banheiro, o único da casa. Minha avó procura chamá-la com jeito: "Titina, saia, conte tudo pra nós... quem sabe você se alivia." Nada, minha tia chora ainda mais forte.

Depois, tenta a irmã: "Vai, abre, é melhor que nos conte tudo e, se aquele sem-vergonha fez o que não devia, não se preocupe, nós vamos cuidar disso." Tia Nellina tem uma mentalidade mafiosa. Pelo barulho parece que Titina está passando por uma verdadeira crise de nervos.

"Dona Margherita, se ela sair, cuido eu." Ninetta participa com emoção dos sofrimentos das duas gêmeas. "*Signura,* venha para fora, o café está esfriando."

"Mas que café, café, isso é hora?!" Meu avô, que está com a bexiga estourando, dá duas pancadas na porta: "Titina, sai, não podemos urinar aqui fora."

Minha tia abre, está toda vermelha, parece que está mesmo com urticária.

"*Signura,* mas o que fez? Isto foram as favas!"

Titina falou o dia todo e a noite também, diante da família reunida. Todos, menos eu que era muito pequena, escutaram aquela história lacrimosa recheada de "puta, sem-vergonha...". O conselho de família, enfim, concluiu que: "Tudo bem quanto às mulheres, quanto a comer o dinheiro do salário de Titina, quanto a não trepar com ela há mais de um mês, mas meter a mão nela na frente da *picciridda,* não!" Foi o primeiro matrimônio da casa Guazzalora Santadriano mandado literalmente à puta que o pariu, e com a bênção de todos.

Titina começou sua infelicíssima vida de separada entre prantos, melancolias, raras saídas com as amigas e raríssimos encontros masculinos. Pediu transferência para a escola de Malavacata, onde ensinou até se aposentar. Tornou-se colecionadora de pequenos animaizinhos de vidro dos quais tirava o pó com precisão maníaca todos os domingos, quando tinha o dia livre. Depois começou a juntar flores de plástico, horríveis móveis "imitando rococó", todos rigorosamente dourados, e joias falsas. Sua vida se arrastava dentro dos catálogos da Vestro, em meio às pequenas bancas dos mercadinhos do lugar e aos representantes comerciais que vinham em casa atrás dela e a convenciam até enganá-la, como sucede frequentemente às mulheres solitárias e sem esperança.

XXII

Nellina, diferentemente da irmã, passadas as dificuldades iniciais, conseguiu engravidar novamente do marido, que ainda era fértil apesar da idade avançada. Mal havia acabado de comemorar o primeiro aniversário do filho e já estava grávida pela segunda vez. É verdade que não podia perder muito tempo; considerando a idade do marido, tinha que aproveitar o momento bom, pois não se sabia por quanto tempo ainda o vigor de Gnaziu iria durar.

Assim como a irmã, diante de qualquer problema, dúvida, dificuldade, Nellina recorria à avó Margherita, que, apesar de sua natureza pouco expansiva, tinha sempre um olhar de atenção para as duas filhas gêmeas.

"Mãe, preciso falar com você."

"Você também?!"

"Por quê, quem mais?" Tia Nellina estava sempre na defensiva, pronta para o ataque.

"Não, primeiro sua irmã, agora você... parece que combinaram... mas também vocês são gêmeas."

"Estou com um problema, o que devo fazer, pegar uma senha e entrar na fila?"

Nellina é rancorosa, cheia de raiva e de veneno por causa do marido ainda fértil, mas velho e desagradável. Há anos que está de guarda para evitar que Gnaziu cometa alguma asneira. A maior ele fez com a Soccorsa, uma *picciuttedda* graciosa, de pele e cabelo tão escuros que as pessoas a chamam de "Pupa Nivura", Bonequinha Preta. Alta, magra, desenvolta, os quadris largos, *tetinhas* pequenas, redondas, duas bilhas. Soccorsa cuida do *picciriddu* de Nellina, brinca com ele, dá de comer quando ela tem que ir para a igreja, porque, entre vesperais, rosários e missas cantadas, Nellina não tem um minuto de sossego. O marido, o doutor, que dificilmente fica em casa, desde que Soccorsa passou a cuidar do filhote começou a chegar mais cedo.

Para não gerar suspeitas na mulher, começou lá de longe: "Nellina, nós levamos seis anos pra fazer este filho e agora você quer deixá-lo com a primeira que aparece, e sem qualquer controle."

"Não é a primeira que aparece, é a filha da minha comadre, eu a batizei, e se ela não se comporta a mãe arranca a pele dela. Eu não posso ficar em casa o tempo todo, e ela me ajuda."

"Nellina, *meglio dire che saccio ca chi sapiva,* aquela ali, enquanto eu não souber muito bem quem é, sozinha com o *picciriddu* eu não deixo." E assim o doutor, às tardes, em vez de ir jogar carta no círculo dos combatentes, fica em casa com a serva, como a chama avó Margherita.

A tragédia acontece na Páscoa, exatamente um ano depois de meu primeiro encontro com o pequeno Alfonso.

Durante a Semana Santa, Malavacata inteira vive o auge de sua fé.

Nellina, como todas as mulheres pias, está ocupadíssima em suas funções, pois seu filho fica com a Soccorsa e Gnaziu volta para casa justamente para ver se está tudo bem.

"Não poderia encontrar melhor pai para o meu filho", diz a quem lhe pergunta com malícia: "Senhora, e o *picciriddu* onde está? E o *dutturi* também está em casa?"

Na Quinta-feira Santa, Nellina sai no início da tarde e entre missa, lava--pés e preparação do sepulcro vai estar ocupada até a noite. Deve acomodar os perus, os brotos de grão e lentilha que durante um mês deixou germinando no escuro do quartinho e, agora que despontaram, colocados dentro do antigo vaso de cerâmica, fazem grande efeito. "Esses caipiras do pé rachado precisam saber qual é o *ciure di sepulcru* da filha, além de mulher, do doutor", pensa com orgulho.

Para não falar da ceia, a última do Nosso Senhor. O padre lavará os pés de 12 camponeses rudes, e ela irá ajudá-lo. *"Nzà ma'* se alguém pensar que eu sou soberba", por isso Nellina carrega a bacia com a água e, mesmo grávida, não quer perder seu papel de humilde serva do Senhor.

Durante a missa, porém, antes do lava-pés, sente-se mal, uma facada no baixo-ventre, uma dor atrás como se algum malvado armado de uma chave de fenda desaparafusasse suas tripas. Por isso, contra a vontade, entrega bacia e toalha a uma irmã e volta para casa.

Já há algum tempo não se sente bem, suas pernas estão inchadas, diz que é a albumina, que o vômito a atormenta todas as manhãs, talvez porque quando abre os olhos encontra a boca desdentada do marido arreganhada num trejeito obsceno. Também reclama porque diz que está cheia de gases na barriga e no traseiro, em suma: não esconde nada dos rumores e humores de seu personalíssimo repertório de gestante.

Mas, abrindo a porta de casa, Nellina percebe que seu marido está se engraçando com a empregada.

"E estas moringuinhas pra que é que servem?"

"Doutor, *vossia* está querendo *babbiare*. E pra que iriam servir? Quem sabe, se um dia eu tiver filhos vão servir."

"Por que só para os filhos? Antes disso, talvez você alegre seu noivo!"

"*Vossia* não sabe o que está dizendo. Mommo nunca viu, *nzà ma'* se pensa que eu sou uma puta e me deixa."

De repente, um rumorosíssimo peido escapa de Nellina e interrompe o dueto. Os dois, ligeiramente embaraçados, a cumprimentam, mas o rosto vermelho de Soccorsa e os olhos baixos de Gnaziu enchem sua cabeça de suspeitas, dúvidas, incertezas.

Haviam prevenido Nellina de que o doutor tinha mania de jovenzinhas; antes que viesse aquela graça de Deus que era o filho, chegara inclusive a sentir ciúmes. De qualquer modo, era preferível não levar em conta o aspecto mais baixo da personalidade daquele fedorento a ficar em casa solteira. "Linguarudos", assim Nellina liquidou Ninetta, que, fiel à sua vocação de informante de confiança da casa Guazzalora, tentara avisá-la.

A expressão de Soccorsa, embaraçada, desorientada, causou suspeita, e a indiferença do marido a deixou irritada. Mas não tem provas e não quer ser tomada por louca visionária. Então, engolindo a raiva e comunicando sua indisposição, Nellina vai para cama sem conseguir pregar o olho.

No dia seguinte, Sexta-feira Santa, levanta cedo para a paz do *Signuri*. A imagem de Jesus Crucificado será colocada no chão para o beijo dos moradores. A liturgia será longa porque vai prosseguir com a procissão da Mater Dolorosa, que foi vestida com um manto precioso do qual Nellina é a única guardiã. Às três e meia da manhã, ainda está escuro lá fora, e Soccorsa já está na porta. Nellina abre, coloca em seus braços o *picciriddu* que está com fome, a moça corre até a cozinha para preparar o leite. Gnaziu dorme no andar de cima, Nellina olha nos olhos de Soccorsa procurando algum sinal, algum indício, mas a moça tem um olhar límpido. "Talvez eu tenha imaginado", pensa, "tomara Deus!", e sai para ir à igreja.

Mas na rua é tomada novamente por dúvidas, medos, angústias, o germe do ciúme não a deixa respirar, por isso faz meia-volta e torna a sua casa. Entra devagar, cuidando para que a porta feche sem bater, esconde-se no corredor e apura o ouvido em direção a uma conversa baixinha entre Soccorsa e o doutor, que, no meio-tempo, atormentado pelo pensamento na mocinha, se levanta e está lidando com a cafeteira.

"*Vossia* quer me tratar como se eu fosse uma moça qualquer."

"Não, Soccorsa, é que você tem cabelos sedosos e a pele também... de noite eu sonho com você."

"*Vossia* logo cedo tem vontade de perder tempo..."

"Soccorsa, desde que você chegou aqui as duas moringas que pressionam a sua blusa me tiram o sono. Eu as sinto sobre meu coração, impedindo a minha respiração, parece que elas estão em cima do meu rosto, tanto que se eu adormeço começo a roncar e acordo com o barulho que faço."

Nellina, escondida, torce as mãos de nervoso e depois também as vísceras, enlouquecidas pelo ar que não encontra saída, dançam a tarantela junto com aquele *picciriddu* que acabou na sua pança, por acaso ou por milagre.

"Soccorsa, deixa eu ver os seus peitinhos? Juro que não conto pra ninguém." Enquanto isso o doutor mexe a dentadura empurrando para cima e para baixo com a língua. É realmente um velho babão! Eu me lembro daquela dentadura. Quando dormia na casa da tia Nellina, eu a via de noite no banheiro, onde ele, antes de ir para a cama, a deixava dentro de um copo com água, sem qualquer pudor.

O doutor não fazia segredo de sua dentadura, de mexê-la para a frente e para trás, estender para fora da boca e engoli-la com um movimento rápido dos lábios; era um feio hábito que com o correr do tempo assumiu características de um desagradável tique nervoso.

"Vai, Soccorsa, senão eu conto pra sua mãe o que você faz com aquele caminhoneiro que parece um africano."

Nellina se agacha na entrada, com as mãos apoiadas no chão, de quatro, porque não consegue respirar devido ao nervoso e à dor de barriga.

"Doutor, eu deixo o senhor ver, mas depois *vossia* me esquece... e pode olhar, mas sem tocar."

"Soccorsa, mas o que está dizendo? Tocar numa *picciuttedda* como você? Diz a mamãe Rocca: se olha, mas não se toca."

A mocinha é pequena, tem apenas 14 anos e, mesmo levando em conta que as mulheres sicilianas crescem e têm filhos muito cedo, um pouco se envergonha e um pouco se espanta. Fecha os olhos, como se o fato de não enxergar a pessoa que está na sua frente a fizesse desaparecer e, lentamente, com os dedos tremendo, abre os botões da blusa um a um, num striptease inconscientemente malicioso que tem o poder de excitar Gnaziu mais ainda.

Aquele velho babão daquele doutor mastiga a dentadura sem parar, de vez em quando uma gota de saliva escapa de sua boca. A visão daquelas jovens tetas, tesas e duras como dois melões, os mamilos negros como piche, provoca nele uma vigorosa ereção, acompanhada por uma surda dor no baixo-ventre.

"*Dutturi*, posso me vestir? Posso pôr a blusa de novo?"

"Soccorsa, mas por que quer cobrir esta beleza, qual o motivo pra se envergonhar quando se tem duas coisas maravilhosas como as suas? Quer apostar que são doces como duas romãs maduras?"

A jovem esbugalha os olhos, sua cabecinha de adolescente inexperiente está tonta de medo, perguntas, dúvidas acerca do comportamento mais correto, justamente porque não está preparada para este ataque do doutor, embora todos digam que quando ele está no ambulatório é melhor passar longe, "porque o doutor não deixa escapar nem mesmo um cachorro com um osso".

No entanto, "e se ele tem um ataque apoplético?", preocupa-se Soccorsa, vendo a expressão de idiota estampada no rosto do médico que pela idade poderia ser seu pai, "quem vai contar pra sua mulher, que agora, inclusive, está grávida?".

O coração bate forte e suas pernas não conseguem sair do lugar, ela está como que paralisada.

"Venha cá, fique sobre meus joelhos." Gnaziu agarra-a por um braço e coloca-a sentada diretamente em cima daquele membro premente debaixo da flanela do pijama.

"*Dutturi*, me deixe, que pode ser perigoso!"

Mas ele não tem a menor intenção de deixá-la ir embora, tem que aproveitar a ocasião, a esta altura está dominado pelo desejo. Os lábios abertos encontram dificuldade para manter a dentadura dentro da boca.

"Vamos, deixe-me provar, eu sei que são doces como um *pupo di zucchero*.*"

Enquanto isso Nellina, esparramada pelo pavimento da entrada, enfia as unhas nos braços, morde os lábios para não gritar toda a sua raiva. Agora não pode mais negar para si mesma o estropício do homem com quem se casou de olhos fechados e sem qualquer garantia. Agora não pode fingir que não sabe, o que vai fazer? Sair e começar a gritar? Expulsá-lo de casa? Justamente agora que está grávida pela segunda vez? O ar remexe na sua pança e procura uma saída. Uma série de pequenos arrotos dá a ela um pouco de conforto.

---

* *Pupo di zucchero:* doce siciliano, de formas e cores variadas, à base de açúcar, açúcar cristal e suco de limão de grande efeito visual. (N. da T.)

"Soccorsa, como são macias as suas *minne*, olhando parecem duras, mas quando toco parece que estou colocando a mão dentro daquela bandagem de algodão que tenho em cima da mesa do ambulatório, perto das seringas..." O doutor toca o peito imaturo da mocinha, ergue-o e aperta-o como se tivesse um êmbolo entre as mãos, passa a palma da mão para a frente e para trás sobre os mamilos que despontam retos e protuberantes, a moça é jovem mas sua carne reage como a de uma mulher madura. Ele se arremessa famélico e começa a chupar o mamilo, que desaparece dentro de sua boca voraz junto com toda a *minna*. Depois Soccorsa começa a chorar e suplicar: "*Dutturi*, me largue, não me arruíne, pois se me tocar ali embaixo, eu não posso mais me casar", e quando a súplica se transforma num estribilho obsessivo, um "não, não, não..." sussurrado e depois o silêncio, Nellina entende que deve intervir, porque uma violência a uma menor poderia marcar para sempre sua família. Um grito horripilante acompanhado de um estrondo, um enorme peido há muito tempo contido, precede sua entrada na cozinha, teatro da tragédia. O *picciriddu* que dorme no seu berço acorda assustado com a rumorosa irrupção da mãe e começa a chorar.

Nellina encontra Soccorsa no chão, as pernas abertas e descompostas, a saia erguida, as calças abaixadas pela metade, enquanto o marido fulminante ergue as calças do pijama, ajeita um pouco os botões do casaco querendo se recompor, o rosto enrijecido numa expressão colérica, a dentadura meio dentro, meio fora da boca. A jovem está paralisada e chora; em vez de levantar, se vestir e ir embora correndo, fica naquela posição que expõe toda a sua fragilidade, enquanto o doutor, retomado o controle de seus impulsos e da sua dentadura, fala com a mulher em tom aborrecido, como se tivesse sido importunado por uma besteira qualquer durante uma reunião importante: "A culpa é sua que me traz putas pra dentro de casa! O que você acha que devo fazer com uma que se despe na minha frente? Passar por efeminado?"

Nellina foi excelente para encontrar um autocontrole que não acreditava possuir e, como sempre na Sicília machista, a culpa foi atribuída à mocinha: "É claro que se uma mulher se comporta direito não corre certos riscos... além do mais, o homem é um caçador..."

Para justificar o afastamento de Soccorsa aos olhos das pessoas, Nellina a levou até a porta de sua casa; sem entrar e para que todos ouvissem, fez um escândalo para a comadre: "A mocinha não tem modos, maltrata o *picciriddu*... eu a perdoo, mas não se mete mais na minha casa."

Nellina perdoou o marido também, e agradeceu à Madonna della Luce, que mais uma vez lhe concedera uma graça, permitindo que chegasse a tempo antes que aquela puta arruinasse Gnaziu e toda a família. Esqueceu o horror daquela Sexta-feira Santa, fez quatro filhos com aquele marido maníaco, perigoso e desagradável, que todas as noites largava a dentadura no banheiro, sem dentes se enfiava na cama e sem dentes trepava com ela, pensando nas mocinhas que consultava em seu ambulatório.

Quanto a mim, sempre evitei ficar em casa sozinha com Gnaziu. Não sabia exatamente que tipo de perigo eu corria, mas meu corpo se recusava a ficar perto dele. Talvez por culpa daquele tique nauseante do vaivém da dentadura, talvez por causa daquelas duas fileiras de dentes despejadas sem pejo em qualquer lugar, mas eu não confiava nele mesmo depois de velho, porque, como dizia a avó Ágata, *cu nasci tunnu, crescennu non addiventa pesce spada.* *

---

* "Quem nasce atum não se transforma em peixe-espada". (N. da E.)

XXIII

Cresci, agora me chamo Ágata. Deixei Palermo e fui morar com meu pai, que, nesse meio-tempo, fez carreira. Fui morar com ele para estudar. Tomei a decisão ao término de uma memorável briga com minha mãe.

A promoção de meu pai e sua partida para o Continente se, por um lado, deram certa liberdade a nós que ficamos em Palermo, por outro, provocaram uma profunda fratura familiar: de uma parte, minha mãe e meus irmãos; de outra, eu; de outra ainda, meu pai. Minha mãe e eu vivemos juntas nos ignorando mutuamente, eu não solicitava, ela não perguntava, a vida corria, nós, filhos, crescíamos, ela envelhecia. No último ano do liceu se começou a falar do meu futuro. Improvisadamente, sem jamais ter refletido sobre isso, expressei meu desejo de me tornar médica.

"Quero curar as pessoas, quero ser médica, como o avô Alfonso." Comuniquei oficialmente à minha mãe numa tarde do mês de junho, enquanto ela, com um paninho na mão, limpava ou, melhor, desinfetava seu quarto de dormir. Sim, porque ela não achava que as coisas estivessem sujas, e sim infectadas; a água não bastava, era preciso álcool.

"Ixe!, que novidade é essa?", estava quase rindo.

"Não adianta rir, *ma'*, em julho eu termino e quero me inscrever na universidade, já pensei sobre isso." A mentira de sempre, que me ajuda a defender minhas ideias, mesmo que frequentemente eu aja por instinto, sem ter realmente pensado no assunto. "Quero me tornar médica."

"Ágata, sua cabeça hoje não está funcionando... uma doutora? Você? Desde que você ficou seca e desmilinguida sua cabeça parou de funcionar. Você é mulher... deve criar família. Não quer ter filhos? Não quer se casar?"

Para dizer a verdade, em filhos eu ainda não pensava, tinha apenas 18 anos; além disso, de fato, eu não tinha a menor vontade de ser a criada de um marido, mas, sobretudo, naquele momento, não queria dar satisfação à minha mãe.

"É claro que eu quero filhos, mas médicos não são estéreis."

"Ágata, você tem sempre um *babbio* pronto. Não adianta dar uma de atriz comigo, porque a esta altura eu te conheço bem, você quer me deixar com raiva..." Minha mãe estava se alterando, o tom da voz tinha se tornado estridente e se percebia que estava procurando no seu repertório as palavras mais cruéis para me atacar.

"Eu decidi, *senza se e senza cusà*.* Vou me inscrever pra Medicina."

"Ágata, é inútil que estude porque você deve se casar, você é mulher e do destino não se escapa."

"Ma' não é porque você acabou com um pedaço de pano na mão que eu deva ter o mesmo fim!" A alusão à sua condição era um golpe baixo, eu sabia, mas pela primeira vez eu estava decidida a enfrentá-la. Estava em jogo o meu futuro: não era um sonho que estava defendendo, mas minha liberdade.

"Você é venenosa, realmente é verdade: *figghia fimmina, nuttata persa!"* e me chegou uma forte bofetada. A humilhação ardeu mais que o tapa e livrou meu coração de todo e qualquer remorso em relação à minha mãe. Graças ao seu gesto violento, me senti desobrigada de qualquer dever, o gelo se instalou entre nós, nunca mais falei com ela, foi como se estivesse morta.

Após a conclusão dos exames do ensino médio, deixei minha mãe e fui ao encontro de meu pai, levando comigo a sensação de estranheza que trazia em mim desde a infância.

Uma vez por ano, no dia 5 de fevereiro, visitava meus parentes, numa espécie de peregrinação prometida, em direção ao que restava da minha família.

Avô Alfonso, antes de partir, tivera tempo de assistir à minha formatura, já se orgulhava de mim desde que era pequena, mas, agora que eu tinha a sua profissão, era outra coisa. Nos últimos anos de sua vida me recebia cheio de si no seu consultório, onde continuou trabalhando até o fim. Eu tinha permissão para assistir somente quando atendia mulheres.

"Agora, meu *ciuriddu*, você tem que sair."

"Por quê, vovô?"

"Porque é um homem."

"Está bem, mas eu sou médica."

"E eu sou seu avô, e você deve sair porque pode ser que falte com o respeito, e depois não cai bem a uma *picciuttedda* ficar olhando um homem nu."

---

* "... não há mais dúvida." (N. da T.)

"Vô, mas ele está com dor no olho..."

"E daí? Continua sendo homem." Surdo a qualquer argumento, me deixava de fora, ainda que lamentando, pois, como sempre, não queria ficar longe de mim.

A avó Margherita nos deixou um ano depois do marido. Ninetta, a velha babá, ficou tão gorda que já faz tempo que não consegue mais ver os pés, mas adquiriu uma aura de sabedoria que a deixa parecida com uma velha xamã, resolve controvérsias, concilia litígios, afasta mau-olhado, dá conselhos, cura doenças.

Minhas tias Titina e Nellina, devido aos desprazeres que os maridos lhes causaram, abandonaram a linguagem comum e praticamente se comunicam apenas entre si, por meio de um código secreto inventado quando crianças e feito quase todo de sons e gestos; é o seu modo de fugir de uma realidade que as feriu e desiludiu. Nellina tem poucos e raros contatos com os filhos, que no meio-tempo cresceram e, adultos, se parecem cada vez mais com o pai.

Numa de minhas visitas anuais, durante o almoço, Titina faz sinal para que eu a siga: "Ágata, preciso falar com você."

Meu queixo quase cai de surpresa, o que foi que aconteceu? Minha tia reencontrou a palavra, deve ser coisa grave.

"Ágata, está me ouvindo ou devo fazer o pedido em papel timbrado?"

"Não, tia, vamos pra lá, me conte tudo."

"Preciso te mostrar uma coisa", não termina a frase e desata a chorar.

"O que foi? O Alto Voltaico? Deu sinal de vida depois de todos esses anos?"

Ela balança a cabeça, estala a língua, faz um barulho seco, como o de um chicote, "*nzù*", que entre nós significa *não*, cobre o rosto com as mãos, o nariz espichado desponta entre as palmas das mãos vermelhas e gotejantes.

Dou a ela um lenço, um café e um cigarro: esta é uma espécie de medicação milagrosa entre os parentes de minha mãe. Assim que chega qualquer notícia todos recorrem a ela: se é boa, para comemorar; se é ruim, para se acalmar.

Tia Titina fuma com método e atenção; depois, quando quase chegou ao filtro, pousa a guimba na mesa e, sem cuidar da cinza que cai no chão, desabotoa a blusa e me diz: "Olhe." Tem uma anágua de náilon branca sobre a malha de lã; é verdade que estamos em fevereiro, o ar ainda está fresco, mas a malha de lã não se tira nem no verão, segundo o ensinamento da avó Margherita.

"Tia, não entendo..."

"Olha, estou com o pescoço inchado e as costas também." Me aproximo, toco com cuidado, a pele está inchada. Tiro sua roupa, tem as marcas vermelhas das ombreiras e dois sulcos profundos na pele. Aqueles peitos pesam demais nas suas costas, são grandes, grotescos, incomodam e agora também assustam, porque estão inflamados. Sobre o esquerdo, há um caroço grande como uma laranja, duro; parece que tia Titina tem três seios em vez de dois.

"Tia, mas faz quanto tempo que você está assim?"

"Não sei, eu percebi hoje."

Desde que tirei o diploma e, sobretudo, desde que o avô Alfonso não está mais entre nós, que esteja em paz, eu me tornei o médico de toda a família; é a mim que se dirigem para qualquer mal-estar, e se estou longe, esperam meu retorno.

"Tia, temos que fazer exames."

Titina tem uma doença das mamas, chama-se câncer. Eu a levo imediatamente ao hospital e poucos dias depois tiram o caroço, a mama, um pedaço do braço.

"Mas você rezou pra santa Ágata?", pergunto a ela no hospital.

"Ágata, mas do que está falando? Justo você que é comunista." E não falou mais com ninguém.

XXIV

A certa altura da vida o tempo corre veloz e a maturidade está à espera na esquina com uma enorme carga de responsabilidade. Eu não percebi que me tornara adulta. A lembrança de minha infância está tão viva e presente que ainda não me sinto preparada para as novas dificuldades.

Acabei de tratar de tia Titina, mal e mal nos recuperamos, os seus cabelos começaram a crescer, renasceu em mim a esperança de dias mais suaves. Nos reencontramos à mesa, quando, depois do segundo prato e antes do doce, tia Nellina me faz sinal para segui-la com um movimento da cabeça e dos olhos.

"Ágata, preciso falar com você."

"Você também?", suspiro.

"Por quê, quem mais?", pergunta, e sou tomada de assalto pela lembrança das conversas entre as duas gêmeas e a avó Margherita.

"Não, falei assim, por falar... o que há?"

Tem sempre a mesma boca ligeiramente torcida para um lado, os lábios puxados num trejeito de dolorosa surpresa, a mesma que experimentou quando encontrou o marido com as cuecas arriadas diante de Soccorsa, com 14 anos; movimenta-se com dificuldade, parece quase ausente, mesmo que tenha sido obrigada a entrar em contato com a realidade e aceitar o fato de que o marido era um chato nojento.

Deve ser realmente uma coisa importante, penso, para ela querer falar, ela para quem *una parola è picca e due sono assai*.

Minhas tias tiveram um destino exageradamente amargo, uma vida marcada. Pouco amadas pelo pai, ao que tudo indica sustentadas pela mãe, que, porém, não tinha recursos para ajudar em suas necessidades, foram maltratadas por maridos medrosos e covardes, depois Titina teve a doença, o que vai acontecer agora com Nellina? Enquanto sigo meus pensamentos, tia Nellina me toma pela mão e me leva até o banheiro. Sobre a pia sempre o mesmo copo, mas vazio, a dentadura de seu marido não está mais, foi sepultada com ele, que, pela inexorável lei da compensação, faleceu devido a um mortificante câncer na próstata que, antes de levá-lo para o caixão, o deixou com incontinência.

Tia Nellina tira a blusa, a camiseta, o sutiã.

"Cacete!", me escapa. Está com três mamas em lugar de duas.

Não passaram nem dois anos do câncer da irmã gêmea, e ela também já está com um. Mas todos sabem que pode reaparecer na mesma família.

Antes de começar a *via crucis* de sempre entre médicos, beatos e curandeiras, quero tirar uma dúvida: "Mas, tia, você rezou pra santa Ágata? Preparou os doces dela?" É a velha ideia fixa de sempre: sem cassatinhas, nenhuma graça da Santuzza.

"Ágata, mas você está brincando? Você sabe que eu sou devota da Madona."

"Aí está, foi o que eu pensei!"

XXV

Eu sabia que alguma coisa não havia funcionado. As gêmeas de fato não haviam acarinhado santa Ágata. Preocupadas com a miopia degenerativa que atormentava seus olhos e que as deixaria cegas em pouco tempo, tinham-se voltado uma para santa Lúcia, outra para Madonna della Luce, e acabaram às escuras.

A angustiante espera do resultado e, principalmente, os tratamentos dolorosos, invasivos, que sofreram uma e depois a outra me traumatizaram.

Carecas devido à quimioterapia, ainda que temporariamente, inválidas devido a intervenções cirúrgicas cruéis, privadas de energia, fisicamente abatidas, moralmente vencidas, as gêmeas se entocaram em casa, abandonando de vez todo mundo e se comunicando por empatia apenas entre si.

Embora estivesse assustada com o ressurgimento de uma doença que incide profundamente no físico das mulheres, golpeando-as naquela parte do corpo que permanece como símbolo da feminilidade, eu me consolava com o número par que resultava da soma das nossas três mamas juntas: uma da tia Titina, outra da tia Nellina, mais as minhas duas faziam quatro. Continuei a ir vê-las durante vários anos e jamais faltei àquelas visitas melancólicas, uma por ano, por ocasião do dia da minha santa. Teríamos que ter seis mamas ao todo, sobraram quatro, mas, apesar disso, formavam número par. Avó Ágata, boa alma, quando colocávamos as *minnuzze* da santa na bandeja, não me recomendava outra coisa: "Agatì, aos pares: não pode desemparelhar nunca!"

Com o passar do tempo, porém, me esqueci do medo da doença e das recomendações de minha avó, abandonei toda e qualquer forma de precaução que neste caso rimava com prevenção. Parei de preparar os doces, e inclusive, depois da mudança, não achei mais a receita da minha avó no meio de minhas coisas.

Havia todas as premissas para um futuro incerto, ao menos sob a perspectiva da saúde. E, se o medo me pegava de surpresa, eu o afastava concentrando-me em outra coisa, dizia a mim mesma que era o legado de uma velha cultura, cheia de superstições. Mas volta e meia a voz de minha avó se fazia ouvir: *Agatì, faça direito as cassatinhas, nzà ma' se a Santuzza fica ofendida.*

COMU FINISCI SI CUNTA
(Como vai terminar)

I

Voltei às mesmas ruas que percorria com minha avó Ágata para chegar à sua casa. Como que levada por uma força misteriosa, caminho ao longo da avenida Liberdade respirando a plenos pulmões o perfume adocicado das flores que chega em ondas, alternado ao cheiro dos canos de escapamento. A fumaça dos espetinhos de cordeiro na brasa ergue-se forte entre as casas do Borgo, escuto com atenção as cantorias dos vendedores ambulantes. Viro em direção ao porto, na Cala não me surpreende em nada o fedor de fossa, de peixe podre; à direita está a porta Felice, caminho lentamente pela via Vittorio Emanuele, à minha esquerda estende-se a praça Marina. Os gigantescos fícus ainda existem, seus ramos, do centro do velho jardim, projetam sombras sobre as calçadas em volta, ao redor uma série de pequenos restaurantes que vejo pela primeira vez.

Raiva, mistério, contradições, é a impressão que carrego disso tudo. O palácio Steri irrompe contra o céu azul, hoje não me dá medo. Sede da universidade, não tem mais o ar sinistro de um tempo. Pareço ter, entre os meus, os dedos da avó Ágata, que me aperta com força. Muitos dos velhos edifícios abrigam hoje fundações, bancos, sedes institucionais. Os trabalhos de restauração fizeram emergir depois de séculos sua comovente beleza. Em meio às antigas e luxuosas habitações recuperadas, resistem edifícios decadentes, que se tornaram o ponto de encontro dos imigrantes. Palermo ainda não decidiu o que pretende fazer de seu centro histórico, se um bairro luxuoso habitado por ricos profissionais ou um lugar de fronteira onde velho e novo, pobre e rico são vizinhos numa relação de sustentação recíproca. Como se um não pudesse dispensar o outro.

Há alguns anos toda a zona é alvo da atenção de hábeis especuladores imobiliários. Também o edifício que fora habitado por minha avó, abandonado no decorrer dos anos pelos inquilinos que, como ela, preferiram as casas de cimento da periferia, foi comprado e restaurado. Os trabalhos de restauração estão em fase avançada, tanto que os tapumes já foram parcialmente retirados, deixando visível a fachada de tufo amarelo alternado com áreas cinza de cimento, brancas de cal; gradis de ferro batido, alaranjado vivo para antiferrugem, foram restaurados, o portão de madeira maciça está escancarado e posso me mover com tranquilidade pelo grande vestíbulo, luminoso, magnífico; os lastros de mármore de Billiemi brilham, os degraus das escadas, de pedra peixe que acabou de ser lavada, estão tão brilhantes que quase posso me ver refletida neles. A emoção me aperta a garganta, fico indecisa entre chorar e sorrir, a minha infância passa diante de meus olhos como um filme melancólico.

A figura de avó Ágata vem ao meu encontro pelas escadas, com seu vestido preto, fora de forma, seus cabelos ralos, cinza, enrolados em cachos, até as orelhas, o sorriso enigmático que não deixa transparecer seu estado de ânimo. Parece que estou vendo todos os meus parentes, cada um no seu lugar, onde os encontrava quando criança. Meu avô Sebastiano em frente à porta do barbeiro na esquina da praça, com a grande pança que o impede de fechar as pernas, o bastão entre as mãos, o olhar perdido de quem já não tem mais lembranças, esperanças, sonhos. Depois, tio Vincenzo, o leiteiro, entre garrafas de vidro e caixas de ovos, as mãos vermelhas de frieiras provocadas pelo gelo em que conservava seu creme de leite, gulodice que concluía toda refeição da família... Estão todos aqui, nenhum deles jamais parece ter ido embora. E agora aqui estou eu também.

Volto à adulta, uma jovem cheia de esperança, mesmo que num canto da alma tenha a voz da avó Ágata que repreende: *Mas o que é que veio fazer aqui? Este é um lugar de onde se pode apenas provir.* Eu a ouvi falar muitas vezes quando eu era pequena, mas o que queria dizer, naquela época eu não entendia, e para dizer a verdade talvez não entenda até hoje.

"Por que não deveria voltar?", digo a mim mesma um tanto ansiosa, e procuro afastar aquele aborrecido grilo falante... ah, se eu tivesse um martelo como Pinóquio, ah, se a avó Ágata ainda estivesse aqui, se pudesse lhe pedir um conselho...

Na minha cabeça cheia de recordações, emoções, dúvidas, se junta a voz da avó Margherita: *se avessi, se potessi, se fossi erano tre fessi che andavano in giro per il mondo.**

Meu passeio continua pelo quarteirão da Kalsa, que ainda não tem uma nova identidade, mas perdeu completamente a de um tempo. A padaria das

---

* Se houvesse, se pudesse, se fosse eram três "se" que andavam pelo mundo. A tradução literal do ditado é: *se houvesse, se pudesse, se fosse eram três bobos que andavam pelo mundo.* (N. da T.)

signorine Zummo fechou há muitos anos, apenas o escudo, esculpido diretamente na pedra da fachada, testemunha sua existência. Desmanteladas todas as velhas atividades comerciais, fechados o barbeiro, a mercearia, a tabacaria, desaparecidos os artesãos, a novidade nesta rua plena de ectoplasmas é um bar de vidros brilhantes, mesas de aço e uma insígnia ameaçadora: COSE DUCI.*

Desde que deixei Palermo, fugindo de minha mãe e de sua frieza, não houve um só dia em que não esperei voltar. Estou aqui para recosturar os pedaços de meu coração partido, para reviver a sedutora beleza de uma cidade que nem mesmo as piores especulações conseguiram apagar. O pátio da igreja da Gancia de súbito aparece diante de mim em toda a sua magnífica decadência. Gerações de ladrões, vilões, larápios, mas também de operários, artesãos modestos, empregados, casaram-se nessa igreja, batizaram seus filhos, pediram ajuda para suas necessidades, refugiaram-se em busca de abrigo. Agora, ao contrário, seu portão abre apenas aos domingos, em horários predeterminados. Deixo à minha direita o palácio Abatellis e penetro, imersa em meus pensamentos, no quarteirão às suas costas. A saudade é uma dor física à qual me abandono com delicado prazer. As recordações são um mar agitado no qual me agrada nadar por alguns dias.

---

* Coisas doces, mas, também, em sentido duplo, coisas dirigidas. (N. da T.)

II

Entre agências, amigos, parentes, antigas colegas de escola, desencadeia-se uma espécie de disputa para ver quem acha a maior e mais bela casa para mim. Revi tio Nittuzzo e o que resta da família. Minha mãe não, nem meus irmãos. Depois de nossa briga não nos falamos mais. Ela não me procurou mais e eu, ocupada com outras coisas, realmente não pensei nela. Nos anos de convivência forçada com meu pai, tive que construir uma relação com ele a partir do nada, aprendi a amá-lo, perdoei-o, compreendi seus limites e reconheci sua grandeza. Poucos meses depois de minha formatura, papai se foi, consumido pelo trabalho, pela ambição, pelo cansaço. Sua morte foi um corte sem qualquer conserto, uma dor aguda, violenta, insuportável durante muito tempo.

Minha mãe veio no dia do enterro, chegou para desempenhar seu papel de viúva inconsolável e reclamar sua parte. Era a ocasião propícia para uma reconciliação que não aconteceria. Algumas palavras de ocasião, um cumprimento frio, um abraço rápido e superficial em meus irmãos que a acompanhavam, depois novamente a separação e a certeza de que nunca mais nos veríamos. As poucas palavras trocadas com Sebastiano e Alfonso serviram apenas para estender um imaginário traço de união entre nós, para tornar menos hostil nosso afastamento, atenuando seu caráter irreversível.

Meu pai foi sepultado em Palermo, me pedira várias vezes nos últimos anos. Após sua morte, fora um namoro ligeiro que se esgotou rapidamente, mais nada me prendia a uma cidade na qual e com a qual, apesar de meus anos de estudo e formação, não havia criado qualquer relação afetiva.

A eufórica sensação de liberdade que a vida "no Continente" me transmitira nos primeiros tempos logo foi amortecida por uma profunda inquietação. A pálida luminosidade e o ar privado de odores não tinham comparação com os perfumes, cores e sabores sicilianos, de que eu sentia falta. A saudade explodiu na minha alma, tornando-me uma jovem mulher, intolerante e insatisfeita.

Neste vazio existencial a ideia de voltar a viver em Palermo cresceu. Aquela fantasia que nascera do nada rapidamente se tornou um projeto.

Para preencher o vazio que a morte de meu pai deixara na minha vida, adquiri o hábito de passar quase todo o tempo trabalhando. Ao contrário das previsões pessimistas de minha mãe, não apenas era médica, mas também conquistara uma especialização árdua e delicada, tornara-me ginecologista e — à espera de ter filhos, de acordo com a tradição que reza serem felizes apenas as mulheres fecundas — eu ajudava as demais a parirem. Eu, de boa vontade, cobria os turnos mais cansativos, substituía de bom grado os colegas que me pediam. A sala de parto era sem dúvida mais movimentada e mais vital que a minha casa. Além disso, o parto me comovia. O eterno repetir-se da dor e da alegria, o amor que abre caminho em meio a sangue e suor têm o poder de me entusiasmar, me reconduz ao núcleo essencial da vida. Eu entrava no hospital vazia, seca, e saía plena, forte, certa de que o segredo da existência estava ali, ao alcance da mão; eu precisava apenas esticar o braço, e poderia agarrá-lo, possuí-lo.

As horas passavam velozes entre as consultas no ambulatório, a revisão das pacientes operadas, as pesquisas na biblioteca, e preenchiam, a cada dia, um pedacinho daquele vazio que a morte de uma pessoa querida abre em quem fica. O pranto dos recém-nascidos me dava toda vez uma nova confiança: naquela breve suspensão do tempo em que todos prendem a respiração como que à espera de que a vida se manifeste, eu comemorava o sagrado ritual da reconciliação com o mundo e comigo mesma. Quanto mais eu assistia às gestantes, mais ficava convencida de que eu também deveria acolher a vida assim: simplesmente, quase automaticamente, respirando a plenos pulmões.

Na noite do último dia do ano, enquanto as obstetras preparavam a ceia num momento de calma, com a sala de parto mais vazia que eu, a ideia de voltar a Palermo não me deixava em paz.

"Que ninguém tenha ideia de nascer esta noite." Mal tenho tempo de pensar nisso e: "Doutora, estão buscando a senhora na recepção." O chamado é uma prova do poder de evocação das palavras. Pelas escadas, vou rezando à santa Ágata: "Minha Santuzza, faça com que seja um parto, faça com que seja mais uma vida a caminho."

Encontro-a agachada num canto; pela estatura e pela constituição, parece muito jovem. A expressão desorientada do rosto faz com que pareça ainda mais frágil e carente de ajuda. Usa um vestido bege comprido que a cobre feito um saco sem forma, das mangas despontam as mãozinhas de cor ocre, com dedos miúdos que terminam em unhas redondas, curtas, brancas; um véu, bege também, com pequenas flores marrons, combinando com a cor da roupa, talvez, num gesto faceiro, cobre seus cabelos e metade do rosto. Não chora, não grita, não se lamenta. Está só, é estrangeira, está grávida, não fala italiano.

"Obrigada, Santuzza, finalmente um pouco de vida! É verdade que podia me mandar uma que falasse a minha língua, a esta hora vou falar o quê?" Mas é melhor não reclamar, *nzà ma', imagina, Agatina, se o Padre Eterno se chateia e te tira aquilo que já tem,* a voz da avó Ágata vem à minha cabeça.

"Doutora, vamos cuidar dela?"

"Quer mandá-la parir na rua?"

"Doutora, então vamos logo, o primeiro que nasce no ano-novo aparece na televisão."

Chama-se Kadija, encontramos o nome num documento que tira do bolso, é marroquina.

Não é necessária a maca; mesmo dolorida, Kadija nos acompanha com suas próprias pernas até a unidade da maternidade no primeiro andar. Deixa-se despir completamente, não opõe resistência, apenas quando tocamos em seu véu protesta energicamente.

"Vai, Kadija, não ficou mais confortável?" Diz que não com a cabeça.

Depois se deixa examinar, é suave nos movimentos, nos gestos. Quando a dor chega, ela emite um silvo discreto, prolongado. Passamos juntas pelos trabalhos iniciais do parto, ela na cama, eu sentada ao lado num banco. De vez em quando muda de posição, gira para um lado e para o outro, se apoia nos braços, ergue-se, depois escorrega docemente para o fundo da cama e volta a se erguer. Tem uma barriga pequena e pontuda; uma longa linha escura do umbigo ao púbis que estica a cada contração. Seus olhos grandes e negros enchem minha alma. Sua mão busca a minha, aperta-a para selar um pacto de mútua solidariedade entre nós.

Os seios duros e cheios, cobertos por uma retícula de finas veias azuis, parecem estar a ponto de estourar, os mamilos estão escuros e acentuados. Nas horas de trabalho não me afasto de seu leito, sou eu que preciso dela. A mulher é frágil, jovem; no entanto, emana um poder imenso, e eu por osmose, por meio do contato físico com sua mão diminuta, absorvo sua força. Um sentimento de afeto toma meu coração pouco a pouco. Me surpreendo agradecida à jovem, à Santuzza, à vida.

Neste momento fica claro que devo retornar, fazer o caminho inverso, ir para casa.

De repente, enquanto imagino meu retorno a Palermo, a respiração de Kadija torna-se agitada, os olhos se apertam, viram duas fissuras, a pele do rosto se contrai em milhares de minúsculas pregas, sua mão se afasta da minha e agarra meu braço num silencioso pedido de ajuda.

Eu a examino: a vulva está tensa, inchada. A cabeça da criança, coberta de cabelos e protuberâncias de gordura branca, amanteigada, aflora insistente. Kadija não murmura mais, agora emite um som grave, gutural, que da parte mais profunda de seu corpo sobe pela garganta até os lábios. Nós a ajudamos a empurrar. O véu que cobre seus cabelos está banhado de suor. Faço com que apoie as mãos sobre as coxas, as pernas estão dobradas sobre o abdômen, a cabeça erguida sobre alguns travesseiros, o queixo apoiado no peito. Acaricio sua fronte, enxugo seu suor, falo com ela docemente, mantenho firme sua cabeça enquanto ela empurra com os dentes apertados. Três, quatro, cinco empurrões fortes, violentos.

A jovem é tão miúda, o esforço tão grande, parece que vai arrebentar. Outro empurrão, a cabeça do menino está fora. As bochechas proeminentes de hamster, com duas linhas escuras no lugar dos olhos que ainda devem abrir, as sobrancelhas marcadas e uma pequena saliência redonda, o nariz, num rostinho oval que inspira simpatia e ternura, abrem caminho entre as pernas de Kadija. A jovem tem os olhos esbugalhados, os lábios cerrados, pelo ar um som suave como de lamento, depois também as costas vêm para fora, veloz, o restante do corpo. Um instante de suspensão, sempre o mesmo espanto antes que a vida exploda, e então aí está: ao choro libertador do menino segue-se imediatamente o suspiro de todos nós, que retomamos ar e lhe dizemos: "Bem-vindo."

Envolvo-o num pano verde, apresento-lhe sua mãe. Kadija coloca-o ao seio, é tão jovem e já sabe o que fazer, parece estar brincando com uma boneca; também seu filho sabe o que o espera e começa a sugar aquele seio cheio de graça. É a sagrada representação do poder que as mulheres têm de salvar o mundo. Agora eu sei que não se pode opor à vida e eu, se quero voltar a ser feliz, devo acolhê-la em sua plenitude, respirá-la a plenos pulmões, comê-la a *muzzicuni*, aos bocados.

Poucos meses depois, na primavera, a notícia de um posto de trabalho para mim no hospital de Palermo. Faço minhas malas a todo vapor, pensando que afinal deixarei o vazio para trás. Mas o buraco está dentro de mim, e a morte de meu pai só fez aumentá-lo.

III

Em Palermo eu talvez devesse encontrar minha mãe, fazer com ela a mesma operação realizada com meu pai, buscar entender as razões de seu comportamento. Não sou capaz. Reunir-me a ela seria o modo mais natural para reencontrar minha identidade, conquistar a felicidade que me foi negada por tanto tempo, preencher a trincheira que fora cavada na minha infância. Mas talvez seja preguiça também; quero evitar as extenuantes discussões de que ainda me lembro com muito mal-estar, porque certas feridas, uma vez abertas, não são fáceis de fechar. Enfim, não me decido nunca a dar o primeiro passo, o trabalho consome todas as minhas energias.

Toda manhã, meu primeiro pensamento é para minha mãe: me levanto cheia de boas intenções, e de noite me dou conta de que a evitei mais uma vez, sua ausência envenena minha alma. Tem também meus irmãos... mas, se eles não me procuram, por que deveria eu ir procurá-los?

Certa tarde, tio Nittuzzo bate à minha porta: "Ágata, tem novidade!" Alguns minutos de pausa e depois continua: "Achamos uma casa pra você!" Olha para mim com ar satisfeito e acrescenta:

"Na verdade, foi a tia Cettina..." Claro, a mulher do tio Nittuzzo, a filha sem *minne* de dom Ciccio Abella, aquela que meu pai nunca quis receber porque pertencia a uma família *'ntisa*.

"Ágata, está me ouvindo?"

"Sim, tio, desculpe."

"Então, sua tia Cettina mobilizou todas as suas amizades, e adivinha? A casa da via Alloro, aquela da avó Ágata, dentro de alguns meses vai ficar pronta, nova, restaurada e terminada, e você poderia voltar a viver ali." Abro e fecho a boca, mas não encontro as palavras justas para descrever a minha felicidade.

"O que foi, Ágata? Você é estranha! Nem um obrigado... como você é arredia!"

"Desculpe, tio, ou melhor... obrigada. É claro que estou feliz."

"E me diz isso com essa cara?"

"É a que eu tenho, por quê, o que é que tem?" A resposta de raiva sai sozinha.

"Ágata, mas o que foi?"

"Tio, sabe, realmente... minha mãe me faz falta, e meus irmãos também."

"Ágata, parece que ficou pateta! Mas o que eles te importam?" Sacudo os ombros em sinal de indiferença, porém a expressão do meu rosto não combina com o gesto, por isso tio Nittuzzo aumenta a dose: "Mas alguém como você, que trabalha o dia inteiro e às vezes até de noite, uma doutora! Será verdade o que está me dizendo, que tem ciúmes dos seus irmãos? Mas você não sabe que Sebastiano, com aquela idade, ainda mora com sua mãe? E ela fez com que ele ficasse um perfeito maluco!"

A estocada de tio Nittuzzo me deu uma sensação de fraqueza, ele conhece os meus problemas, falamos de vez em quando, ouviu alguns desabafos e pode ser que também para me consolar fale mal da família com frequência.

"Se você encontrá-lo, Agatina, nem vai reconhecê-lo... Engordou, não tem cabelo, fala uma bobagem atrás da outra, faz a gente perder a paciência. Sua mãe Sabedda ouve arrebatada e depois ainda comenta: 'É verdade! Tem razão!' Mas eles são felizes, de manhã vão às compras juntos, tomam café no bar, comem, fumam, assistem a televisão. Se para Sebastiano algo não vai bem ela nem abre a boca, deixa que desafogue e depois o afaga: '*Mischino*, faz o que pode... não é que dá pra tirar sangue das pedras.' Ele se acalma e recomeça com as besteiras de sempre."

"Os filhos não são amados todos da mesma maneira", respondo, e é uma consideração cheia de amargura, à qual se junta a voz depreciativa de minha mãe: *Ágata, sua parte fraca é o sentimento.*

Alfonso, meu outro irmão, se casou com uma moça brasileira, deixou Palermo e, há alguns anos, provavelmente para fugir das garras de minha mãe, que deve ter feito com que pagasse caro aquele casamento misto, desapareceu sem deixar sinal.

Tenho vergonha da minha incapacidade de enfrentar minha mãe, sinto-me humilhada pelo meu comportamento, pela minha fuga.

As histórias de tio Nittuzzo, recheadas de detalhes maldosos aos quais me apego tenazmente para suavizar meu sentimento de culpa, fazem com que eu me sinta aliviada, quase em paz. Como se diz entre nós: *meglio una volta arrussicare di vergogna che cento aggiarniare per l'invidia.**

---

* "Melhor enrubescer uma vez de vergonha que empalidecer cem vezes de inveja." (N. da T.)

* * *

Tudo somado, sou feliz em Palermo.

Não tenho muito tempo para pensar em minha mãe: tem a mudança, a casa para organizar, o novo trabalho para enfrentar, as velhas amizades a recuperar, a outra parte da família para localizar.

Tenho comigo a árvore genealógica dos Badalamenti, uma folha grande de papel onde a avó Ágata havia anotado todos os nomes dos descendentes e dos parentes colaterais; nascimentos, casamentos e mortos estão registrados com a precisão de um contador; além do quê, ela era do signo de Virgem e se formara professora.

Entre os parentes que com certeza não irei procurar está meu tio Bartolo, o literato. Casou-se com uma colega sua, sua noiva histórica, e se afastou da família depois do casamento. Minha avó sofreu com essa separação, mas se consolou rapidamente e talvez nem pensasse mais naquele filho ingrato que durante um tempo dedicara a ela versos e poesias. Por culpa da nora, e sabe-se lá por qual outro motivo, Bartolo perdeu a familiaridade com os sentimentos, suas conversas rarearam cada vez mais, até chegar ao silêncio. Quando minha avó começou a ficar mal, sua memória a mostrar falhas cada vez maiores, a primeira pessoa cujo nome esqueceu foi justamente o Bartolo. Confundia-o com um cocheiro que guiava a carrocinha, dirigia-se a ele chamando *gnuri*, o termo depreciativo usado para as pessoas de categoria social inferior. Ele se fez de ofendido e nunca mais apareceu.

"Em Bartolo, a mulher colocou os arreios, e ele não dá um único passo sem que ela comande", prossegue tio Nittuzzo.

"Mas o que está dizendo? A verdade é que o senhor nunca pôde vê-lo pela frente."

"*Ammuccia, ammucia, ca tuttu pari!,*"* A verdade é que me são antipáticos, ele e aquela cara de pau daquela mulher. E depois é um elefante branco, gordo como um hipopótamo e cego como uma toupeira. Se o vir vai reconhecer de longe, todo preto, parece um asno... mais cedo ou mais tarde, vai aparecer esticado feito um bacalhau seco, com todos aqueles doces que come escondido... sua mulher pesa tudo o que deve comer, praticamente o mantém em jejum." Quando se trata de falar mal do irmão, Nittuzzo não para um minuto: "E sabe o que ele faz? Antes de voltar para casa, passa na loja de doces, pede

---

* "Quanto mais se esconde, mais fica claro." (N. da T.)

600 gramas de cassata e se consola com a vida que leva, a família que tem, os monstros que gerou."

"Tio, mas que exagero!"

"*'U rispetto è misuratu, cu lu porta l'avi purtatu.** Bartolo é venenoso e invejoso, não podia ver o seu pai, boa alma... o que você quer? Baldassare havia feito carreira; Bartolo, ao contrário, sempre aqui, ensinando na província."

Tio Nittuzzo, o asno da casa Badalamenti, que não quisera estudar e, por isso, segundo meu pai, estava destinado a se tornar político, tem uma língua maledicente, mas é bom e bastante generoso para esquecer imediatamente as ofensas recebidas. Amou muito meu pai, para ele era motivo de orgulho, tão estudioso, tão eficiente, o que havia feito fortuna, tinha ido para o Continente e também possuía uma casa na praia. Com seus amigos se gaba do irmão mais velho, mesmo agora que não está mais entre nós. E é igualmente orgulhoso de mim, que fora "tão competente a ponto de me tornar médica e vencer um concurso, mesmo que tão estúpida a ponto de voltar a Palermo".

---

* "O respeito é apreciado, quem respeita será respeitado." (N. da T.)

IV

Um ano depois de minha chegada, entra na minha vida um cara qualquer, sem eira nem beira, de modos vulgares e roupas elegantes: o marido de Rosalia Frangipane, a bem-sucedida filha do *boss* da Cala. Ainda não posso saber até que ponto vai conturbar minha vida.

Talvez sejam os perfumes intensos de uma terra exageradamente bela, ou os sons agudos de uma cidade que jamais descansa, ou a violenta luz do sol, o fato é que estou confusa e sem barreiras de defesa. Qualquer emoção me toca com a intensidade de um vento siroco que não dá trégua nem no inverno. No primeiro dia em que coloco os pés no meu apartamento da via Alloro, encontro um desconhecido que parece um daqueles camponeses que acabaram de deixar a terra, mal tendo terminado de descansar: as mangas arregaçadas até os cotovelos, o colarinho desabotoado, a camisa para fora das calças, dirige os operários sem que ninguém tenha lhe pedido, parece o chefe dos carregadores.

"Isso você coloca aqui... não, o chapéu em cima da cama, tira, que dá azar... Totò, o que está fazendo, não vê que o gesso ainda está úmido?"

Tem uma ligeira penugem nos braços dourados de sol, os olhos negros, pequenos, próximos a um nariz de porquinho que parece querer grunhir a qualquer momento, cheio de cabelos crespos e acinzentados na cabeça. Trata-se do proprietário do imóvel, ou melhor, *o administrador*, ele me diz em tom melindrado. A família de sua mulher fizera o *bisinesse** e comprara os edifícios da via Alloro a preços desprezíveis; depois da restauração, alugou os apartamentos e ele se ocupa dos inquilinos, das *camurrie*, dos anexos e conexos.

Os negócios do final do século assemelham-se muito aos dos anos recentes e são feitos adquirindo-se no centro histórico, abandonado a seu destino durante o saque de Palermo, velhos edifícios em ruínas que posteriormente são

---

* Do inglês *business* — com sentido de atividade comercial que seja fonte de renda, mas também de negócios nem sempre lícitos. (N. da T.)

reestruturados com fundos da Comunidade Europeia e empréstimos hipotecários facilitados por bancos complacentes. O bairro, porém, tenho que admitir, brilha com novas luzes.

"Desculpe-me, senhor..."

"Abbasta."

"Basta o quê?"

"Não, sou Abbasta. Santino Abbasta: proprietário e administrador do imóvel."

"Sinto muito, mas não havia entendido... *abbasta* pra mim significa basta. E a casa é de sua propriedade, mas eu a aluguei, portanto é minha." Ele nem responde, me dá as costas e continua a dar ordens aos operários. Fico ofendida e irritada com tanta falta de educação.

"Senhor... Abbasta, de qualquer modo, esclarecendo, eu gosto da cama no meio do quarto, e como esta casa é minha... se me fizer a gentileza... e sair da frente, digo aos operários o que devem fazer."

"Senhora, sem querer ofender, cama no meio do quarto é coisa de funeral onde geralmente dispomos o morto, por isso, se não me levar a mal, prefiro encostá-la à parede. Sabe como é, saber que numa casa de minha propriedade tem um caixão sempre arrumado... enfim, não consigo dormir à noite."

O grosseirão em mangas de camisa tem voz convincente, tons persuasivos, e acompanha as palavras com amplos gestos das mãos, avançando alguns metros em minha direção, movendo os lábios, que no meio-tempo se abrem num sorriso, como em suave beijo.

Difícil resistir a esse sedutor. Mas na hora não me dou conta do perigo; ao contrário, seu discurso sobre o azar, o caixão, o sono noturno faz com que eu o classifique como um chato qualquer. Devia ter me alertado o fato de que terminei dando razão a ele...

Tenho certeza de que a avó Ágata se reviraria no caixão se pudesse me ver assim tão submissa diante de um homem qualquer e desconhecido. Ela tão católica, tão cuidadosa, entre vésperas, rosários, rezas e missas cantadas, jamais teve tempo e vontade de observar os homens. A mim, em vez disso, aqueles braços nus e dourados que despontam das mangas da camisa, os dentes brancos, o sorriso sem-vergonha daquele Santino me atraem feito um ímã. "Minha avó não aprovaria", penso. Mas, para ficar com a consciência tranquila, digo a mim mesma que estou voltando para a casa que havia sido dos meus avós depois de tantos anos, e desejo entrar com boa sorte e a aprovação dos vizinhos. Aí está por que não quero fazer desfeita a esse gentil senhor que, afinal de contas, está apenas demonstrando ser muito hospitaleiro.

"Está bem, mude a cama de lugar" e, quase me sentindo na obrigação de justificar, acrescento: "o que o senhor quer, estive longe, quase esqueci nossas tradições, realmente não me ocorreu pensar em mau-olhado. Mas acho que o senhor tem razão, por isso, peça pra colocarem minha cama onde achar melhor e continue como se estivesse em sua casa, eu retiro a reclamação."

V

"Ágata, você está bem? A casa é confortável?" Tio Nittuzzo vai à minha casa várias vezes, informa-se, é atencioso e afetuoso.

"Tio, estou bem."

"Ágata, quer saber a última do tio Bartolo? Se bem que você vai poder ler no jornal..."

"Verdade? No jornal? Mas o que foi que ele aprontou?"

"Nada, uma de suas confusões de sempre... aquele ali tem a cabeça só de enfeite."

"Tio, não vai me dizer que entramos nas crônicas policiais?"

"Mas, vai, Agatina, você ainda é a mesma *babba* que era quando *picciridda*. Parece até que estou ouvindo a avó Ágata: *Agatina, você é uma* babbasunazza!"

"Sei lá, de tanto ouvir falar em delito, crime, máfia..."

A resposta de tio Nittuzzo é de repente dura: "A máfia não existe, é uma invenção. E sobretudo jamais diga essa palavra na minha casa, na frente da sua tia Cettina, você sabe que ela é sensível, que não pode ouvir certas palavras, *faça o bem aos porcos e esmole os párocos*." Ele, que sempre esteve atento a não criar dificuldade ou embaraço a meu pai, espera agora que eu faça o mesmo com sua mulher, a quem, segundo ele, eu deveria ser grata pelo acolhimento, pela casa, pelo contrato de aluguel. Não compreendo sua irritação e insisto: "Mas, tio, e todas aquelas coisas que os jornalistas escrevem?"

"Lorotas dos continentais para jogar por terra a honra dos sicilianos. Mas quer saber ou não o que o Bartolo fez?"

Faço as contas: já briguei com metade da minha família, não posso correr o risco de perder o afeto de tio Nittuzzo, que, depois de tantos anos de casamento, ainda perde a cabeça diante daquela bunda em forma de *cuddureddu* de sua mulher. Por isso respondo em tom conciliador:

"Está certo, desculpe, me conte."

"Anteontem, dia de são Valentim, festa dos namorados, Bartolo vai à escola como todas as manhãs. Estaciona o carro e desce ofegante feito um cão de caça depois da perseguição."

"Com toda aquela gordura que tem em volta da barriga, basta se mexer que a respiração fica difícil." É o modo que encontro para demonstrar interesse pela conversa de tio Nittuzzo. "O elevador estava quebrado, por isso sobe as escadas e *ad ogni scaluni un santiuni,* a cada degrau uma blasfêmia. Sobe contando os degraus. Um, dois, três, dez, primeiro lance. Para, toma ar, depois, onze, doze, vinte, o segundo. O coração, aquela cebola seca que tem dentro do peito, bate como um relógio quebrado."

"São os únicos momentos em que Bartolo percebe ter um coração, como todo ser humano", penso, mas guardo comigo essa consideração, tio Nittuzzo ficou nervoso com aquela história de máfia, e eu espero que esqueça logo esse nosso pequeno mal-entendido e volte a falar comigo em tom afetuoso.

"Tira os óculos, dá uma limpadinha com a gravata, parece que por causa das lentes grossas não consegue ver direito. Põe os óculos novamente no nariz gorduroso... diante da janela, iluminados pelo sol forte como no mês de agosto, você sabe como é aqui, em certos dias de inverno parece que estamos em pleno verão, calor, vento siroco... bem, diante da janela estão dois *picciotti* que se beijam."

"E então?"

"Ágata, mas será que você não conhece Bartolo? Aquilo é um bacalhau seco que só Deus e a sua mulher sabem como conseguiu fazer dois filhos. Então ele, *senza se e senza cusà,* dá umas batidas nas costas do rapaz. Este nem se dá conta, afasta-se dos lábios da menina apenas o suficiente para dizer: 'Um instante! Um pouco de respeito com o amor.' Bartolo, mudo, sem soltar uma palavra, bate de novo. O rapaz, sem se virar, certo de que é um amigo querendo brincar, diz: 'Quando você começar a namorar, vai parar de encher o saco.' Bartolo, enfurecido, confuso, imóvel feito uma estátua de sal, não sabia o que fazer. A ele, o diretor, responder de modo tão vulgar!"

A história de tio Nittuzzo é cheia de pormenores, não esquece nenhum detalhe; não entendo como, mas sabe até a cor do suéter do rapaz, dos sapatos, de quem os dois são filhos. Parece que estou vendo tio Bartolo, sua silhueta redonda que se destaca com a luz da janela, as mãos na testa para colocar as ideias em ordem, os olhos que vão de um lado para o outro, concentrado à procura das palavras justas para interromper o que ele considera um comportamento escandaloso.

"A *picciotta*", continua tio Nittuzzo, "aborrecida com aquele estúpido assombrado que está atrás deles, diz no ouvido do namorado: 'Amor, atrás de você tem um idiota que está espiando.' O rapaz gira instintivamente, pronto para esmurrar, e Bartolo começa a berrar: 'Suspensos! Vocês estão suspensos! A escola não é um bordel!' Os jornais há dois dias estão se esbaldando, ele se prestou a um papel ridículo diante de toda a Itália, e o problema é que temos o mesmo sobrenome."

"É, fez papel de idiota."

"E dá pra entender. Vai amolar dois *picciutteddi* que estão namorando? É que ele é invejoso, não pode ver ninguém satisfeito: por isso, não vá até ele. Você ainda não casou, e ele pode falar por trás, dizer que você tem algum defeito, e se souber que você se sustenta com seu próprio trabalho sem dever favor a ninguém ainda tem um ataque apoplético. E depois, se ficarem sabendo que você está em nossa velha casa, é capaz daquela *ma'ara* da mulher dele te botar mau-olhado."

VI

Entre turnos no hospital, parentes, amigas, os dias passam velozes. De noite, me deito tranquila, feliz como jamais me senti em toda a minha vida. A casa da avó Ágata, mesmo completamente transformada, manteve toda a energia e a atmosfera de um tempo. Pode ser impressão minha, mas parece que avó Ágata ainda está ao meu lado e me protege.

O buquê de rosas vermelhas eu encontro certa manhã em frente à porta de casa. O bilhete que o acompanha está escrito à mão, com uma letra miúda quase feminina, os *os* e os *as* redondos com um rabicho no final, como se o autor fosse um menino de escola primária.

> Mesmo sem caixão arrumado, eu, de noite, não prego os olhos.
> Santino Abbasta

Não me surpreende a cortesia do administrador, tem fama de mulherengo, e, pelo olhar que me dirige quando me encontra, não é que lhe passe pela cabeça uma novena à Madona. Retiro o papel, o laço, arrumo as flores num vaso, oscilando entre aborrecimento, complacência, divertimento. A corola de uma rosa cai delicadamente sobre a mesa, sem fazer rumor. Deram uma flor estragada a esse garoto que se sente dono do mundo. *Os do sul obrigatoriamente têm que te foder, está na natureza deles*: é uma das considerações que meu pai começou a fazer depois que se mudou para o Continente.

Tomo nas mãos a corola que caiu, é macia como seda... parece um pequeno pedaço de tecido enrolado, uma flor falsa como as que enfeitavam o chapéu de minha avó. Eu giro entre as mãos e percebo que, com arte e paciência, o florista enrolou uma calcinha vermelha, virou-a várias vezes sobre si mesma, deu-lhe a forma de uma rosa sem folhas, amarrou-a para que não se abrisse de repente e depois a prendeu num longo talo verde lenhoso. Vai saber quanto tempo Santino Abbasta gastou para ter a ideia desta flor. Porco!... mas interessante. E a penugem dourada de seus braços fortes, macios, me faz cócegas na pele e na imaginação até a noite.

Acontece por acaso, de início me parece até um *babbio,* mas aos poucos Santino Abbasta entra na minha fantasia e no meu coração, e me habita como um estranho. Não respondi ao seu gesto, mas a melhor palavra é a que não se diz: na manhã seguinte Santino me faz encontrar outro buquê, sempre rosas, sempre vermelhas, e sempre acompanhadas de um botão de pano.

Nada mais é como antes. No hospital o trabalho segue normalmente, mas eu não me concentro; as amigas vêm me encontrar, conversam, fofocam, mas eu não escuto; tio Nittuzzo me cerca de atenções a que fico indiferente. É verdade que a volta a Palermo, ao menos nos primeiros tempos, trouxe ordem e normalidade à minha vida desordenada, a sensação de vazio também se atenuou. A lembrança de papai não é mais uma dor permanente na boca do estômago, mas uma doce nostalgia até mesmo reconfortante. Mas, agora que meus dias são marcados pelas flores de Santino, a sensação de estranheza apareceu de novo no horizonte.

"Todos os dias manda um buquê de rosas..."

"Presunçoso e prepotente."

Conheço Clotilde desde os tempos da escola primária, foi uma alegria reencontrá-la, e as conversas, as confidências, fluíram entre nós como se nunca tivéssemos nos separado.

"Se quer saber a verdade, eu estou gostando demais disso, tanto que de manhã fico quase esperando e acho que se eu não encontrasse aquelas rosas.... eu ficaria mal."

"Porque você é uma *babba* que não sabe avaliar direito as coisas. Aquele ali é um mulherengo, tem uma em cada esquina; é casado... e com uma mulher *'ntisa.*"

"E daí, Clotilde, onde estamos, nos tempos de Franca Viola?"*

"Você, pense o que quiser, mas pese bem as coisas, porque, se pretende constituir uma família, aquele já foi pego; se quer amor, ele vai te fazer sofrer; se quer sexo, Santino Abbasta é muito velho, já passou do ponto. Trate de procurar um *beddu picciotto* jovem que te faça feliz na cama."

---

* Nos anos 1960, Franca Viola, de 18 anos, foi raptada e violentada pelo mafioso Filippo Melodia. Ela se opunha ao "casamento reparador" e se tornou um símbolo do renascimento da condição feminina, gerando um amplo debate na imprensa nacional. Filippo Melodia foi condenado, e em 1968 Franca Viola casou-se com Giuseppe Ruisi, o rapaz de quem era noiva quando do acontecimento. (N. da T.)

Minha cozinha está com um belo cheiro de ricota e canela, Clotilde me trouxe uma bandeja cheia de guloseimas, para ela é impossível conversar sem beliscar.

Minha amiga é uma jovem e delicada senhora, um pouco gorducha, com grandes olhos de avelãs, cabelos curtos ondulados, tornozelos finíssimos que não se sabe como conseguem manter em pé um corpo assim rechonchudo. É graciosa, doce e uma esposa feliz. Me quer bem, e eu também quero bem a ela, é um dos meus afetos mais antigos. Enquanto fala, levanta os ombros, alarga os braços, e seus seios grandes ondulam.

Quando quer expressar preocupação comigo, aperta as sobrancelhas, e na sua testa aparecem muitas rugas horizontais, que dão a ela um ar sério e maduro. É uma mulher de cabeça aberta, não é beata, e tem o senso de humor típico das mulheres sicilianas, mas no fundo é sábia, equilibrada, tradicionalista, uma mãe de família. Eu, ao contrário, não me enquadro, sou exagerada, uma cabeça quente. Clotilde se preocupa comigo como uma mãe cuidadosa.

Estamos sentadas uma diante da outra; através dos vidros próximos, os últimos raios do sol da tarde iluminam a minha amiga, que está de costas para a janela.

Há na minha cozinha uma atmosfera rarefeita, aquela que as casas têm nos dias de inverno, quando o silêncio cai junto com a luz, quando o tempo está como que suspenso, as lâmpadas ainda apagadas. Neste jogo de luzes e de sombras sou vítima de uma alucinação, parece que o vulto arredondado que vejo na minha frente é o da minha avó, que, como sempre, veio me aconselhar.

Cuidado, Agatina, meglio dire che saccio ca chi sapiva. Por um instante penso inclusive num fantasma...

"Então, o café está pronto?" A voz ressoante de Clotilde me traz de volta à realidade.

"Portanto, na sua opinião, devo deixá-lo pra lá?"

"Na minha opinião, você deveria apagá-lo. Aquele lá é um sem-vergonha, que vai roer seus ossos... mas você não conhece *picciotti* livres e da sua idade?"

"Sim, é claro que conheço, mas, sabe, este é um homem feito. Se soubesse como é galanteador!"

"*Scruscio di scopa nova!*"*

"Além disso, gosto dos seus braços, dos seus cabelos."

---

* "Barulho de vassoura nova!" (N. da T.)

"Ágata, você está um pouco estranha, estou começando a ficar preocupada. Escute, pergunte também a suas outras amigas, aqui em Palermo todos o conhecem, vai ver como vão dizer que um tipo como esse é melhor perder do que achar."

"Clotilde, tome o café antes que esfrie", é a minha desculpa para mudar de assunto, porque Santino Abbasta já entrou em mim, sem que eu quase percebesse.

VII

O último buquê de rosas vermelhas ele me entregou pessoalmente numa manhã em que chovia a cântaros. O ar está quente, quase primaveril, o céu, cinzento e avermelhado. Ontem à noite uma tempestade de vento atormentou a cidade, revirou papéis, acumulou sujeira nos lugares mais disparatados, arrancou painéis publicitários, desbaratou árvores e matas. Ao amanhecer, depois de algumas horas de calmaria, começou a chuva.

Saio pelo portão do edifício pisando forte e alegremente o pavimento de mármore, escorregadio por causa da água e da lama. Encontro Santino apoiado no carro, assim que dobro a esquina da via Alloro. Nem me dá bom-dia, pega meu braço com força, me empurra com prepotência para dentro do carro, põe até o cinto de segurança em mim, fecha a porta e dirige cantando os pneus pela avenida Vittorio Emanuele.

Tem um perfume requintado, penetrante, quase feminino, a camisa enrolada nos antebraços deixa à mostra a macia pelugem clara que cobre seus músculos como um pó de arroz. Aquela sutil sombra dourada excita meus sentidos. Eu não me reconheço, não consigo dizer nada, nem perguntar aonde está me levando. Seguimos o caminho em silêncio, ele preso em seus pensamentos, eu como que atordoada pelo seu cheiro, pelo espanto que seu comportamento me provocou.

Para a poucos metros do portão do hospital, põe um buquê de rosas em meus braços e um pacote em minha mão.

"Comprei um presente pra você. Esta noite vou à sua casa, vista." Abre a porta sem descer do carro e me empurra para fora; de súbito parece até aborrecido com a minha presença. Eu não reajo, não digo nada, estou pasma.

Finjo trabalhar durante toda a manhã, mas a cabeça está em outro lugar, tanto que acabo saindo antes do horário habitual, vou fazer compras e depois preparar o jantar para ele. Só vou me lembrar do pacotinho em casa, vejo-o entre os sacos de compras sobre a mesa e abro com os dedos tremendo de emoção. É um vestido preto, de jérsei macio e aderente. Santino não poderia declarar suas intenções de modo mais explícito; não tenho clareza, porém, do que eu mesma desejo, porque não reagi a suas ordens, abaixei a cabeça, fiquei calada e durante o dia todo continuei pensando em seus braços dourados.

Quanto toca a campainha, está tudo pronto na mesa, os *rigatoni* com ricota e menta, as *polpettine* de atum com laranja e tomilho, as alcachofras empanadas como as da avó Ágata, e até a gelatina de café com canela e a *panna*. Ele entra com ar de patrão e me olha convencido.

"Eu sabia que era o vestido perfeito para você. Dê uma volta, quero ver como ficou." Dou uma volta, sei que estou muito atraente, o tecido do vestido parece colado no meu corpo feito uma segunda pele, a cintura é justa e marca a curva entre os quadris redondos e o seio grande, pleno, posto em evidência ainda maior por um bordado que aprofunda e amplia o sulco entre meus peitos. Talvez eu devesse dizer alguma coisa, sei lá, "boa tarde" ou ainda "o que foi que te deu na cabeça?", mas antes que eu possa falar Santino vai em direção à sala de jantar com passo seguro.

"Está pronto? Estou morrendo de fome." Para diante da mesa arrumada, sem pedir permissão experimenta uma *polpettina*, pega uma alcachofra com a mão e com a outra livre me puxa para si, eu sou a marionete, e ele o titereiro. "Como é bom esse atum...", afasta os pratos com um gesto brusco, libera a toalha fazendo tilintar os copos, a louça, alguma coisa cai no chão. "Não se preocupe, eu compro tudo que quebrar." Me agarra por debaixo dos braços, exatamente como fazia minha avó Ágata quando eu era menina, e me coloca sentada na mesa. Mas a atmosfera não é aquela inocente e familiar de um tempo atrás, agora esta sala de jantar tem ar de pecado.

Santino está sentado diante de mim: "Tire os sapatos", ordena. Tem um olhar malicioso e o ar de criança mimada. Não deixo que repita, meus pés escorregam para fora das sapatilhas e sozinhos se apoiam sobre suas coxas... parecem ter vida própria, independentemente de minha vontade.

Ele me oferece uma alcachofra que eu pego diretamente dos seus dedos gordurosos que, agora, livres de qualquer impedimento, começam a me massagear, insinuam-se sob as plantas dos meus pés, sobem ao redor dos tornozelos, esfregam minhas panturrilhas nuas.

"Sabe o que mais odeio?"

"*Nzù*", balanço a cabeça à siciliana.

"Pés feios... os seus são maravilhosos", e Santino começa a chupar meus dedos um por um, sem tirar os olhos dos meus. Meu estômago encolhe-se de prazer, não imaginava que minhas extremidades pudessem causar tamanha comoção.

"Me dê outra *polpetta* por favor?" Santino é assim, me instiga, quer que eu coloque em sua boca, como fez comigo; depois, retoma a massagem no lugar em que interrompera. Acaba de mastigar, me desce da mesa com ar distraído, me obriga a ficar de pé diante dele e com um único movimento tira meu vestido; eu não saberia fazê-lo assim tão rapidamente. Desta vez é ele que se surpreende: eu não uso roupas íntimas.

"Eu sabia que você era uma grande de uma puta..." Não há desprezo nessa palavra, mas toda a excitação e todo o envaidecimento de quem acabara de confirmar que seu instinto não falhara. Faz com que eu me alongue sobre a mesa entre as vasilhas que sobraram e me saboreia um pouco por vez, mordendo, tocando, roçando meus mamilos, lambendo minha barriga com gosto, como se fosse um doce. Eu não consigo encontrar palavras, solto gemidos e queixumes, incito-o, mas, sobretudo, deixo que aja. É tão excitante não saber o que pode me acontecer, é tão repousante me deixar levar por ele, que parece conhecer cada ângulo do meu corpo e me conduz a um prazer novo, mais forte, mais intenso que qualquer forma de gozo que eu provara no passado... Interrompe só para dar ordens.

"Me ofereça outra *polpetta*, não vê que estou com as mãos ocupadas?" Come nas minhas mãos, enquanto as suas me atormentam as pernas, o ventre, os seios. Quando está saciado, recoloca meus sapatos. "Vai pegar a garrafa de azeite", sopra no meu ouvido. Atordoada e confusa, vou até a cozinha gingando, sabendo que seus olhos estão fixos nas minhas costas.

Volto com passos exageradamente lentos, um pé atrás do outro, gingando à direita e à esquerda, enquanto meus seios ondeiam para cima e para baixo. Encontro-o nu. Me deita novamente sobre a mesa, que deixou livre de tudo, tira meus sapatos mais uma vez. Derrama o azeite nas mãos e com ele me massageia, me acaricia, unge todo o meu corpo. Mal encontro forças para me levantar, os meus olhos encontram os seus: não preciso que me diga, unto-o completamente, devolvendo a massagem. A sensação dos nossos corpos que deslizam um sobre o outro é mágica, excitante. Me coloca em pé, apoiando-me à parede, mantendo uma perna minha erguida. A tensão se dissolve num orgasmo untuoso.

Me deixa acabada e atordoada. "Volto amanhã para as sobras."

VIII

Passo a noite em estado alterado de consciência. Durmo pouco, durmo mal, meu sono é interrompido por momentos de vigília, durante os quais ainda sinto as mãos de Santino para cima e para baixo no meu seio, sua boca pregada no meu ventre, seu corpo em cima e dentro do meu. Acordo pela manhã e me sinto um fantasma. Dou um telefonema para o hospital, o tom de voz é o de uma doente: "Não posso ir hoje, não estou bem." Acreditam. Reviro na cama, não tenho forças para me levantar, mas não consigo voltar a dormir.

Santino chega pelo meio da manhã. A casa está nas mesmas condições de poucas horas antes, desordem por toda parte, pratos e copos sujos pela sala de jantar, cacos pelo chão, restos de comida. Ele não se altera, prepara o café, abre as portas dos armários da cozinha à procura de açúcar, anda pela casa como se a conhecesse há muito tempo. Fico em dúvida inclusive se, sem que eu soubesse, ele não teria entrado na minha casa antes para remexer nas minhas coisas. Faz com que eu beba duas xícaras, uma em seguida da outra, faz com que eu fale para ter certeza de que retomei a consciência, me leva para a cama e fazemos amor.

Talvez *fazer amor* não seja a expressão correta, porque não há nada de terno nem de afetuoso em nossos gestos. Nós nos mordemos, nos debatemos, nos agarramos um ao outro, nos devoramos, agitados por um frenesi que chega ao canibalismo.

Ele fica enlouquecido pelos meus seios, grandes, brancos, firmes, abundantes; sua paixão é contagiosa, e eu me deixo levar.

Já caímos na armadilha da obsessão erótica.

"Santino, chega?"

"Não, para mim não chega, você sabe que suas tetas não me bastam nunca."

Ele nunca está satisfeito, mas eu também não *babbio*, não dou bobeira.

O *amor*, nós o fazemos por toda parte, em casa, no restaurante, nos albergues, no carro, parecemos possuídos pelo demônio.

A mente de Santino é uma fonte inesgotável de fantasias eróticas e de mentiras para escapar da mulher, que parece acreditar nele. Mas Rosalia Frangipane não é ingênua, e, sobretudo, sabe que pertence à casta dos intocáveis; tem certeza de que mulher alguma com um mínimo de bom-senso teria coragem de se colocar contra ela e sua família, por isso se dá ao luxo de deixar o marido livre, ostentando até mesmo certo ar de distração. Mais ela fica tranquila, mais Santino está fora de casa comigo.

Clotilde, enquanto isso, tenta me trazer de volta à realidade, me dá telefonemas assustadores, recomenda que eu fique atenta, que diminua um pouco, que seja prudente... Para justificar a mim mesma e a ela digo que foi o "Sessenta e Oito", o "Setenta e Sete", a revolução socialista dos anos 80. A liberdade sexual, a esta altura, já deveria ser fato consumado também no Sul. Em Palermo as mulheres fumam, dirigem carro, moto, caminhão, vestem minissaia, calças compridas, meias de náilon aderentes, novo símbolo de liberdade depois do collant que havia substituído as odiosas ligas; sentam-se nos bares, tomam aperitivos, contam piadas, falam de sexo. Ter um amante não é um tabu, e eu também não preciso me esconder.

Mas a família Frangipane é perigosa, no nosso caso a clandestinidade não é uma obrigação social, mas, sobretudo, uma medida de precaução, segundo a opinião de Santino e das amigas que ouvem minhas confidências.

Enquanto isso, a paixão nos come vivos, passamos dias inteiros trepando, ele não trabalha mais — e quando foi que fez isso? —, e eu, entre férias, licenças e doença, já levei a primeira advertência do diretor do hospital.

A certa altura começa a ficar ciumento. Um dia faz cara feia porque não me encontra em casa, no outro me chantageia, "se for trabalhar não me vê mais", no outro me acaricia, "mas o que interessa a você ficar andando em meio às nojeiras dos outros, você que tem mãos de pianista...", por fim, pede que eu deixe o hospital: "Ora, eu só estou livre pela manhã, à noite tenho que ficar com minha mulher: se você vai trabalhar, quando é que vamos nos ver?"

Eu não sei dizer não. E então decido trabalhar apenas como profissional liberal, convencida de que vou administrar melhor o meu tempo. Mas os consultórios particulares ficam cheios apenas quando por trás do médico há uma estrutura pública que, justamente porque funciona mal, constitui uma preciosa fonte de pacientes. Em pouquíssimo tempo estou sem trabalho.

"Ágata, mas o que te interessa o dinheiro? Seu pai deixou você em boa situação...", para Santino, o trabalho é só um problema econômico, "e, depois, se tiver necessidade, basta me pedir". Eu me sinto feliz somente quando o agrado, portanto me tranco em casa à sua espera.

No momento não percebo a enorme besteira que estou fazendo. Briguei ferozmente com minha mãe para me tornar médica, estudei muito e trabalhei duro para me tornar ginecologista e, de repente, aqui estou eu, disposta a renunciar à emoção insubstituível de assistir a um parto para ficar à espera das visitas do meu amante. Agradar a um homem é uma coisa, jogar fora uma profissão — ou melhor, uma identidade — é outra. Mas Santino Abbasta agora decide por mim.

IX

"Ágata, eu não aguento, mais coisa pra comer?"

"Vai, um último esforço. Você sabe que as *minne* da Santuzza são muito importantes para mim. Quero que fiquem boas como as que eu fazia quando menina."

Nós nos vemos sempre à hora do almoço, momento sagrado para os palermitanos que se encontram à mesa, fechados em suas casas, e, sem dúvida, o mais seguro também para dois amantes. Rosalia a essa hora está ocupada com os filhos que chegam da escola, a ausência de Santino é menos sentida.

A paixão por um homem assim tão diferente de mim, o clima de insegurança que acompanha uma relação clandestina me tornaram frágil, me sinto como um barquinho em meio à tempestade. Tenho muito tempo livre, não trabalho mais, abandonei as amigas, tio Nittuzzo e todo o resto, e no vazio os demônios se multiplicam. Meus dias se arrastam pela cozinha, onde preparo *focacce*, invento molhinhos, enfeito doces, e, mexendo as mãos, esvazio o cérebro, tiro Santino da cabeça e, da alma, a obsessão que está consumindo minha vida.

Voltei a fazer os doces de santa Ágata. A receita de minha avó se parecia a uma poção mágica, as doses eram calculadas com precisão e ajustadas pela experiência de gerações. *Sinta a massa, Agatina, o que você acha? Parece a* minna *de uma mulher enamorada? Nem líquida, nem dura, cremosa... Enfie os dedos.* Avó Ágata fala comigo, e eu, sem controlar, deixo que minhas mãos sigam em frente. O resultado não é o mesmo, mas espero que a Santuzza não leve a mal. Quando as preparo, pelo menos uma vez por semana, para retomar a mão e aperfeiçoar a receita, obrigo Santino a comê-las, por devoção, para me sentir em paz, por neurose. Tenho consciência de estar misturando perigosamente o sagrado e o profano, mas procuro apenas agraciar a Santuzza para que me conserve a saúde e o amor.

"Suas *minne*, Ágata, são a coisa mais doce que já saboreei." Santino mordisca uma de olhos fechados; se o conheço bem, sei no que está pensando.

Já há algum tempo a desagradável sensação de que estamos sendo espionados atrapalha um pouco nossos encontros. Tememos que Rosalia tenha suspeitado devido às ausências de Santino, ao seu comportamento frio, *nzà ma'* se tiver provas de traição, mata a nós dois. Até tentamos nos encontrar menos, mas, ao fim, a paixão, a necessidade de estar perto prevaleceram sobre a prudência.

Santino segura o doce na mão, lambendo o creme que escorre pelos lados e ameaça sua bela gravata de seda. Mexe os lábios em círculos amplos e voluptuosos, enchendo sucessivamente a bochecha direita e depois a esquerda. "Hum... Ágata, Hmm...", a sonoridade também promete, é claro que está se excitando.

"Ágata, vem, aqui, veja que bela surpresa tenho pra você."

"O que é Santino? Qual é a novidade?"

"Sinta, sinta, ponha a mão aqui que tem uma bela surpresa", coloca minha mão no bolso de sua calça. O porco está sem cueca e para a ocasião arrancou também o forro, entre meus dedos encontro um membro atiçado que quer satisfação. "Ordinário!", grito na sua cara, e ele, com a boca cheia de creme, lambe meu pescoço, suja minha blusa, meus cabelos, meu rosto. Santino é como um *picciriddu*, faz brincadeiras cretinas, pequenas maldades, eu o insulto, finjo estar com raiva, grito, e ele como única resposta ordena que eu tire a roupa.

"Ágata, é inútil tentar escapar, eu jurei a você que, enquanto santa Ágata mantiver as tetas que você tem, você será minha e terá que fazer amor comigo quando e como eu quiser." É louco pelos meus seios, que, não sei como, desde que estou com ele parecem ter ficado maiores.

Assim que me vê tira minhas roupas, olha minhas tetas durante um tempo longuíssimo, sem tocá-las, e, se tem que terminar um trabalho, me obriga a sentar ao lado dele para poder acariciá-las com uma mão. Às vezes, não consigo me conter, porque por um minuto, dois, três, dez, posso até resistir, mas depois de uma hora com sua mão roçando meu seio fico tão excitada que, se não faço amor, tenho a sensação de que vou explodir. Mas o que vou fazer? Não é que possa pedir a ele para trepar comigo, me satisfazer... Sou mulher, tenho vergonha. Então, quando realmente não aguento mais, vou para o banheiro e dou vazão a todo o meu desejo sozinha. Uma vez, porém, ele percebeu, porque quando se trata de porcaria Santino é diplomado.

O ordinário ficou atrás da porta e me espiou pelo buraco da fechadura; e a ideia de me encontrar fechada no banheiro, com uma mão no meio das coxas e o pensamento nele, entrou na sua cabeça. Aquela vez forçou a porta e me pegou em cima da pia, com a água que escorria da torneira e me espirrava nas coxas. Desde então espera que eu saia para pular em cima de mim; e de pé, apoiados na parede, fazemos amor. Levanta só um pouco minha saia, apenas o suficiente, diz que me encontra toda molhada e que é muito repousante penetrar na minha carne já satisfeita.

X

Quanto mais nossa ligação se fortalece, mais prepotente Santino se torna.
"Vamos, Santino, chega."
"Por quê, o que foi? Não gosta?"
"Não, não sei se gosto, nunca fiz desse jeito."
"E daí? Tem sempre uma primeira vez."

Todo dia inventa um joguinho novo, desperta nele um novo desejo, uma fantasia. Para não descontentá-lo, sempre digo que sim, mas na maioria das vezes faço bufando. Estou apaixonada por ele e sinto necessidade de ternura, de uma palavra doce, talvez um *te amo* sussurrado entre os lábios. Mas ele afirma que não me diz frases de amor para o meu bem; como é casado, não quer me iludir.

Nós nos encontramos todos os dias na hora do almoço, ele tira o casaco, senta-se à mesa e espera que eu traga o macarrão. Com ar distraído dá umas bocadas no que tem à frente, bebe o vinho estalando a língua no céu da boca, come com uma mão e com a outra fica para cima e para baixo nas minhas coxas, feito um danado.

"Ágata, me faça um favor, tire as meias que eu não vim aqui pra ficar pegando em pano, me deixa sentir sua carne." Tom de comando ele sempre teve, mas agora realmente não tem mais qualquer limite. Não parece apenas o dono da casa, mas de tudo o que tem dentro, eu inclusive. Eu gosto que ele me dê ordens, acho que faz isso porque me ama, por isso tiro as meias correndo.

Certa vez, eu apenas começava a me despir lentamente, ele me olhava hipnotizado, quando escapou de sua boca: "Te adoro."

"E você é o quê, recém-convertido?", não conseguia acreditar nos meus ouvidos, e a frase me saiu sem que eu pensasse no risco de ofender Santino, que em coisas de amor é categórico e soberbo.

E ele: "Não tem nada a ver; *te amo* não se pode dizer, *te adoro* é permitido. De todo modo, Ágata, em caso de dúvida, esqueça porque eu sou casado com Rosalia Frangipane, e a família é sagrada."

* * *

A história com Santino começou de *babbio*, só que agora o jogo tomou conta de nós. A verdade é que a culpa é minha. Se tivesse sido ele a me impor, eu poderia ao menos me ressentir, mas, ao contrário...

Um dia em que me sinto particularmente fantasiosa, em que não me reconheço, como se fosse outra mulher que agisse por mim, abro a porta para ele seminua e digo: "Bem-vindo, patrão." Não tenho tempo nem de fechá-la, ele me joga no chão de supetão e entra em mim com uma força que eu jamais vira nele antes, depois me deixa arrebentada sobre o pavimento, e com uma grande dor de cabeça, porque a cada golpe que me dava puxava meus cabelos com as duas mãos. Se há um tirano, há sempre uma vítima que a ele se entrega.

Ele próprio fica um pouco impressionado com aquela violência que saiu por si mesma, das mãos, do coração e do cacete; por isso, olhando nos meus olhos com a expressão de um garoto que aprontou das suas, quase não encontra palavras para se desculpar e me diz: "Ágata, você deve me perdoar, é que suas *minne* me fazem perder a cabeça, depois ainda me chamou de patrão e, sei lá, eu me senti como um homem das cavernas." Não me lamento, porque, mesmo sendo uma mulher livre e moderna, os únicos homens que me atraem são os fortes, prepotentes, talvez até primitivos. Hoje, porém, sua violência me pareceu exagerada.

Um pouco desorientada, como ele, procuro algum alento: "Santi, eu quero realmente ser sua escrava, mas viva. Não vai você, à força de pancadas, me deixar inconsciente e sumir da minha vista?"

Não chego a dar a ele nem o tempo para me responder, não sei o que me acontece, o desejo recomeça outra vez dentro do meu ventre, de novo a outra Ágata que não conheço se apodera de mim. Me esfrego sobre ele, agarro sua mão, meto entre minhas pernas e falo: "Patrão, da próxima vez deve me amarrar." Mas que próxima vez! Depois de um instante de hesitação, ele pega o cinto das calças, vira minha cara para baixo, amarra minhas mãos atrás das costas e começa a me dar tantas bordoadas, que fico uma semana sem poder sentar. Eu grito, e ele para. "O que foi, te machuquei?", pergunta preocupado, e eu, ou melhor, a outra de mim, o incita ofegante: "Não para, continua." Entre um "sim", um "vai" e um "não, está me machucando", seguimos em frente por toda a tarde.

Começa a ficar escuro, e isso nos deixa ainda mais insolentes, navegamos por uma zona limite, entre a paixão e a violência. Ao fim, ficamos pelo chão, na entrada, cansados e perturbados. O silêncio nos envolve, e o embaraço se corta com uma faca. Quase não sinto mais as mãos amarradas atrás das costas, mas o prazer foi tão intenso que eu ainda o sinto no meu ventre. Santino está acabado, não tem força nem para falar, mas tem obrigações familiares. Veste-se, me desamarra e não olha no meu rosto. Estico a mão para lhe fazer um carinho, e ele se afasta como que repugnado.

"O que foi, Santino? O que eu fiz pra você?"

"Nada", e enquanto isso, de olhos baixos, se entretém com as calças e a camisa. Evita meu olhar também diante do espelho, enquanto dá o nó na gravata e observa se não tem sinais que possam criar suspeitas na mulher. Eu o abraço por trás, e ele afasta minhas mãos chateado.

"Santino, *si c'è cosa, parra.*"

Ele nem se volta, aproxima-se da porta, abre, um facho de luz rasante chega do patamar da escada e o ilumina por inteiro. Tem o queixo apertado, uma expressão dura nos olhos e os punhos cerrados ao lado do corpo. Vai em direção ao elevador, depois muda de ideia, volta com uma mão erguida como para me fazer um carinho. Vou ao seu encontro, enternecida com sua reconsideração, alongo o pescoço, estendo a cabeça para lhe oferecer a face, ele ergue o braço ainda mais alto, ganha força e me enfia uma grande bofetada. Um fio de sangue escorre da narina sobre meu lábio superior, se alarga até o ângulo da boca, depois duas gotas caem sobre um seio, dois minúsculos pontinhos mancham sua harmonia.

"Você é uma puta profissional", me fala de cara dura, enquanto eu, atordoada pelo golpe, com o ouvido assobiando e o gosto de sangue na boca, agarro-o por um braço e o trago para dentro de casa.

"Santino, o que está dizendo? O que foi que aconteceu de repente?" Ele não quer saber de entrar, continua a puxar para ir embora, mas eu, pregada no seu braço, não consigo controlar o medo de ser abandonada, nem o bofetão estou sentindo mais, como se tivesse dado em outra, aquela outra desavergonhada que nem eu nem ele conhecemos. Me dá outro empurrão e me faz cair no chão.

"E então de onde veio essa história da escrava?"

"E eu sei lá, Santino... deve ser o amor por você", ajoelho no chão, completamente nua, nem me preocupo que os moradores possam me ver.

"Estou pedindo, meu amor, não vá..."

"Ágata, amor ou não amor, a mim você dá a impressão de ser uma grandíssima de uma puta, por isso, escute, trate de achar outro, porque eu não quero mais ver você. Passe longe de mim, porque não me controlo e tenho medo de estropiar você com as minhas mãos. Para o bem de todos vamos nos despedir aqui."

E Santino vai embora, me largando machucada e cheia de vergonha.

XI

A paixão nos transformou. Eu, a mulher emancipada vinda do Continente, virei uma escrava; Santino Abbasta, o estraga-mulheres desencantado, virou um amante perturbado e desconfiado.

Santino não conseguiu digerir minha fantasia. No fundo, ele é, mais do que tudo, um provinciano de boas maneiras, repleto de preconceitos, um zero à esquerda, e que a mulher, no entanto, fez se sentir um grande homem de dia e o melhor dos amantes de noite.

Meu amante é um homem nebuloso, que justamente por isso pode parecer fascinante, mas com o tempo se revela um prepotente, e um canalha. Por outro lado, eu não fui nem um pouco melhor, me dava todos os ares de mulher culta e independente e depois acabei caindo na rede de um que resistiu a todas as mudanças.

Santino, porém, realmente se apaixonou por mim, e procurou até ser um homem melhor. Voltou a ir ao cinema, a ler um livro ou outro, e pode até ser que tenha se achado um pouco feminista. Ouvia minhas opiniões, enchia a boca com as palavras liberdade, igualdade...

Sua suposta inocência me conquistou, e confiei nele a ponto de lhe contar todas as minhas experiências anteriores. É verdade que sua curiosidade às vezes era mórbida: "E com aquele você trepou? E você gostava? E como tocava em você?", mas nos prometemos reciprocamente verdade, e, depois, em questão de sexo se mostrava tão livre... Por isso contei tudo a ele, e só para impressionar dei asas à minha imaginação. O amor me deixou estúpida.

Quantas vezes ouvi a avó Ágata dizer: *aos homens quanto menos deixar saber, melhor você se sai...* Ah, se ao menos eu tivesse me lembrado antes! Mas, quando me lembro de minha avó, seu sofrimento, o isolamento que o marido lhe impôs, tiro essa ideia da cabeça. As coisas mudaram, repito para mim mesma, os tempos são outros.

Pouco a pouco, o verme do ciúme começou a corroer Santino, que é despreparado para a verdadeira paixão amorosa, incapaz de distinguir entre jogo e realidade.

Começou a me telefonar sem mais nem menos, com perguntas capciosas para me fazer cair em contradição. E, no entanto, eu gostava, ah, como me fazia sentir amada, eu achava que quanto mais ele se danava, menos conseguia ficar sem mim. Fez tanto que não saio mais de casa, nem para fazer compras.

Depois deixei definitivamente de frequentar minhas amigas. De vez em quando uma delas, preocupada, vinha me visitar; ele então ficava de cara amarrada horas a fio, sem falar comigo durante dias. E se eu enfrentava a situação e perguntava: "Mas, qual é o problema, é Annamaria?", ficava furioso.

"Eu sei! O que importa que seja uma mulher? Com uma como você, macho, fêmea... Por que não me disse que ela beijou você? Está vendo como tenho razão? Você tem gosto de outra na sua boca", e me afastava enojado.

Sempre usufruí, no entanto, de uma perversa recompensa, porque depois do escândalo fazíamos amor com uma tal paixão que às vezes eu quase o provocava de propósito. Quebrávamos pratos, garrafas, atirávamos qualquer coisa um no outro para depois reatarmos com a ânsia dos desesperados, dentro dos toaletes dos restaurantes, nos cantos escuros das ruas, nos quartos de motéis fora de mão.

Nesse meio-tempo, a mulher de Santino ficou desconfiada, começou a cheirá-lo, procurando indícios de suas traições. É verdade que ele trepava com ela três vezes por semana para tranquilizá-la, mas o resto do tempo era um morto de cara branca, seco, sem um pingo de disposição, e, mais, parou de falar dentro de casa, nem aos *picciriddi* fazia mais um agrado.

Os controles de Rosalia não nos interromperam, porque não podíamos ficar longe um do outro. Depois inventei aquele joguinho da escrava com o dono, e Santino me deixou só, afogada em meu desespero.

XII

Para mim abrem-se as portas do inferno. Não durmo, não como, choro e só.

Depois de meses nessa vida, se é que posso chamar assim o tempo que passei olhando para a parede com um único pensamento na cabeça — Santino —, no dia 5 de fevereiro, depois de uma noite agitada, tenho a ideia de rezar: "Minha Santuzza, por favor, afaste Santino da minha cabeça, tire-o do meu coração, pegue-o por uma orelha e faça com que saia do meu corpo, ou então que eu morra antes de fazer alguma besteira."

Quando levanto da cama ainda está escuro, e eu, pálida, desmilinguida, uma sardinha ressecada, vou para a cozinha com um sentimento de confiança renovado diante da vida: não é mais tarefa minha pensar em Santino, agora quem vai pensar no meu coração despedaçado é santa Ágata. Faço um café e, um pouco por hábito, um pouco para agradecer a Santuzza pelo seu interesse, começo a preparar as *minne*, o velho remédio da avó Ágata, *nzà ma'* funciona. Coloco uma ao lado da outra, várias pequenas cassatinhas de pão de ló, assim de qualquer jeito, depois cubro com creme de limão. É a minha versão da receita original. Terminadas, colocadas numa assadeira, as *minne* parrudas e impacientes, porque assim que você mexe começam a dançar tremelicando de alto a baixo, parece que vão se abrir, e o creme não parece creme e sim banha, gordura. Uma verdadeira fedentina. Acho que não vai dar certo... mas, talvez sim. Faço o sinal da cruz e peço proteção à avó Ágata, que neste período não deve estar contente com o meu comportamento, mas, já que sempre me quis bem, pode ser que do Céu ela me ajude, mesmo tendo vergonha de mim.

O sol desponta iluminando as ruas com uma luz branca, o ar tem uma transparência magnífica, sinto vontade de sair. Mal saio pela porta vem uma sensação de ansiedade e, ainda uma vez, de estranheza; inspiro forte, a plenos pulmões, até onde o peito, estendido ao máximo, consegue dilatar; expiro, o tórax, então, se abaixa, a barriga se contrai, o umbigo se achata sobre as vértebras. Duas ou três tentativas, agora estou mais tranquila, as pernas seguem uma atrás da outra sem uma meta, porém em direção ao mar.

Em poucos minutos estou no porto. Os barcos estão parados no cais, ainda é cedo, esperam o embarque dos passageiros. A água tem uma cor cinza brilhante. Sinto-me só. Tenho vontade de um carinho, de um gesto afetuoso. Volto para casa, coloco na bolsa uma muda de roupa, uma escova de dentes e já decidi: vou a Malavacata.

Na saída da cidade, o tráfego de sempre, não pego a tangencial e cruzo Palermo para apreciar o espetáculo. Há muito tempo não saía dos muros da via Alloro. As ruas estão cheias de gente, os carros, enfileirados um atrás do outro, avança-se lentamente. Nos cruzamentos, os ambulantes expõem suas mercadorias diretamente sobre o asfalto, há montes de alcachofras, pilhas de laranja, pirâmides de brócolis grandes e verdes. Na via Messina Marine as barracas de peixe parecem enfeitadas para alguma ocasião especial. Robalos, pargos, polvos, montanhas de mexilhões, alevinos, até cestos de ouriços-do-mar inteiros, brilhantes e espinhosos, alternados a outros abertos ao meio e que mostram seu obsceno conteúdo vermelho-fogo. Em volta, para embelezar, pedaços de rede de pescador. As vozes dos vendedores gritam palavras de som oriental. São encantadores, estes sicilianos.

Ultrapasso o subúrbio de Acqua dei Corsari, deixo o mar às minhas costas, pego a autoestrada para Agrigento, o tráfego flui melhor e pouco depois de Villabate os campos se expandem. Das margens da estrada até os declives das montanhas estendem-se os laranjais. As árvores, verdes e brilhantes em virtude da chuva dos últimos dias, estão com os ramos carregados de frutos amarelo-avermelhados. Uma infinita doçura invade meu coração e minha cabeça. Os cachos das amendoeiras com flores brancas e delicadas parecem jovens esposas. Figos-da-índia espinhosos alternam-se a oliveiras prateadas e criam bizarras manchas coloridas, magníficos matizes de verde. Gozo o espetáculo, dirijo devagar, sinto que a paisagem é um creme lenitivo sobre as queimaduras de minha alma enamorada.

Depois, o fundo do vale se estreita, e percorro uma série de viadutos erguidos entre uma montanha e outra. Os picos são altos, largos e redondos, parece que uma dezena de chamuscados panetones amarronzados foram apoiados sobre um interminável tabuleiro verde-esmeralda que é o grande vale coberto de grão. O imenso campo estende-se a perder de vista, o homem e sua civilização estão ausentes, apenas pequenos aglomerados rurais, casinhas despedaçadas e desmanteladas, um trator aqui, outro ali, testemunham sua passagem.

Malavacata é a mesma, a rua que corta o lugar em dois, o bar, a igreja, o ambulatório, a prefeitura continuam no mesmo lugar. Na mureta da praça sentam-se os mesmos velhos que passam as horas em silêncios infinitos, com todo o tempo à disposição. O relógio marca meio-dia. Meus fantasmas desta vez não vêm ao meu encontro. Quem sabe, talvez estejam diante de mim e eu não os vejo. Viro à direita, alcanço a parte mais baixa da vila, onde terminam as casas e começa a trilha que leva ao cemitério. Vou procurar Ninetta.

A porta da sua casa está aberta. Encontro-a afundada numa poltrona, os milhares de pregas de gordura drapeadas em volta do corpo como numa veste elegante. Tem ainda o cabelo todo preto, os olhos remelentos.

"Minha *piccirida*", incrédula, abre a boca num sorriso desdentado. Aquece meu coração com sua saudação materna. Nos abraçamos, meus braços finos desaparecem em meio às redondezas que flutuam debaixo do vestido preto. O contato envolvente com Ninetta me comove, me faz voltar no tempo. Aflora na minha memória a lembrança das antigas carícias de suas mãos ásperas, consumidas pelo trabalho, mas sempre leves sobre minha cabeça de menina.

O pranto que está no ar explode, soluço e naufrago no seu peito grande. Ninetta me beija, alisa meus cabelos, pronuncia palavras sem sentido. Não sei quanto tempo fico em seus braços, apoiada na sua barriga. Sinto que a dor dos últimos meses sai porta afora e se dispersa ao longo das trilhas barrentas. Ninetta é uma montanha de afeto. Por fim, o reservatório de lágrimas também se esgota e fico em silêncio junto a ela, que nisso se levanta com dificuldade e se mexe entre os móveis da cozinha.

A casa de Ninetta aumentou nos últimos anos. As economias de toda uma vida serviram para acrescentar outros cômodos, quatro ao todo, que Ninetta, no entanto, não pode usufruir; gorda como é, não sai do aposento térreo, uma espécie de depósito cheio de lembranças, objetos, móveis.

Ninetta arruma a mesa, corta o pão que ela mesma ainda prepara uma vez por semana, me traz tomates secos, azeitonas temperadas, queijo de cabra bem fresco.

"Come, minha filha, você está magra, definhada... já viu suas tias?"

"*Nzù*, Ninetta, não estou com vontade de bajular ninguém."

"Mas o que é que você tem?"

Feito um sorvete debaixo do sol, derreto novamente e conto a ela o que me aconteceu. Ela não faz perguntas, não interrompe o fluxo das minhas palavras, deixa sua mão apoiada na minha perna e vez por outra a passa em meus cabelos, me enxuga com o mesmo pano alguma lágrima solitária e tardia e espera pacientemente que eu despeje todo o meu drama em cima daquela mesa, aí incluídas as últimas *minne* de santa Ágata deterioradas. Quando todas as tripas fumegantes da minha história de amor estão entre minhas mãos, o silêncio cai diante de nossos olhos. Ninetta encosta as pálpebras como que para se proteger dos miasmas envenenados que espalhei pela sala, ou talvez esteja simplesmente procurando uma solução. Levanta-se e volta com um prato, o sal e o óleo.

"*Chistu è malocchio*.... quieta você, agora falo eu. Isso é mau-olhado, eu cuido." Coloca o prato sobre minha cabeça, despeja a água, o sal, e deixa cair algumas gotas de óleo.

"*Chi stagghiamu*?, o que afastamos?", me pergunta.

"*Malocchio*", respondo, lembrando o antigo rito que se realizava na casa da avó Margherita toda vez que aparecia um contratempo, uma dificuldade, até uma dor de cabeça.

Pergunta três vezes: "*Chi stagghiamu?*" "*Malocchio, malocchio, malocchio.*" A cada pergunta, Ninetta recita rezas desconhecidas numa língua antiga, e a cada vez abaixa o prato e mostra como o óleo se dispersa na água, que, ao final da oração, é jogada para fora da porta. Na terceira tentativa, o óleo permanece em suspensão, em gotas bem evidentes e separadas. "Está vendo? Isto foi alguma puta que te colocou mau-olhado. Minha filha, mesmo quando você era pequena acontecia a mesma coisa... agora não se preocupe mais; se quiser, dorme aqui, amanhã volta para casa, e tudo vai ficar bem."

Preciso acreditar. Na cama, ao lado dela, parece que voltei a ser criança e pela primeira vez depois de muito tempo passo uma noite tranquila, durmo e não sonho.

A mão de Deus é poderosa: com a ajuda da Santuzza, da avó Ágata e graças à magia de Ninetta, dois dias depois Santino Abbasta está na minha porta, dando socos na campainha e cabeçadas na parede.

Nos abraçamos e fazemos amor com fogosidade, raiva, melancólica felicidade.

"Não podia mais, não podia mais", repete como um pobre louco enquanto aperta meus braços, me beija por toda parte, me devora. Eu deixo que faça, imóvel sob seu corpo e tomada por uma vaga sensação de cansaço, impossibilitada de responder prontamente aos ataques. Choro mais uma vez, e de repente o orgasmo mais angustiante de toda a minha vida, sem aviso prévio, passa pelas minhas coxas. Santino acaba, levanta da cama, me dá uma olhada atravessada, depois vira de costas. Quando começa a falar, tem na voz uma dureza que gela o meu sangue, porque é a mesma daquela noite em que foi embora dizendo que nunca mais voltaria.

"Você deve ter feito alguma bruxaria, porque sem você parece que estou morto e nas poucas vezes que sinto estar vivo, só sirvo pra surrar a Rosalia e os *picciriddi*. Voltei não por você, mas por mim e por minha família, porque sem você pareço um louco e maltrato tudo o que fica a meu alcance. Se continuar assim, vamos acabar mal. Você sabe que com os Frangipane não se brinca, eles já têm um bocado na consciência, e minha mulher já começou a imaginar alguma coisa, não se convence de que alguém vigoroso como eu, que nunca para, tenha se reduzido a um fantasma.

"Por outro lado, já me convenci de que você é uma puta, não confio e estou me cuidando. Ágata, quero te avisar que se te pego, mesmo que seja apenas falando com outro, eu te mato com minhas próprias mãos, sem pedir ajuda a ninguém."

"Me perdoe", digo amargurada, ao que parece eu sou a responsável pela sua loucura.

XIII

É verdade que Santino voltou para mim, mas não é mais o mesmo. Está nervoso, silencioso, vem me ver todos os dias, às vezes me agarra e me joga na cama, outras vai embora do jeito que chegou.

Ontem, por exemplo:

"Santino, você gosta de *sarde a beccafico*?"*

"Sim, claro."

"E por que não está comendo?"

"Hum..."

"O que foi, Santino, não está se sentindo bem?"

"Mas por que um cristão tem que comer à força se não está doente?"

"Não, Santino, eu falava por falar...", quando está assim rabugento, é melhor deixar para lá, porque desde aquele dia das bordoadas, quando se tornou meu dono, tenho medo dele.

"Santino, olhe, eu também fiz a *ghiotta*** para você", levo a sopeira com as verduras quentes, e ele não reage.

"Sabe, hoje o Totò veio me trazer abóboras para..."

"E você, grandíssima puta, deixou que ele entrasse em casa!"

"Mas não, Santino, ele deixou na porta, não tive tempo nem de cumprimentá-lo..."

---

* Sardinhas a passarinho — sardinhas ao forno, frescas, recheadas e enroladas, mantendo-se a nadadeira posterior, de modo a se assemelharem a passarinhos, os *beccafichi*, que se alimentam de figos e que, portanto, durante o verão, tornam-se gorduchos e muito saborosos também. (N. da T.)

** A preparação à *ghiotta*, típica da Sicília, refere-se a um molho básico feito com alcaparras, azeitonas verdes e tomates, geralmente, tomates cereja. (N. da T.)

Santino buscava uma desculpa para briga, e eu não conseguia evitar, porque *un ghiorno è pà testa, un ghiorno pà cuda.**

Não consigo entender como isso pôde acontecer, um minuto antes éramos felizes, enamorados, um só corpo e uma só alma, um minuto depois ele virou um animal feroz. Quando vier hoje, vou ter que falar com ele, dizer que assim não é possível continuar. E se me mata de pancada? Melhor, assim eu paro de sofrer. Além disso, ele não toca mais minhas *minne*. Já faz 15 dias que não olha nem minha cara nem minha bunda.

Ah, mas hoje eu digo tudo, e tomara ele que termine e me tire esta responsabilidade, ou então serei eu a acabar com essa tarantela, *meglio dire che saccio ca chi sapiva.*

"Oi, Santino, entra."

Não tem nem o trabalho de responder, entra na sala, tira o casaco e senta esperando que eu faça seu prato. Paro diante dele, em pé, meus olhos procuram os seus. Ele parece nem perceber minha presença. Depois de um tempo em que ficamos assim, ponho uma cadeira perto da sua, me sento e tomo sua mão. Ele me olha de maneira hostil. "Qual é a novidade?" Afasto a mão, estou para me levantar, mas tomo coragem: "Santino, o que está havendo?!"

Silêncio.

"Santino, temos que conversar, temos que falar a verdade um ao outro."

"Mas o que você quer de mim?", responde com uma expressão tão sofrida que parece são Sebastião no martírio.

"Santino, eu quero saber se você ainda me ama."

Ele se cala, seus olhos são duas poças negras de angústia.

"Santino, *si c'è cosa parra.*"

Um tremor sacode suas mãos, parece ter vontade de falar, mas fica na intenção, o som de sua voz não ultrapassa os lábios, que têm um ligeiro estremecimento, como de um choro.

"Me dê de comer", é tudo o que sai de sua boca.

"Não, Santino, antes temos que esclarecer as coisas. Eu vou perguntar de novo, quero saber se ainda me ama."

"*Amor*: não sabe pensar em outra coisa. Mas o que você acha que é o amor?", fala em tom áspero.

"Santino, mas o que foi que eu te fiz? Por que me maltrata? Se não me quer mais..."

Não me deixa terminar, me agarra pelos braços, me empurra contra a parede com uma violência que parece não conseguir evitar. Afasta-se um pouco

---

* Literalmente "um dia é cabeça; um dia é rabo". É de lua. (N. da E.)

para me olhar melhor e fala de um fôlego só: "Desde aquele dia em que te amarrei, eu perdi a cabeça. Você foi a primeira que me fez sentir um animal, mas quem foi que te ensinou?" Santino está lívido, cheio de raiva, tem dificuldade para conter a agressividade.

"Você tirou o meu sono. De noite, quando estou quase dormindo, você aparece na minha frente, de quatro, feito um animal, nua... tenho um *'nfernu 'nta lu cori*, um inferno no coração. E se Rosalia me procura — ela também é uma mulher, e a carne quer ser satisfeita — tenho que pensar em você, no cheiro de ricota fresca de suas *minne*, no sabor de sorva que você tem entre as coxas... senão, nada, não me funciona nada. Quando me deito pareço um morto feito e acabado. Rosalia por enquanto ainda me afaga, ainda me suporta. Mas tenho vontade de me atirar no lixo." Santino, tomado pela emoção, interrompe seu desabafo, e eu sinto por ele uma grande pena.

Abraço-o e começo a acariciar seus cabelos. "Pobre Santino, pobre amor meu." Ficamos um longo tempo em silêncio até que ele, descarregada toda a sua tensão, recomeça a falar. Agora tem um tom doce, o volume baixo, um ritmo lento, como se buscasse, não as palavras justas, mas os verdadeiros sentimentos dentro de seu coração.

"Ágata, eu tentei deixar você, mas não consigo. A ideia de que possa estar com outros me deixa alucinado, mesmo de olhos abertos."

"Santino, o que posso fazer? Você sabe que é o dono do meu coração e da minha mente."

"Ouça, eu sei que você teve outros antes de mim, mas, sei lá, eu gostaria de ter sido o seu primeiro homem, só assim conseguiria sossegar."

"Santino, parece coisa de maluco... eu não tenho a máquina do tempo, não se pode voltar atrás."

"Então, estamos amaldiçoados para sempre."

XIV

Ele me deixa novamente, vai embora sem olhar nos meus olhos.

A imagem de Santino curvado, a mão apoiada no peito que parece a ponto de explodir, o olhar angustiado, a boca tensa, aparece na minha frente toda vez que penso nele.

Parece que o sentido da minha vida está no abandono. Sou outra vez o Pequeno Polegar perdido no bosque, os bolsos cheios de migalhas inúteis para indicar o caminho de volta.

Desde que Santino foi embora outra vez, a melancolia encontrou as portas abertas, vagueia pela minha casa, dentro de mim. De dia é uma tampa negra e pesada sobre minha alma, quando anoitece, um ligeiro tormento, durante a noite, um longo espasmo. Quando amanhece o desespero me invade. Até que a avó Ágata, a única que jamais me deixou só, me aparece em sonho. Tem uma bandeja cheia de doces nas mãos e com o olhar decidido faz sinal para que eu me levante. Quando desperto, procuro dar um sentido para o meu sonho e depois digo a mim mesma: "Agora tem que reagir. Pense, esprema o coração, ache uma boa ideia e vá buscá-lo."

A ideia genial me vem numa manhã quente, depois de uma noite de siroco violento; se o caso é recuperar Santino, estou disposta a subir o monte Pellegrino de joelhos.

Coloco uma boa roupa e vou até o bar onde geralmente Santino toma o café da manhã. Por trás da vitrine eu o vejo apoiado num banco, girando a colherinha dentro da xícara, com olhar ausente. Não sei quanto tempo fico olhando: está magro, pálido, envelhecido. Meu coração bate forte; quando abro a porta, chamo-o com uma voz tão fraca que penso ter ouvido só eu. Parece que está me esperando, porque vira rápido, seus olhos se iluminam.

"Santino", eu digo a ele, "tem uma maneira de você ser o primeiro. Venha me ver amanhã".

XV

Quando abro a porta, minhas pernas tremem um pouco. A insegurança não deixa que eu o acolha de maneira mais desenvolta. Santino fica ali, indeciso, sem saber se entra ou não, é claro, esperando que eu faça o primeiro gesto. Pego sua mão, um calafrio acaricia minha alma, levo-o diretamente para o quarto, ele é dócil, não reage. Deixa-se levar. Santino espera que sua mulher resolva sua situação, que consiga salvá-lo de si próprio, livrá-lo do eterno e repetitivo sofrimento da paixão. *Nec tecum nec sine tecum vivere possum*, nem com você, nem sem você posso viver, é este o drama de Santino Abbasta: me deseja muito, é evidente, mas não pode me saciar. De todo modo, com certeza, jamais vai se esquecer de sua primeira vez comigo.

"Olha pra mim, Santino. Eu te agrado?"
"Que história é essa de primeira vez?"
"Espere, não é fácil, vamos ver se compreende mesmo sem palavras." Geralmente entre nós as palavras não são necessárias; quando estamos na cama eu penso e ele faz, adivinhando exatamente o que eu desejo, aquilo de que preciso. Tiro a saia e a blusa, fico com uma anágua curta de seda vermelha; debaixo despontam a liga e as beiras das meias. Tenho as coxas nuas, quanto agradam a Santino minhas pernas musculosas, fortes. Dispo-me lentamente, ficando de calcinhas bem pequenas e um sutiã meia taça. Meus seios oscilam com o ritmo de uma onda que vai e vem. Ele começa a ceder, percebo pela respiração que se torna mais lenta e mais profunda, pelas pálpebras que se abaixam lentamente para esconder a emoção que o atormenta, mas ainda se contém.

"E então, vai me falar dessa história de primeira vez?" Me aproximo dele gingando para lá e para cá, pego sua mão e a coloco sobre meu peito: "Está sentindo como meu coração está batendo?" Beijo-o e ele não se esquiva, depois tiro sua roupa com doçura, ele permite, mas sem tomar qualquer iniciativa, querendo me dizer: "Olha lá, primeiro tem que me convencer."

Chego perto do seu ouvido e sussurro: "Santino, hoje, se você quiser, pode ser o primeiro. Tem uma coisa que não fiz ainda. Não é que não tenham me pedido, mas sempre tive medo, sei lá, de me machucar... enfim, tem uma parte do meu corpo que jamais dei a alguém. Se quiser..."

Estou embaraçada, espero que Santino compreenda e não me faça chamar as coisas pelo seu nome. Viro de costas e me ofereço a ele: "Se quiser, esta é a maneira. Para mim é a primeira vez... mas, por favor, não me machuque." Santino entendeu, arranca o pouco que eu ainda vestia, delicadamente me puxa pelos quadris, apoia sua cabeça nas minhas costas, abandona-a ali por alguns instantes, como que gozando de uma paz reencontrada, beija minha nuca, desce ao longo da espinha, acaricia minhas nádegas, me empurra em direção ao pavimento, me faz apoiar os joelhos no chão e a barriga na cama, depois, devagar, docemente, com as mãos tremendo, um pouco por vez para não me machucar, me toma por trás. Agora sou sua pela primeira vez.

A dor é um segundo entre a espera de que o rito se cumpra e o prazer que sobe violento debaixo da pele, uma corrente elétrica entre os músculos e os ossos, uma alegria que dissolve a distância, sinto porque ele sente, gozo porque ele goza, existo porque é ele que me faz existir.

XVI

A ideia de oferecer a ele uma "segunda virgindade" comoveu Santino. Depois daquele amor, chamemos assim, ficou abraçado comigo, me acariciou longamente, e de sua boca saíram palavras doces e uma voz suave, realmente me parecia ter voltado no tempo.

Fez um discurso confuso, em tom solene, afirmando que queria deixar claro que, para além da impressão que poderia dar sua "gentileza" naquele momento preciso, e suas contidas (e portanto inadequadas e substancialmente não generosas) reações à minha generosidade, recepção, simpatia e espontaneidade, ele admirava muito o que eu era e o que fazia cotidianamente (sobretudo em relação a ele).

E continuou por um bom tempo, dizendo que a relação que tivemos e a responsável e envolvente suavidade que me distingue... enfim, disse que não só admira tudo isso em mim, mas que gosta ainda mais do que conseguiria dizer neste momento... O que pude entender é que Santino queria me garantir não ter deixado de observar, apreciar ou desfrutar um só dos meus gestos, atos, olhares (e, suponho, pensamentos) em relação a ele...

Se bem que de imediato não tivesse ficado claro para mim o que Santino quisesse dizer com aquele rodeio de palavras, assim mesmo olhei-o com admiração e ainda derramei algumas lágrimas. Porém, depois do tom cortês e dessa introdução altissonante, Santino saiu-se ao natural: "Ágata, você tem um cu que parece uma *sfincia*", isso eu entendi com facilidade, "e aquilo que me deu hoje ninguém jamais poderá me tirar".

Comovida, sapequei-lhe um beijo nas mãos e prometi: "A partir de hoje, meu dono, pode me pedir tudo o que quiser, porque não é que você comande, sou eu que desejo obedecer" e lhe entreguei o cinto de suas calças em sinal de rendição. Desta vez, realmente, acertei o alvo, eu o conquistei, e tudo correu bem.

XVII

Mas a lua de mel durou um piscar de olhos.

Bastaram poucos meses para que a insegurança e a fragilidade de Santino explodissem novamente. Brigamos por nada, não faz outra coisa que não seja achar uma desculpa para arranjar encrenca, descuida de mim e não faz mais amor, trepa comigo, me fode sem um pingo de ternura, goza com qualquer sofrimento que consegue me causar, com toda a humilhação que me causa.

Eu me anulei, à custa de tanto ter de aguentar. Estou magra, talvez meu corpo se consuma tentando escapar de suas garras. Minhas *minne* pendem tristemente para baixo. A comédia do meu amor tornou-se a tragédia da minha vida.

Novamente, avó Ágata me aparece durante o sono, com uma bandeja na mão, mas em lugar de doces, desta vez, há várias pequenas serpentes retorcidas, minha avó chora triste e desesperada. Acordo agitada e compreendo que cheguei ao fim da linha. Basta de Santino: se não deixá-lo, acho que vou ficar doente, talvez até morrer.

Decidi: deixo-o e recomeço a vida tudo de novo.

Mas antes que eu consiga levar a bom termo a decisão tomada, alguém assume a tarefa de determinar o meu futuro. Numa manhã qualquer, como as de sempre, quando em casa tento fazer o tempo passar lendo os jornais, com os olhos nas páginas e a cabeça na minha desgraça, escuto gritarem no patamar da escada.

"Ahhh, Madona minha, que desgraça!"

Corro para ver o que aconteceu e vejo a porteira que grita, torce as mãos e se afasta assustada. Na entrada do meu apartamento há uma galinha com a barriga cortada e as tripas de fora. É uma clara advertência. A *signora* (em referência ao status) Abbasta decidiu retomar as coisas que lhe pertencem, isto é, o marido, que ela considera sua propriedade imobiliária. A mensagem é clara: "Se não tirar as patas de cima dele, sua galinha depenada, abro sua barriga como você merece." A mulher de Santino decidiu por nós.

Agora não há mais tempo para dúvidas, incertezas. Rosalia Frangipane quer que esta história termine, e nós a terminamos.

XVIII

Mais uma vez é a vida a decidir por mim.

Duas noites depois, de repente, ouço uma louca que grita e atira pedras na minha porta. Fico imóvel por um instante, depois, cautelosa, me aproximo do olho mágico. Santino está ao seu lado e procura contê-la: "Devassa, puta, rameira!", e ele: "Cala a boca, Rosalia, as pessoas estão dormindo."

"Não, não me calo, todos precisam saber que esta devassa da Ágata Badalamenti trepa com meu marido."

"Rosalia, quieta, se não te calo eu a bofetadas."

"E experimenta, vai, me dê estas bofetadas, que depois você acerta as contas com os meus irmãos."

"Vamos, Rosalia, pense nos *picciriddi*."

"Claro, e você não pensava nos *picciriddi* quando trepava com essa puta?"

"Vamos, Rosalia, basta."

"Vem para fora, rameira! Estou falando com você aí, que se mete na cama das outras!"

Procuro seguir os ensinamentos de minha avó. "Não pode fugir do confronto", me digo, e abro a porta de casa.

Os gritos da senhora Abbasta e a rendição de Santino são as piores coisas que já vi na minha vida, o que de mais vulgar já me aconteceu. Minha avó Ágata dizia que, quando você chega ao fundo, não pode ir mais para baixo, então tem que tomar um impulso e subir de novo. Abro a porta de casa, pronta para a peleja ou para o apedrejamento, não sei ainda como vou reagir diante da onda de fúria de Rosalia Frangipane. A louca para. Cai um silêncio absoluto, apesar de os inquilinos estarem todos do lado de fora de seus apartamentos, atraídos pelos gritos repentinos, de pé pelas escadas como nas arquibancadas de um estádio.

Por mais que eu, no meu íntimo, tenha decidido interromper a relação com Santino, ainda uma vez o medo de ser abandonada me paralisa e se sobrepõe ao bom-senso, que deixei sobre a mesa de jantar na primeira vez que Santino me deitou em cima dela. Rosalia espuma de raiva; para alguém como ela, ser a segunda é uma ofensa inimaginável. Santino parece estar preocupado, sobretudo, com a própria segurança.

Nos instantes que seguem, cada um de nós vai atrás de seus próprios pensamentos, projeta soluções personalíssimas, reza com ardor a seus santos e invoca sua proteção. Não sei quanto dura esta pausa, mas é Rosalia a primeira a falar. Fica claro que é ela quem dirige o jogo e é ela quem decide por todos nós, colocando, assim, as bases de nossa vida futura: "Tome pra você este morto, felicitações e filhos homens." E desaparece do meu horizonte e do de Santino, levando embora também seus filhos.

As verdadeiras mulheres não apreciam as sobras das outras.

XIX

Enquanto o ano de 1968 havia iniciado energicamente a obra de desmantelamento do Estado burguês, na Sicília o terremoto que destruiu o vale do Belice no início daquele mesmo ano representou uma verdadeira e própria advertência.* "Atenção", parecia dizer aos jovens sicilianos, "aqui se faz aquilo que se pode, jamais aquilo que se quer, às vezes aquilo que se deve!"

Também as mulheres tiveram que fazer as contas com esta advertência: enquanto em outros lugares corriam audazes à conquista de novas liberdades, na Sicília tiveram que se contentar com uma lenta caminhada entre casas arruinadas e trilhas desconjuntadas, acumulando um impressionante atraso com respeito à consciência de si e de seu papel social. Especialmente nas relações com o outro sexo...

Será que isto vale para explicar, à distância de mais de vinte anos, o comportamento, para mim incompreensível, de Rosalia Frangipane? Por que estranha razão, em vez de discutir e esclarecer a situação com o marido, preferiu agredir e ameaçar a mim?

Mas a verdade é que a agressividade feminina encontra sua contrapartida no infantilismo masculino, e Santino Abbasta, sem o sustento da mulher, estava afrouxando feito um saco vazio.

"Santì, está dormindo?" Percebo que está virando na cama há horas, mas ele não responde. Acendo a luz da minha mesinha de cabeceira, vejo-o deitado de barriga para cima, com os olhos escancarados, presos ao teto numa expressão vazia; com as mãos cruzadas sobre o peito, parece um morto acabado. Por um instante fico prestes a rir, relembro a primeira vez que o encontrei na minha

---

* O centro histórico de Gibellina foi destruído pelo terremoto de 15 de janeiro de 1968, que provocou 1.150 mortes, deixou 98 mil desabrigados e seis cidades destruídas no vale. (N. da T.)

casa, em meio à mudança, enquanto dirigia os operários em mangas de camisa... será que não tinha razão com aquela história de lugar de caixão? Será que só a intenção de ter colocado a cama no meio do quarto foi suficiente para que acontecesse uma desgraça... o fato é que ele, do jeito como está, parece realmente um morto! Minha risadinha mal contida mexe com ele, Santino se vira para mim e olha ameaçador: "Não sei qual o motivo do riso."

"Nada, Santino, nada, é que estou feliz de acordar ao seu lado", desconverso, essas pilantragens foram a minha estratégia de sobrevivência quando pequena, que dirá agora que Santino procura fazer com que eu pague o preço de sua infelicidade. E depois não é uma malandragem de todo: durante meses desejei adormecer ao seu lado, reabrir os olhos e encontrá-lo ao meu lado...

Mas, longe dos filhos, que eram sua desculpa para não tomar decisões, Santino é insuportável. Está quase sempre mudo, não dorme, começou a me odiar como se eu fosse a única responsável pela sua inquietude e não perde a ocasião para me maltratar.

"Santino, quer uma massagem?" Alongo a mão em direção à sua barriga, e ele: "Mas você, esta noite, não pega no sono?", me pergunta bruscamente, depois se vira, e suas costas me falam de todo aborrecimento e toda intolerância que sente por mim. A verdade é que, desde que Santino veio morar na casa de via Alloro, não quer mais saber de mim. Posso andar pelada na frente dele, dançar, fazer teatrinho, que ele, de fato, não percebe que eu existo e não me toca mais, nem para me dar pancada. Se antes, quando eu era sua amante clandestina, me considerava uma puta sem direitos, mas me adulava porque eu lhe proporcionava calafrios de prazer e divertimentos, agora me trata como uma doméstica, ou melhor, como uma serva, e daquelas um pouco importunas.

E eu não consigo encontrar a força para liberar a mim e a ele dessa desolação, que grudou em nós feito o glacê viscoso sobre aquelas *minne* estragadas.

XX

Depois de alguns meses longe da mulher, porém, Santino começou a se sentir primeiro leve; em seguida, livre. E — como não pude prever? — logo começou a olhar para outras mulheres, depois a cortejá-las, e, finalmente, a foder na minha cara. Acha que sou transparente e minha presença não dá a ele qualquer obrigação.

Essa brutalidade explícita é um golpe duríssimo para mim. Adoeço.

"Sou realmente um desgraçado, agora que deixei minha mulher... agora que tenho necessidade de você... enfim, isso é hora de ficar doente?" Santino está sentado aos pés da minha cama.

Tenho tubos enfiados por toda parte, as faixas deixam meu peito preso, dificultam minha respiração, a garganta dói, e a cada ataque de tosse algo se mexe lá dentro, provocando uma pontada lancinante debaixo do braço direito.

"*Mischino*, você tem razão. O que vai fazer agora?" Nem me responde, nem me escuta, queixa-se. Para ele, o lamento faz parte, junto com a *robba*,* e a mãe, exatamente nesta ordem de importância, dos direitos inalienáveis de toda pessoa.

"Pode ser que Rosalia reavalie e, em vez de me abandonar, mande os *picciotti* do pai dela me matarem", pensa em voz alta.

"Quem sabe não aceita você em casa de novo?", falo com um pouco do ar que recolhi no fundo do pulmão. A essa altura estou tão desiludida e tão machucada que quase prefiro que ele volte para a casa da mulher dele. Arregala os olhos, esboça um sorriso, dá para ver que a ideia não lhe desagrada, depois

---

* Termo genérico que pode indicar qualquer objeto ou conjunto de objetos; coisa; conjunto de posses; mercadorias. Na gíria, droga; negócios. (N. da T.)

balança a cabeça, talvez lembre que precisaria renunciar à sua nova liberdade, e então muda de assunto.

"Os meus filhos... eu mal os vi, de longe.... pobres almas inocentes." Seus filhos, na verdade, agora já estão grandinhos, mas Santino fala deles como se fossem três recém-nascidos com cara de anjinhos. E suas inquietações, mesmo as mais íntimas, dignas de delicadeza e reserva, são participadas a qualquer um, sem o menor pudor: "Agatì, o menino já está tocando punheta!", disse certa vez com orgulho.

A choradeira de Santino não dá trégua: "E minha mãe? Sabia que ela me tirou do testamento?" Santino é filho único de uma mãe viúva e assim será por toda a vida.

"Mas você tinha que ficar doente logo agora? Não podia esperar que eu me acomodasse?"

"Veja bem, Santino, a doença não é uma escolha..." Digo isso para me justificar, mas não estou certa de que seja verdade. Sim, eu busquei esta doença, recebo o castigo justo por ter preparado, nos últimos anos, *minne* de santa Ágata estragadas, estropiadas, queimadas, por ter perdido a receita de minha avó, tesouro precioso que eu não soube preservar como ela havia recomendado.

É realmente verdade que a experiência dos outros de nada adianta. A doença das minhas tias gêmeas não me ensinou nada? Elas, as duas, nunca pensaram na Santuzza, e tiveram câncer! Agora tem uma mama cada uma, duas mamas em duas. E, no entanto, na história da minha família houve diversos casos de tumor no seio, em estreita relação com aqueles malditos doces. Como pude esquecer as recomendações da avó Ágata, a história da Santuzza, a vida da minha bisavó Luísa, de minhas avós? Se eu tivesse me lembrado a tempo, poderiam ter sido pedrinhas preciosas a me indicar o caminho.

O período pós-operatório, complicado por uma infecção, me obriga a permanecer no hospital por um longo período. Entupida de remédios que tiram minha lucidez e a capacidade de raciocinar, alterno momentos de tristeza a momentos de excitação, em que me levanto, me maquio e espero ansiosa que Santino venha me visitar. Depois nos fechamos no banheiro e fazemos amor. Enquanto meu peito é mantido enfaixado, não se vê o buraco, e, seja como for, ele não parece fazer caso. Ao contrário, começou a me amar com ardor renovado. Santino é assim, as situações estranhas o excitam, na normalidade ele se apaga.

Fechada a torneira do soro por precaução, *nzà ma'* se acontece alguma coisa, seguro os drenos com uma mão e com a outra me apoio na parede para me equilibrar. Ele me toma com a ânsia bestial de sempre, eu me iludo achando que as coisas entre nós possam até voltar a ser como no início. Mas quando fico sozinha, me corroo, me desespero com sua ausência, me degrado com meu infortúnio. E sob as bandagens, junto com o ardor da ferida, percebo que somos dois barcos à deriva.

As palavras da avó Ágata me vêm à cabeça de repente, me pegam de surpresa e têm sobre mim um efeito consolador: Agatina, não tenha medo, o Pai do Céu não manda provações a quem não tem forças para superá-las...

Minha avó tem razão, mas uma bomba estourou no meu peito e deixou uma cratera aberta. Vou conseguir superar este momento? Tenho pensamentos e desejos contraditórios. Certas vezes desejo, de todo o meu coração, que Santino desapareça, outras vezes, ao contrário, percebo que a sua presença é a única coisa que me mantém viva.

Um dia antes que comece o tratamento cujo nome tenho medo de pronunciar, Santino me leva para almoçar fora. Faz sol, o dia é tépido e, diante de um magnífico robalo ao sal, Santino toma minha mão, mostra-se doce... parece um milagre.

"Ágata, coma, aproveite que você está bem..."

"Por quê, Santino, o que pode acontecer?"

"Não, é que os tratamentos são fortes, você pode se sentir mal, dizem que provocam vômito."

"Mas talvez eu aguente bem", digo para criar coragem. Ele põe um filé do seu peixe no meu prato e com olhos ternos me diz: "Escute, Agatì, vamos fazer assim: hoje você come e se fortalece, amanhã é quarta-feira, te dão a intravenosa. Não se assuste, mesmo que passe mal. Quinta-feira você vomita, sexta-feira está assim, assim, e no sábado eu trepo com você." A mim essa declaração de intenções parece a mais bela frase de amor que jamais recebi em toda a minha vida.

Quarta e quinta-feira eu vomito, sexta fico assim, assim, no sábado me apresento vestida e maquiada, e fazemos amor sem que ele estenda as mãos em direção ao meu peito, prefere não saber o que aconteceu com as *minne* que o enredaram a ponto de destruir sua família.

Duas semanas depois da primeira quimioterapia, vou para a cama à noite com uma dor nova e estranha, doem meus cabelos. Não o couro cabeludo ou a pele, os cabelos. Na manhã seguinte, encontro-os todos sobre o travesseiro.

Desta vez, a mudança física é tão impressionante que não pode ser escondida atrás de vendas, faixas, anáguas de renda, sutiãs embutidos. Tenho medo de ver o desgosto no olhar de Santino, de perceber seu horror, sua náusea... aí está, eu realmente toquei o fundo.

Chamo-o ao telefone: "Volte para a casa de sua mulher, vá viver com sua mãe, encontre uma mulher nova, faça o que quiser, porque eu não quero mais você."

Estou buscando impulso para subir novamente.

XXI

O tratamento durou o tempo necessário. Não sinto vontade de me mostrar por aí, nem de suportar o olhar de pena e as palavras de cortesia, por isso desligo o telefone, fecho a porta e me tranco em casa. Paro de falar, igual a minhas tias: no silêncio, quem sabe eu encontre forças para enfrentar esta batalha.

Mas, depois de tanto tempo, uma pessoa que realmente me ama entrou na casa de via Alloro: Ninetta. Veio ficar comigo, prepara minha comida, anda silenciosa pela casa, escuta meus suspiros, me abraça. Seus cuidados, fruto de uma cultura antiga, suas carícias delicadas, sem desejo algum, finalmente, depois daquelas assassinas de Santino, são um bálsamo para minhas feridas.

Certa manhã, tia Nellina e tia Titina tocam a campainha, inesperadamente. Talvez Ninetta as tenha chamado, não sei, de todo modo elas fingem não saber de nada, e eu também não pergunto. Me cumprimentam como se tivéssemos nos encontrado ontem. Emagreceram muito, e a antiestética assimetria de seus peitos me deixa inquieta e impede que eu as olhe por muito tempo.

"Agatina, não precisa se preocupar, isso não mata." Tia Nellina é a primeira a falar; das duas irmãs, ela é a dominante.

"Eu sei, eu sei...", respondo com voz lacrimosa. Tenho o choro sempre pronto.

"Agatina, você não pode satisfazer a essa gente e morrer." Tia Titina vive para fazer desaforo ao mundo. "Olhe pra nós, parecia que íamos morrer e, no entanto, depois de todo esse tempo, ainda estamos aqui."

Procuro seus olhares por trás dos óculos pesados, mas quando meus olhos caem na mama que não existe, o sangue sobe à minha cabeça, sinto falta de ar, meu coração bate forte, uma série de fantasias, das mais terrificantes às mais ridículas, passa diante de mim como um filme.

Depois, um pensamento repentino, absurdo, me devolve o sorriso, o primeiro desde que operei. Começo a contar, uma, duas, três: três tetas em três, o conto das *minne* acabou ímpar, somos três meias mulheres. Diz-se que as *minne* são órgãos pares e simétricos... mas, em minha família, não.

É uma consideração amarga, que, no entanto, me dá uma sensação de insensata alegria.

XXII

Bon tempo e malo tempo non dura tutto il tempo, as coisas se ajeitaram por si. Santino voltou a se fazer de morto na casa da mulher, que o acolheu engolindo a raiva. Rosalia está muito velha para ficar sozinha e com uma jogada inteligente despejou sobre ele toda a responsabilidade com os filhos, livrando-se, de uma só tacada, de uma série de aborrecimentos.

Meus cabelos estão crescendo de novo, espessos e brilhantes, meu rosto está novamente com um colorido rosado e, se não fossem o buraco no meio do peito e o vazio no coração, eu seria a mesma de antes. Retomei os velhos hábitos, menos em relação ao trabalho, que parece um capítulo definitivamente encerrado. Mas não sinto impulso para trabalhar, não tenho vontade de consolar outras. Também as amigas reapareceram, uma a uma, atraídas por um misterioso chamado: recomeçaram as conversas, o café, as fofocas. Voltei inclusive a cozinhar, mas os doces eu não preparo mais, tanto minhas *minne* agora estão desfeitas, ou melhor, uma delas perdeu-se totalmente pelo caminho.

Tio Nittuzzo passa uma vez por semana, me conta as últimas novidades, minha mãe também voltou à carga, mandou me avisar que quer me ver, mas eu estou muito frágil.

Ninetta ainda não voltou a Malavacata, disse que antes de ir embora quer ter certeza de que eu posso me cuidar sozinha.

Hoje, depois de um longo silêncio, acordei com uma languidez na barriga e a necessidade de rever meu grande amor. Enquanto tomo o café da manhã, Ninetta está sentada ao meu lado e me observa com olhar indagador, em busca de sinais sobre meu estado de ânimo.

"O que é que você tem?", pergunta antes mesmo de me dar bom-dia. Percebe logo quando tenho alguma coisa na cabeça, como uma mãe percebe qualquer oscilação do meu humor. Custo um pouco a ceder, mas, ao fim, a necessidade de falar vence minha resistência.

"Ninetta, preciso de você, tem que me ajudar."

"O que há, minha filha, o que posso fazer por você?" Sempre resolveu todos os meus problemas, penso, quem sabe também desta vez não ache uma solução.

"Ninetta, é uma coisa complicada..."

"Minha *bedda*, se não me conta, quer o quê?..."

"Você jura que não vai ficar brava comigo?"

"Por quê, você acha?"

"Não, Ninetta, mas é coisa delicada."

"Mau-olhado? Mas que amolação, tem sempre uma puta querendo te prejudicar; da última vez também você estava um saco de veneno... Agatì, os malfeitores, a *malagente*, não têm tempo a perder."

"Ninetta, não sei se é mau-olhado, mas do jeito que eu estou parece que me fizeram uma bruxaria... você se lembra de Santino Abbasta?"

"E quem esquece aquele cornudo?!", porque se, por princípio, as mulheres são putas, os homens são cornudos. "Aquele lá aprontou igual a Carlos de França, é pior que o Alto Voltaico. Mas ainda não se esqueceu dele?

"Não me faça perguntas, você sabe que fiquei doente por culpa dele. Mas o que posso fazer? Parece que só me sinto viva com ele." Começo a chorar, Ninetta ganha tempo, tenta fazer com que eu pense, mas depois se comove e se convence com minha expressão suplicante.

"Ouça, minha *bedda*, eu vou cuidar disso, vai ver como amanhã alguma coisa vai acontecer."

"E como? Fui eu quem disse a ele para não aparecer mais..."

"Não se preocupe, se eu disse que vou cuidar disso, tem que ficar tranquila. Esta noite durma na paz de Deus, que eu vou fazer a oração da santa Rita, aquela das causas impossíveis. E falamos amanhã de manhã às sete horas em ponto."

Na manhã seguinte, pontual, Ninetta chega com o café. Eu não fechara os olhos, mas não digo a ela, também com ela sinto vergonha do meu apego àquele patife do Santino.

"E então, Ninetta?"

"Ah, minha filha, eu pelejei a noite toda, não foi uma só, fiz quatro oraçõezinhas; às seis horas santa Rita me respondeu."

"E o que foi que ela disse?"

"Deixa isso pra lá, esqueça-o, nem santa Rita pode resolver. Aquele lá é coisa de Rosalia Frangipane, é melhor você achar outro... e, depois, é um *mangiacuore*."

Ninetta foi categórica, quando não se pode fazer nada, ela diz que é o destino. Deixo a fraqueza de lado e me rendo à ideia de que Santino fique nos braços de sua mulher.

De repente, como sempre, uma noite me percebo sonhando, desejando novamente. Na manhã seguinte acordo com a sensação de vento nos cabelos e uma onda de nostalgia que me percorre totalmente, como uma suave febrícula. Concluo que estou precisando de um homem. Começo a fantasiar e.... a imagem de Santino se impõe na minha mente como a encarnação da única forma de amor que consigo imaginar. Sua boca colada à minha, seu corpo sobre o meu, suas mãos sobre meus seios... Paro de repente, o sonho se esvai sobre aquela cratera que campeia do lado esquerdo do meu coração. Meus seios não são mais dois, e só agora fica clara a necessidade de sair do ritual daquela gaiola que Santino e eu construímos em volta do meu corpo. Ainda não estou totalmente curada, mas enfim tenho a sensação de que uma longuíssima convalescença está começando.

XXIII

Foi preciso tempo, mas o coração voltou a bater e depois a ter esperança. O desejo do amor é mais forte que a sensação de morte e impotência que Santino Abbasta deixou na minha existência, e depois, pouco a pouco, também o medo da doença se foi; depois da apneia, voltei a respirar.

A primeira vez foi mérito de Ciccio, 15 anos mais jovem que eu, belo, cheio de músculos.

Encontro-o pela rua, me abre a porta do bar, "Senhora, com licença?", faz com que eu passe na frente e me oferece o café. Depois de semanas de flerte discreto e de galanteios gentis, pergunta: "Será que a gente pode se tratar por 'você'?" Eu lhe satisfaço a vontade.

Passam dois meses, mantenho-o em suspense, ou melhor, de molho, não digo que não, mas ele também nada pede. Clotilde é novamente minha confidente; nos encontramos sempre à tarde. Fala comigo em tom desapaixonado: "Ouça, você teve uma grande sorte, tem um jovem, belo, honesto inclusive, e que deseja você. Qualquer mulher estaria feliz no seu lugar, por isso chega de ficar deprimida e volte a viver. Quanto ao Amor com A maiúsculo se vê depois..."

Ela tem razão. Aceito o conselho e faço a vontade do rapaz, que no meio-tempo começou a fazer solicitações discretas, mas explícitas.

Ciccio é belo como um deus grego. Os músculos esculpidos, vibrantes, a pele macia, cor âmbar. Alto, forte, me toma nos braços olhando nos meus olhos. Tem um olhar terno, persuasivo, inocente. A expressão é a de um pequeno cervo que dá os primeiros passos e pede a aprovação e o encorajamento da mãe. Suas mãos jovens e inexperientes deslizam sobre minhas roupas com timidez. Seu perfume doce, se bem que evanescente, enche a sala com o aroma de chocolate e me deixa uma lembrança indelével. A boca úmida procura a minha e não se afasta do meu rosto. Mas, no conjunto, a insegurança torna-o rígido e frio. Ele me desilude, mas Clotilde tem uma explicação pronta: "Todos sabemos que a primeira vez... o embaraço, a pouca intimidade... dê outra chance a ele."

Da segunda vez, está mais ousado, parece que ganhou confiança, enfia as mãos por toda parte, suspira, me procura como um macho faminto. Quando tenta desabotoar minha blusa, colocar as mãos nos seios, eu o afasto indelicadamente, e depois se arriscar o lado do buraco eu o empurro para valer. A ideia de que a *minna* falsa disfarçada dentro do sutiã acabe em sua mão me aterroriza. Repentinamente penso no doutor Stranamore,* no seu braço de lata, que arrebenta no momento em que ele faz a saudação nazista...

E, de todo modo, não quero traumatizar Ciccio, sinto por ele uma grande ternura, é tão jovem, um *picciriddu* comparado a Santino. Ciccio é mais do que tudo inexperiente, mas sensível e cheio de boa vontade.

Clotilde intervém em sua defesa: "É claro, ele é jovem, mas você é mulher feita, pode ensinar a ele como se faz, com certeza experiência não falta a você! Além disso, alguma explicação você tem que dar a ele, essas *minne* que você mantém tão apertadas... Ninguém nasce sabendo."

Quando Ciccio vem à minha casa pela terceira vez, procuro dar explicações razoáveis para meu comportamento de adolescente: "Veja, amor, talvez você não tenha entendido, eu precisava te ver convicto..."

Ele me interrompe e com o indicador diante da minha boca sussurra: "Psiu, quieta. Só você não entende o que os outros já perceberam há um bom tempo..." Quanta sensibilidade para um rapaz tão jovem, que ainda tem que experimentar a vida, eu penso. Que modo carinhoso de dizer: "Fique calma, eu sei onde está o problema, não precisa dizer mais nada." Mas Ciccio realmente não entendeu nada, *pigghia di sutta e mette d'in capo*.** Suas mãos continuam ali no meu peito, sua boca na minha, seu corpo oferecendo-se ao meu olhar para que eu possa admirar sua beleza, a postura, os músculos tesos como os de um atleta antes da competição.

Mas estou determinada a ir até o fim. Vou tentar de novo dar alguma explicação a ele. Afinal, ainda sou uma doutora, o que mais posso fazer senão enfrentar o argumento do ponto de vista médico? Penso que a ciência possa vir em minha ajuda, dando-me um tom neutro, impassível, menos chocante para ele e menos humilhante para mim.

---

* *Dottor Stranamore* é o título italiano para o filme *Dr. Fantástico*, 1964, de Stanley Kubrick, com Peter Sellers. (N. da T.)

** "Recomeça outra vez e confunde tudo." (N. da T.)

Uma noite durante o jantar toco no assunto começando bem de longe. Zonas erógenas, seios, mastectomia, as amazonas... O rapaz ouve sem me interromper, seus olhos negros estão arregalados, a expressão é interrogativa, desorientada. Depois, para encurtar o assunto, me diz: "Amor, para falar com você, é preciso enciclopédia."

Cansado desse teatrinho todo, Ciccio, que sonhava a aventura fácil com a mulher madura, começa a me tratar com indiferença.

"Era de se esperar", só Clotilde não entende minha desilusão, "ele é tão jovem, e você fica esperando que entenda?"

Mas, esta noite, quando enfim viu claramente, diante dos olhos, o defeito físico que nenhuma enciclopédia conseguiria lhe explicar, Ciccio desapareceu.

XXIV

Daniele chegou com a primavera, quando a alma se oferece ao amor com mais facilidade. Bastante jovem ele também, maduro, se não por outra coisa, pelos dados do registro. Físico musculoso, grandes olhos claros, talvez não muito vivazes, mas belos. Cheio de boas intenções, galante, gentil.

A temperatura amena nos presenteou com românticos passeios pelo mar, pelas ruas do velho centro, aperitivos ao pôr do sol, ceias à luz de velas. Evitei cuidadosamente qualquer aproximação sexual, mas mantive seus anseios, provoquei-o com alusões, toques, comportamentos ambíguos, pronta a rapidamente dar marcha a ré toda vez que ele tomava a iniciativa e buscava um contato físico. Desta vez, antes de chegar aos finalmentes, decidi criar coragem e precavê-lo sobre a minha condição.

"Daniele, fui operada no seio..."

"Pois bem, e daí?"

"Não, é que eu não sou uma amazona."

"E o que tem isso?"

"Daniele, tenho um seio a menos!"

Ele engole em seco, como se tivesse que digerir um rato, e depois, verdadeiro *gentleman*, diz: "Olha que pra mim, uma ou duas *minne* não muda nada, é sempre você. E depois não me impressiona nada, meu pai também operou o peito."

Fizemos com roupa por cima, me deixou livre para agir como eu queria, e não fugiu, ao contrário, ficou ao meu lado.

Uma manhã, na praia, enquanto tateio um pouco, antes de colocar a roupa de banho, ele diz para me encorajar: "Mas com este sol, por que não se despe? Se está preocupada com alguma coisa... você sabe que gosto de você, nada vai mudar." Tomo coragem e por um segundo penso que os homens não são todos iguais. Tranquilizada pelo seu comportamento, na penumbra da cabine, longe de olhares estranhos, tiro a roupa rapidamente e me mostro com aquele buraco que, graças a ele, por um instante esqueci que possuía. Uma expressão entre surpresa e maravilhada passa pelo seu rosto: "Cacete, mas você está realmente *malucumminata*!"*

Dessa vez fui eu que desapareci; com a amiga de sempre, entrei na toca para lamber minhas feridas.
"Clotilde, na minha opinião, chegou o momento de cerrar as portas. Basta, vamos arquivar o assunto, olhar pra frente com confiança, mas sem homens. Ágata Bandalamenti vai se aposentar."
"Mas que aposentadoria, na sua idade! É que você precisa encontrar o homem certo, um que realmente goste de você, vai ver que mais cedo ou mais tarde ele chega. Quando menos esperar, te pega de surpresa."

---

* Desemparelhada, e também malparada, isto é, em situação vulnerável, em más condições econômicas ou de saúde. (N. da T.)

XXV

O destino não me fez esperar muito, logo encontro numa festa um senhor maduro com um pequeno problema de próstata, que me confessa em nossa terceira saída, pedindo inclusive um conselho a respeito. É inteligente e já sofreu o bastante, por isso é tão compreensivo com a dor dos outros. Chama-se Giuseppe, "um nome de mordomo", disse Clotilde. De mordomo tem os modos afetados, que talvez justifiquem a perplexidade de minha amiga: "Não sei, Ágata. Acho muito velho pra você, ele sim *malucumminato*, mas talvez seja mais disponível. Sei lá, Ágata, experimente... mas desta vez não assumo qualquer responsabilidade."

Sem o encorajamento de Clotilde, o flerte foi demorado. Entre conversas inteligentes, diálogos surreais, considerações fantasiosas, custei muito a me aproximar dele fisicamente, um pouco porque não queria revelar meu segredo, um pouco porque os homens que passaram do ponto na verdade jamais me agradaram. Depois ele deu a entender que lhe agradaria, que esperava um sinal, uma palavra, um convite... e então tomara a iniciativa. Dessa vez Clotilde decretou: "Jogue-se, se não for ver nunca saberá. Talvez seja o homem da sua vida, quem sabe ainda vão ver fogos de artifício, esqueça esses preconceitos com a idade."

Mas não é apenas um problema de idade, intuo nele um traço vulgar, que não se expressa, mas existe. Contido, reprimido, controlado, por vezes aflora numa risada grosseira, na caminhada de pernas abertas, naquele traseiro chato que nada dentro das calças largas.

Mas, ao fim, não dei atenção a mim mesma e me joguei.

Encontro-me certa noite em sua casa de campo, fechada há muitos meses, por isso úmida como um porão. Numa cama incrivelmente fria, considerando a boa estação. Enquanto espero que termine de se preparar e fantasio sobre sua longa permanência no banheiro, busco as palavras certas para contar a ele o defeito que me aflige.

* * *

Na dúvida entre os dois lados da cama, escolho o distante das fotografias de sua família. Giuseppe chega num pijama azul de algodão, os cabelos que acabara de pentear, e me diz: "Desculpe, você se importa se eu dormir deste lado? É meu lugar de costume." É claro que me chateio, acabei de esquentar aquele cantinho, mas não digo nada, resmungo algumas palavras de desculpas e vou para o outro lado, tão frio que parecia molhado. Fixo os olhos no armário que está à nossa frente e, no espelho que reflete a nós dois, noto que ele está penteando os cabelos de novo. Não sei por que me vem à cabeça o comendador Martuscelli do quarto andar, aquele do roupão de seda e da redinha na cabeça... mas a esta altura não posso mais voltar atrás, não quero magoá-lo, o que preciso é encontrar as palavras para lhe dizer que me falta uma *minna*.

Giuseppe desliza entre os lençóis, apoia a lâmpada no chão, uma penumbra reconfortante invade o quarto. Gruda no meu corpo, acaricia minha cabeça, me dá um monte de beijinhos como se fosse meu irmão. No silêncio, enquanto ele manobra com certa prudência, eu o previno: "Desculpe, mas tenho que te dizer uma coisa...", e ele replica: "A mamãe não contou pra você?" É inteligente, penso, tem senso de ironia, talvez seja o momento certo... E confesso sem reservas.

Superadas as primeiras dificuldades, me virou de barriga para baixo, foi a solução mais sensata para não enfrentar o problema e não olhar nos meus olhos. No dia seguinte preparou meu café, me cobriu de ternura e desapareceu da minha vida.

A rejeição do ancião foi um ultraje. Agora, sem ficar me lastimando, é o momento de decidir viver uma castidade que me deixa sofrer menos que este sexo aviltado, feito de manobras temerárias entre as trincheiras escavadas no meu corpo.

Todas as noites, porém, eu rezo a santa Ágata: "Minha Santuzza, faça com que esta *minna* desponte, eu imploro, faça um milagre, não me deixe com esta perfuração; afinal, são Pedro grudou de novo as suas. Sim, eu sei que você é uma santa e eu não, mas no seu caso eram duas, no meu é uma *minna* só, por favor, me conceda esta graça."

Não quero continuar nesta condição de beata de igreja! Sou jovem, vistosa, e preciso de amor como do ar que respiro. Quero minha *mama* de volta a todo custo, e vou fazer de tudo para reencontrá-la.

É verão, uma daquelas tardes quentes, silenciosas, de espera. Enquanto remexo em livros e cadernos, a receita da avó Ágata me cai sobre os sapatos como que por acaso. E isso não é um sinal do destino?

XXVI

A *minna* reencontrada marcou uma mudança real e profunda. É a avó Ágata que, mais uma vez, intervém na minha vida e me indica o caminho. A receita chegou com o siroco, e, entre rajadas quentes que misturam poeira e lixo pelas ruas, desejos e nostalgias no meu coração, se concretiza uma ideia que acaba se revelando um verdadeiro achado.

Minha pequena padaria 'A MINNA abre à noite e fecha pela manhã. Gosto de preparar pão, doces e biscoitos, trabalho com as mãos e descanso a cabeça, reencontro a quietude que acreditava perdida para sempre. Preparar *minne* de santa Ágata todos os dias do ano, escrever as frases, os provérbios, os ditados da vovó, em tantos papeizinhos coloridos — vermelhos para o amor, roxos para quem procura sabedoria, rosa para o jogo — e juntar um a cada *docinho* foi a melhor das intuições.

As cassatinhas e seus papeizinhos são muito procurados, as mulheres principalmente ficam malucas. Durante a noite, quando o tráfego diminui, o comércio fecha, forma-se sempre uma pequena aglomeração na entrada. Grupos de amigas, casais inquietos entram em fila e esperam pacientemente que os doces fiquem prontos. Uma ou outra mulher solitária olha à volta, procura alguém com quem fazer dupla, porque as *minne* são vendidas apenas de duas em duas, como recomendava minha avó: *Agatì, paro: non sparigliare mai.*

A atmosfera rarefeita, o escuro, as ruas semidesertas deixam os diálogos mais fluidos, os ânimos mais dispostos a confidências. Os encontros ocasionais parecem amizades antigas, as conversas mais banais tornam-se íntimas, cada respiro parece um suspiro. E uma boa bebida perfumosa ou um café bem quente, ao fim, desmancham até as mais tímidas, restituem a loquacidade às mais silenciosas dentre as clientes.

'A MINNA é um lugar para fazer amizade, encontrar companhia, consolo.

"Me dê aquelas menores... não, não essa... aquela do lado, me parece mais regular. E me faz também um café forte."

* * *

Maria entrou numa noite de primavera, com os cabelos longos, negros, encaracolados, que ondulavam seguindo o movimento sinuoso dos quadris. Alta, delicada, bela, um seio majestoso escondido dentro de casaco e blusa bem largos, a boca grande e uma fileira de dentes branquíssimos, que brilham a cada sorriso. É espanhola, guia de turismo, está em Palermo há alguns anos, "mas de passagem...", me diz, misteriosa.

"O homem ciumento morre cornudo." Maria lê o bilhete em voz alta e desata a rir: "Isso realmente não é pra mim. Tome, talvez possa ser útil pra você."

Gostaria de rir de coração como ela faz, mas me sai sempre um trejeito melancólico.

"Terminou?"

"Não, mas estou muito cansada... hoje vou mais cedo."

"*Nun c'è sabato senza suli, nun c'è fimmina senza amuri*",* Maria me diz num sussurro, inclinando o peito para a frente e apoiando a mão no meu braço, "vai, fecha e vamos caminhar juntas um pouco".

Caminhamos próximas, em silêncio. Palermo mostra sua imagem mais bonita, as ruas ainda vazias, iluminadas por uma luz tênue, clara, que suaviza os contornos das casas, das montanhas. O porto já está formigando de gente à espera da atracação dos navios, também os cachorros vira-latas estão como que transfigurados e parecem cães de caça aristocráticos. Como sabe ser suave o ar desta cidade *dalla quale si può solo provenire...*

Quando chegamos à porta de minha casa, convido Maria a entrar, só por gentileza: estou cansada, quero tirar a roupa, tomar uma ducha e afundar totalmente nesta melancolia que volta e meia me toma sem motivo.

"Não tenho nada pra fazer, estava só esperando que me convidasse", com um passo de suas longas pernas Maria já está dentro da minha casa, tirou o casaco antes mesmo que eu fechasse a porta e está olhando à sua volta.

"Preparo eu o café da manhã, você vai se trocar..."

Não sei por que lhe obedeço, age como se fosse uma velha amiga, e eu não acho estranho tanta intimidade, ao contrário, lhe mostro a cozinha: "Aqui tem café, na geladeira tem leite, as *minne* estão na mesa, e eu vou tomar um banho." Eu a vejo circulando entre os móveis, que bela, penso, depois me enfio

---

* "Não há sábado sem sol, não há mulher sem amor." (N. da T.)

debaixo da água bem quente esperando conseguir tirar cansaço, tristeza, mau humor.

Não sei há quanto tempo estou sob o jato quente da ducha, as gotas escorrem com força pela cabeça, entre meus cabelos, sobre as costas, o vapor tomou o ambiente, embaçou os vidros, o perfume do sabonete despertou antigas lembranças. Duas mãos desconhecidas deslizam macias e delicadas sobre meu rosto, os dedos acariciantes se insinuam atrás da minha nuca, uma boca macia se apoia na minha. Maria entrou no chuveiro sem pedir licença, é magnífica na sua nudez. Tem seios grandes, macios, separados por um grande sulco por onde a água que banha sua cabeça canaliza, recolhe-se em arroios na base do pescoço, enche as covinhas por trás das clavículas. Os mamilos são cor-de-rosa em forte contraste com o preto dos cabelos e dos pelos espessos que cobrem seu púbis protuberante.

Talvez devesse falar, dizer alguma coisa, mas ainda uma vez o meu corpo se abandona em silêncio a alguém que parece lhe oferecer amor. Maria mordisca meus lábios, me acaricia com uma sensualidade suave, a mim desconhecida. Seus dedos se movem delicadamente sobre minhas costas escorregadias de sabonete, se deslocam curiosos para os braços, sobre a *minna*, chegam à enorme cratera que ocupa toda a metade esquerda do meu peito.

Estou com a respiração suspensa, mas a angústia que instintivamente sai de dentro de mim está como que amortecida pela surpresa, pela emoção. Minha Santuzza, faça com que não se retraia horrorizada...

Seu corpo adere ao meu, se espalma sobre mim como um creme apetitoso, e eu me ofereço às suas carícias ternas, aos seus beijos amorosos. Suas mãos sobre a minha cicatriz são ligeiramente insistentes, os dedos passam por cima com gentileza, tenho até a sensação de estar com a minha velha *minna* no lugar, sinto seu peso, o volume. Estou esperançosa, quer ver que a Santuzza me concedeu a graça?

Síndrome do membro fantasma: acontece também a quem é privado de uma mão, de um pé. Pareço sentir o mamilo intumescido, e um calafrio de excitação percorre a minha espinha.

Maria chega a minhas pernas, abre caminho com paciência e delicadeza, a sua boca agora está na minha barriga, desce cada vez mais, sua língua move-se com sabedoria. Minha respiração se faz mais sôfrega, meu corpo se atira inteiramente ao seu, minhas mãos, instintivamente, vão para o seu seio, os mamilos entre meus dedos têm a forma de uma cereja, a consistência de uma amora verde.

Toda a resistência foi vencida, cai o último véu de vergonha, minha boca vagueia pelo corpo de Maria, saboreia, a pequenas mordidas, sua barriga. Abro caminho entre suas coxas, um sabor suavemente salgado, o perfume de ostras que acabaram de ser pescadas. As mãos de Maria se apoiam na minha cabeça e me guiam com suaves pressões. Depois me interrompe e me puxa em direção ao seu rosto, a sua boca está sobre a minha, retarda, para, volta a me explorar, o pescoço, a *minna*, a barriga, o ventre... uma onda quente toma minha garganta. Um orgasmo incrivelmente doce, terno, suave, longo, obsessivo me colhe de surpresa, enquanto a água do chuveiro começou a esfriar e eu estremeço.

Maria agora é o porto seguro, o abraço materno, a água para não secar, o alimento para não morrer de fome, o amor, a amizade, a fraternidade, o sexo. Sua presença me dá equilíbrio, solidez. Fala pouco de si, mas eu também não faço por menos. Vem ao meu encontro ao amanhecer, toma café na padaria, lê seu papelzinho com curiosidade, quando não tem que trabalhar volta para casa comigo.

'A MINNA tornou-se uma padaria muito conhecida. Foram principalmente as mulheres a decretar seu sucesso. Lotam o meu pequeno negócio, apertadas e comprimidas feito sardinha em lata, comem as *minne*, leem os bilhetinhos, riem, comentam, trocam segredos e conselhos. Tomam um copo de *passito* de Pantelleria* ou de moscatel de Noto, que acompanha, com discrição, o creme das *minne*, auxilia as confidências, favorece amizades, estimula sonhos. Agora tem também uma longa lista de vinhos doces: entre os *passiti* de cor âmbar obtidos de uvas *zibibbo*** de prestígio, cheias de açúcar e transformadas em passas sob o calor do sol da Sicília, e o moscatel dourado, de sabor aveludado, os clientes só encontram dificuldade na escolha.

O cigarro fumam na rua, depois entram para concluir a conversa interrompida. São tão descaradas... nenhuma se furta à confidência, nenhuma se subtrai à solidariedade. Todas concordam que uma coisa doce é o melhor remédio para a solidão, a melhor companhia nas noites de inverno, quando você se estreita forte junto às amigas para aquecer o coração, o ornamento mais discreto para um amor nascente, que vive de si e não quer distrações, para o fim de um dia de trabalho penoso, o início de um amanhecer convidativo. Os bilhetinhos com as frases da minha avó despertam interesse, hilaridade, oferecem consolo, favorecem melhoras.

---

* Vinho de uvas-passas; moscato licoroso produzido na ilha de Pantelleria, ao sul da Itália, entre a Sicília e Túnis. (N. da T.)
** Uva doce moscato. (N. da T.)

Tornei-me amiga de algumas de minhas clientes, com outras mantenho relação cordial. Suas vozes se entretecem num burburinho incessante, inocente e malicioso, que levo comigo de manhã cedo, quando volto para casa, e que ocupa os espaços vazios, distrai a mente. Suas histórias, ensopadas de lágrimas, redundantes de risadas, repletas de detalhes picantes, perfumam-se de homens, vibram de esperança, exultam em banalidades, cantam o amor. Eu me tornei "a Padeira", graças aos meus bilhetinhos, colho segredos daquela metade de Palermo, que fala incessantemente de amor, e não me sinto mais sozinha. Estou tranquila, mas a paixão, a vontade de agarrar a vida com os dentes ainda está distante, encerrada em algum canto da minha alma, silenciosa debaixo da pele.

Maria me fez mais forte, o meu corpo tirou benefícios de suas carícias, estou novamente musculosa, tenho a pele lisa, luzidia, os cabelos longos, macios, brilhantes. Também o amor melhora dia após dia. Flutuo numa profunda calma, por alguns momentos me sinto até mesmo contente. Falta-me, porém, o impulso em direção ao futuro, é como se não tivesse mais vontade de fazer projetos, a minha vida está toda aqui e agora.

XXVII

Numa manhã particularmente quente de abril, fecho a padaria um pouco mais cedo, para desfrutar com Maria de um passeio ao longo do mar, que brilha à luz do amanhecer. Caminhamos em silêncio, para não atrapalhar a magia de uma natureza que generosamente nos dá mil motivos para sermos felizes. A temperatura está agradável, a onda que bate na praia tem um som discreto e hipnótico. Passamos o antigo estabelecimento de Mondello, o vento de primavera bate em nós carregado de perfumes da terra e do mar. A praça da cidade não está muito cheia, o verão ainda está longe, com sua confusão, sua leva de turistas, de ônibus e de carros, de banhistas o tempo todo, o cheiro do filtro à base de coco e baunilha.

Eu o reconheço de longe, Santino Abbasta. Está apoiado na barreira de proteção da doca. Seu perfil sinistro, ligeiramente aumentado devido a uma almofada de gordura em volta da cintura, e vulgarizado por uma postura capenga, é inconfundível. Em vez de escapar, me sinto atraída por um ímã. As minhas pernas, sem controle, movem-se em sua direção.

Santino se afasta da barreira e vem ao meu encontro, jogando os pés para fora, na forma meio cafona de andar e pela qual foi apelidado "'u Bagarioto", apelido tempos atrás reservado aos carroceiros que chegavam à cidade vindos da província de Bagheria. Não tenho tempo nem para entender, nem para reagir. Ele arranca com força a minha mão da mão de minha amiga, me pega por um braço e me arrasta para dentro do seu carro. Nem me volto para olhar Maria, que permanece silenciosa na doca. O carro percorre a toda velocidade a rua dentro do parque da Favorita.

Chegamos à minha casa. Santino não perdeu a postura arrogante de antes, comporta-se como meu dono. Tira as chaves de minha mão, põe no buraco da fechadura, abre, acende a luz, fecha a porta com um chute, e, enquanto isso, suas mãos já estão debaixo do meu vestido, sua boca em meus cabelos, em meus lábios, deslizam pelo meu pescoço; me morde vorazmente, me chupa, pronuncia palavras entrecortadas, fala incessantemente, e a sua voz ressoa nos meus ouvidos como a flauta de um encantador. "Ágata, eu mudei... que sabor de maçã madura você tem! Quero você... abre essas pernas, pois eu sei que você me quer. Que falta você me fez... a lembrança do seu cheiro me vem à noite, e eu acordo. Não adianta me dizer não, você sabe, estamos destinados a ficar juntos."

Me beija, me aperta em seus braços, me despe, evitando cuidadosamente tirar minha blusa, me faz sua. Meu corpo é dócil em suas mãos e como sempre se encaixa perfeitamente no seu. Mas, enquanto me manobra com prepotência, sinto que cresce em mim uma sensação de desconforto. Procuro em Santino uma ternura de que jamais foi capaz, me estiro em seus braços, me estendo como uma massa de pão, cruzo meus pés aos seus, como um náufrago, me abandono sobre seu peito. Ele se surpreende com minha liquidez, nunca me sentiu tão macia, tão entregue. Minha necessidade de delicadeza, de amor, expressa sem pudor, o desconcerta. Santino tem um instante de incerteza, sua excitação diminui, mais uma vez, sua virilidade entra em crise diante dos sentimentos.

"Que novidade é essa, Agatina? Você está tão lânguida...", fala com certa irritação, talvez causada menos por mim que por seu fracasso parcial. Mas depois me vira e detém o olhar no meu dorso: "Que caralho de cu, Ágata! Parece o asno de Silvestre." Sua desorientação dura pouco tempo, já retomou o controle da situação; me vira, regira, sacode, revira em cima, embaixo. Termina com um longo e rouco gemido de satisfação.

Depois, recolhe suas coisas e enquanto está saindo me diz: "Eu procuro por você, você sabe, Rosalia não esquece as coisas... não é por mim, é por nossa relação, temos que protegê-la, não podemos descuidar." Quando sai pela porta, todo o vazio dos últimos anos se apresenta novamente diante de mim e tem a cor negra da depressão, o frio da doença, a umidade da prisão.

Meu sonho de liberdade se esvaiu, sou realmente a escrava de Santino, ainda carrego sua marca no coração.

Agatina, aqui na Sicília, ilha de estúpidos, os desejos das mulheres não valem nada, enquanto aquilo que os homens querem torna-se destino...

XXVIII

Na manhã seguinte Maria passa para me ver como se nada tivesse acontecido, me ajuda a fechar a padaria e caminha ao meu lado como todos os dias. Mas estou chateada com ela, me deixou nas mãos de Santino, sem opor qualquer resistência. Ficou me olhando, não mexeu um só dedo enquanto ele me levava embora. Em casa, é ela quem prepara o café da manhã, move-se entre os móveis com naturalidade forçada. Seu descaso me irrita, sua normalidade faz crescer dentro de mim um nervosismo latente.

Diante da xícara de café quente começo a falar coisas sem pé nem cabeça, procurando uma desculpa para brigar: "Os amigos, a gente percebe nos momentos de necessidade..."

Mas não é fácil pegar Maria, que vai direto ao assunto: "Por quê, o que foi que eu fiz?"

"Me largou nas mãos do monstro." Tento atribuir a ela a culpa da minha fragilidade.

"Eu não posso agir no seu lugar."

"Porque você não se importa."

"Sei que você tem que se curar, e eu não posso ajudar. Santino é parte de você, é a sua sombra, é você que tem que resolver." Maria não é do tipo que se deixa culpar.

"Você devia ter me protegido."

"Não posso defender você de todos os Santino Abbasta do mundo."

"Mas se eu não tenho força?" Estou pedindo a ela alguma coisa para mim, e ela finge não entender, continuando a se livrar dos meus pedidos.

"Tem que encontrar."

"Mas não tenho..."

"Então vai morrer logo."

"Você me odeia."

"Você se odeia."

Ela me coloca diante de minha impotência, e minha raiva irrompe incontrolável. Um grito explode dentro de mim e se transforma num choro violento. Jogo para o ar tudo o que encontro pela frente, até que Maria segura minhas mãos, me aperta forte, e sou levada a um longo monólogo, cheio de angústia e solidão. Falo a ela da sensação de estranheza, de Pequeno Polegar, das migalhas de amor com que tive que me contentar.

Maria se cala por um bom tempo, depois conclui com firmeza: "Você tem que procurar sua mãe, fazer as pazes com ela."

"Não vai me escutar."

"Tem que obrigá-la", insiste, e seu rosto tem a expressão de quem conhece bem o problema.

"E se me magoar?"

"Ainda é capaz disso?"

"Arranca minha pele aos pedaços. Poderia ter vindo até a padaria, mas nunca apareceu, me rejeita."

"Acho que o seu monstro é ela e não Santino."

"Talvez tenha razão... mas me sinto tão só..."

"Estamos todos sozinhos com os nossos demônios."

"Você fala, mas na minha vida tem um buraco..."

"Ache uma maneira de preencher."

Maria me deixa sem saída. Dissipo minha raiva e me calo eu também, pensativa.

Sou tomada por uma sensação de esgotamento, a cabeça pende para o lado, aperto as pernas contra o peito, envolvo-as em meus braços. Estou tão abatida que Maria quase se arrepende da crueza com que me falou. Suas mãos, que antes desdenhavam as minhas, agora se movem ao longo do meu dorso, entre meus cabelos, me acariciam as costas, o rosto. Ficamos em silêncio, com nossos pensamentos, quando a voz da avó Ágata, um sussurro no silêncio da minha alma, brota na minha consciência com o clamor de uma revelação: *questa è una terra dalla quale si può solo provenire...*

Às vezes, a única solução sábia e digna é a fuga, mesmo que possa parecer desonrosa a alguns. Um mês depois do meu encontro com Santino estou num navio em direção a Barcelona, onde a família de Maria está me esperando.

Não foi difícil vender a padaria, é tão conhecida na cidade que consegui um preço considerável. À nova proprietária deixei a receita da avó Ágata... com algumas pequenas variantes: certamente não poderia revelar as doses pacientemente criadas por minha avó e por sua mãe, trata-se de um segredo de família!

Nem podia esclarecer que o truque para avaliar a massa é senti-la, sob os dedos, elástica e macia como uma *minna* de verdade e que o recheio deve ser fluido como uma mulher depois do amor... Não podia dizer a ela do calafrio de prazer que acompanha a colocação de cada cerejinha sobre o cândido glacê. Mas tenho certeza de que santa Ágata continuará a proteger 'A MINNA e suas frequentadoras.

As amigas me ajudaram a preparar a mudança às pressas.

Antes de deixar definitivamente a Sicília, encontrei tempo para me despedir de Ninetta. Na sua cozinha cada vez mais cheia de objetos, ela me abraçou, fez milhares de recomendações, concordou com a necessidade de se manter um espaço de segurança entre mim "e aquele cornudo do Santino Abbasta" e concluiu que: "Às vezes é melhor perder que perder demais." Por último, me submeteu ao habitual rito do prato com o óleo e o sal: "*Chi stagghiamu?*", "*Malocchio, malocchio, malocchio.*"

Tio Nittuzzo veio até o porto se despedir de mim, dei a ele as chaves de casa para que devolvesse à família Frangipane. E assim, materialmente e metaforicamente, fechei a porta na cara do homem que consumiu minha saúde e arruinou minha vida.

Em Barcelona vou comprar uma pequena casa junto ao mar. Maria virá me visitar sempre que puder.

XXIX

Passo meu primeiro mês de vida na Espanha como num sonho. Respiro ar do mar e perfume do novo. Deveria estar excitada, "adrenalínica", mas, ao contrário, estou estranhamente relaxada. Durmo várias horas, inclusive durante o dia, como ao fim de uma longa doença e no auge de uma verdadeira convalescença.

Entre fogões e panelas experimento novas receitas e reencontro uma tranquilidade inesperada. A casa onde me instalei é pequena, mas tem uma cozinha grande, desproporcional em relação aos demais aposentos. A parede de fundo é atravessada por duas janelas, amplas, do teto ao chão, que deixam passar os raios de sol das primeiras horas do dia até o avançado entardecer. As paredes são revestidas com maiólicas brilhantes de várias cores, do amarelo-laranja, passando para o vermelho, indo até o violeta escuro, e refletem a luz que num jogo de sombras interrompe a continuidade do pavimento de mármore branco. No centro da sala, diante do fogão a gás em aço polido, brilhante, há uma longa mesa de madeira que mostra os sinais do tempo, um ou outro arranhão, a marca de uma panela fervendo que escureceu sua superfície, os círculos dos copos, pálidos testemunhos de antigas bebidas.

Um móvel maciço, com amplas prateleiras, constitui uma espécie de separação do resto da casa. Em meio a recipientes de vidro, panelas de cobre, maços de orégano, tranças de alho, pimentõezinhos e tomates secos retorcidos como joias preciosas, há uma antiga pintura de santa Ágata que trouxe comigo de Palermo. Seu rosto oval é miúdo e circundado por um véu branco, tem nas mãos um prato sobre o qual estão expostas duas *minnuzze* brancas e redondas. Em outro plano, entre farinha, açúcar e café, a foto da avó Ágata e do avô Sebastiano no dia do casamento. Pelo menos até o momento, são esses os únicos testemunhos do meu passado neste recinto.

Do teto pende um ventilador, cujas pás girando lentamente mantêm as moscas longe dos apetitosos pratos que apoio sobre a mesa à espera de consumi-los.

Frequentemente, as pessoas comem apenas alimentos pré-cozidos, congelados; eu não. Picar verduras, refogar molhos, empastar *focacce*, misturar condimentos são atividades que me deixam feliz. Esvazio a cabeça, concentro minha atenção nos odores, sabores, doses, ingredientes; mais que preparar iguarias, crio poções das quais experimento eu mesma o efeito mágico e imprevisível.

A cada dia acordo com um desejo diferente. Hoje preparei uma caponatinha de peixe; ontem, em vez disso, cismei com um macarrão gratinado; amanhã já sei que farei bolinhos de arroz e biscoitos de anis. Certos dias, de repente, me vem uma sensação de náusea que me obriga a abandonar a cozinha, deixando as coisas pela metade, mas percebo que a culpa é da manteiga derretida, o cheiro de ranço me embrulha o estômago, por isso procuro usar apenas azeite de oliva. Depois, quando sei que Maria está para voltar, dias antes de sua chegada, misturo, empasto, bato, trituro, cozinho, frito até que, esgotada, me sento para observar o resultado: as iguarias estão dispostas sobre a mesa como obras de arte, para surpreendê-la com um cheiroso "bem-vinda".

Minha pele está esticada e transparente; as bochechas, rosas; a índole, preguiçosa; o humor, variável com tendência para bom; também engordei um pouco: novamente, tenho vontade de viver.

"Parece que você está chocando", Maria me diz assim que chega.

"Em que sentido?"

"Não sei, você está tão macia, tão lânguida, está com olhar de mulher grávida..."

"Mas, vai! E de quem?"

"Não disse que está grávida, disse que parece."

De fato, meus traços mudaram. Eu arredondei, meus movimentos são realizados em desaceleração. A boca está mais carnuda, uma coloração escura sobre o lábio superior, até minha *minna*, a *teta*, como fala Maria em catalão, aumentou de volume, está mais pesada, a aréola se alargou, o mamilo escureceu.

"E essa história de que a manteiga te enjoa..." Maria brinca com isso durante todo o almoço, tipo um bordão: "Mas com quem esteve andando? Um belo macho espanhol? Moreno, olhos negros?"

Enquanto ela zomba de mim, evocando acrobacias eróticas e atmosferas pecaminosas, me vem uma certa inquietação. Sinto, eu também, algo diferente dentro de mim.

Calculo o tempo que passou desde aquela *última vez* que mudou o rumo da minha vida, conto os ciclos que saltaram.

* * *

Vou à farmácia e compro um teste de gravidez. Faço no banheiro de casa e entrego a Maria, não tenho coragem de olhar aquela sutil linha rosa da qual depende meu futuro. Nos últimos minutos de espera que precedem o aparecimento do resultado, de olhos fechados tento lembrar a imagem de Santino, a emoção que sua respiração me causava, o toque de suas mãos... mas dele não lembro mais nada, apenas uma vaga sensação de tristeza de contornos belos e evanescentes.

"Você está inequivocamente grávida", me comunica Maria e acrescenta com seu pragmatismo de sempre: "O que pensa fazer?"

Estou assustada, ou talvez apenas um pouco transtornada, mas pela primeira vez em minha vida não tenho um segundo de hesitação: "Nada — isto é, tudo. Não podemos nos opor à vida."

"Está falando de verdade, Ágata?", me pergunta com uma expressão de rosto a meio caminho entre a alegria e a surpresa.

"Bem, é o primeiro ato de amor daquele sem-vergonha em relação a mim. É certo que não fez com essa intenção, mas gosto de pensar assim."

"Não sei se definiria como ato de amor", me diz Maria, "mas conte comigo. Vou voltar a viver aqui para te ajudar, desta vez não vou deixar você sozinha."

Quando o enjoo acaba, começa o período mais belo e pleno da minha vida. Os meses de gravidez transcorrem sem horários, etapas, prazos cotidianos, deixo para trás fantasmas inúteis, esqueço velhas preocupações e medos ancestrais. A criança, menino ou menina, virá para curar minhas feridas, para reparar os estragos do passado, desde o abandono de minha mãe até a doença, passando por aquele amor danoso que finalmente poderá se tornar apenas uma lembrança e nada mais, substituído por algo bem mais importante.

XXX

"Respire devagar e profundamente, continue ainda, relaxe."

A seção "Madernidad" retumba de vozes, o rumor da minha respiração parece um sopro de vento em meio à tempestade. De vez em quando, entre as frases de encorajamento da obstetra e as palavras afetuosas de Maria, emito um pequeno gemido. Tenho uma barriga grande e pontuda, um seio inchado e pesado, os lábios grossos e a face redonda de gestante que chegou ao término da gravidez. A atmosfera da seção é alegre e frenética: médicos e enfermeiras se mexem à minha volta, me consolam, me animam, me acalmam. Um sensor sobre meu abdome revela a batida do coração da criança, amplifica-a e provoca um som grave. Por algumas horas, as de trabalho de parto, as contrações vão e vêm com frequência cada vez mais rápida. Quando a contração é forte, enrijeço os músculos, suspendo a respiração, como para impedir a progressão da dor que a acompanha.

Com uma voz hipnótica, monocórdia, Maria sussurra no meu ouvido: "Não se oponha, respire, relaxe os músculos e deixe-o passar." Tenho a impressão de ter um êmbolo que de cima do umbigo faz uma pressão para baixo. De repente, parece que surge do passado dona Assunta Guazzalora, que me ordena, com sua figura imponente:

"*Me escute, relaxe, quanto antes o deixar sair, melhor será para todos.*" Minha bisavó permanece ao meu lado durante todo o trabalho de parto.

Agora o meu corpo é a superfície de um mar encrespado apenas por uma onda que lentamente se quebra num remoinho vertiginoso e começa a atormentar minhas vísceras. De súbito, a onda se faz água, um rio escorre entre minhas pernas. O momento do parto é iminente, o coração do meu filho tem o ritmo de um cavalo lançado a galope em direção à reta final.

Força!

Agora não é mais onda, não é mais água, não é mais rio, é vento de terra.

Inspira, prende, empurra! As instruções quem me dá é minha bisavó Assunta.

As contrações decisivas serão cinco ao todo. Nas pausas entre uma e outra prendo o ar, encho o pulmão, fecho a garganta e com toda a força que consigo aperto para ajudar meu filho a vir à luz. Por último, sinto que a pausa não é mais intervalo, mas espera, é o instante antes que a vida se manifeste. Todos prendem a respiração, depois o vagido de um recém-nascido irrompe na sala, e eu grito de alegria, choro de emoção e me rendo à esperança que finalmente toma meu coração.

"Como vai chamá-lo?"

O nome! Nesses meses nunca pensei nisso a sério, mas agora aflora em meus lábios assim que o rostinho moreno do meu filho aparece entre as dobras do pano azul que o envolve: "Santino", digo, num sopro.

Maria para de sorrir, seus olhos se turvam, a lembrança daquele homem estraga sua festa, evoca velhas preocupações. "Eu só quero que aquele amor nocivo, destrutivo, errado vire uma lembrança alegre e vital." É um voto, um desejo que pronuncio em voz alta.

Alongo os braços para esta *truscitedda* de carne, sangue e doçura. Finalmente estou livre. Ponho-o na minha *minna* solitária, e uma paz profunda me envolve.

Barcelona, 5 de fevereiro
"Santino, preste atenção no que precisa fazer: você tem que colocar a farinha *a fontana*,* depois junte a banha, os ovos e misture tudo."
"E a ricota, mãe?"
"Depois. Mas você está com as mãos limpas?"
"Estou, mãe."
"E agora comece a amassar, que força você tem, senão, que homem é você?"

Santino é um menino doce e vivaz, e hoje é a primeira vez que me ajuda a preparar as mágicas cassatinhas. No dia do parto, prometi à Santuzza que jamais me esqueceria de preparar os doces da promessa no dia 5 de fevereiro.

"Está bem, eu amasso forte, e você, mãe, continua a história..."

Não posso deixar de sorrir de alegria. Agora estou curada de verdade. A sensação de estranheza desapareceu. Meu filho é a pedrinha que no bosque da vida me indica a direção: com ele perto, jamais poderei me perder. O buraco em meu peito, se existe, eu não vejo mais, aquele dentro da alma foi preenchido. A força da avó Ágata, das bisavós Luísa e Assunta, inclusive a misteriosa da avó Margherita, está dentro de mim e emerge todas as vezes que preciso dela. Sou capaz de escolher, de enfrentar os problemas, de encontrar soluções.

Mas não se trata de um superpoder exclusivamente meu; é, principalmente, uma espécie de resistência de que são dotadas as mulheres, ainda que por vezes não tenham consciência disso. São elas que possuem o segredo da vida, que tecem pacientemente dia após dia a história de suas famílias e depois contam aos outros para que dela tirem proveito.

---

* Modo de dispor sobre a mesa a farinha, dando a ela a forma de uma cratera, no centro da qual se colocam os ingredientes necessários para sovar. (N. da T.)

"Santino, você precisa saber que santa Ágata era uma *picciridda* boa e inteligente, igual a você. Quando ficou grande, um dia, enquanto estava na janela espelhando-se no vidro, Quinziano, o governador..."

"Mãe, o que é um governador?"

"Alguém que comanda, *babbasune*! Então, como eu estava dizendo, Quinziano a viu e se apaixonou por ela... Muito bem, isso, tem que afundar os dedos, quando sente que toda a sua força se transforma em carinho, então a massa está pronta... Agora vamos colocá-la pra dormir dentro de um paninho e enquanto isso preparamos o creme..."

Agradecimentos

Mamas Sicilianas não é um livro autobiográfico, mas suas páginas têm muito de mim, das mulheres da minha família e de outras que encontrei pelo caminho. Se alguém encontrar alguma semelhança com qualquer personagem, não deve se ofender nem se alegrar: os personagens deste romance estão permeados de fantasia e modelados naqueles arquétipos com que todos, no bem e no mal, parecemos. Quanto aos acontecimentos históricos, por vezes foram submetidos às exigências da narrativa. Mas todos os sentimentos são autênticos.

A Giulia Ichino, o meu agradecimento pelo paciente encorajamento e a minha admiração por sua sensibilidade e competência.
Desejo agradecer também a Maria Teresa Cascino e a todo o grupo do Women's Fiction Festival de Matera. Grazia Napoli, fã de raro entusiasmo. Maria Pia Farinella, minha generosa admiradora. Clotilde Di Piazza, a mais antiga entre minhas amigas. E Giovanni Torregrossa, homem de rara generosidade que me permitiu utilizar suas lembranças mais belas.
Um pensamento especial, enfim, para minha mãe, ela sabe por quê.

Glossário

babba — boba, tonta
babbasune — bobinho
babbazunazza, babbasuna — bobona, bobinha
babbiare — bobear
babbio — bobagem, brincadeira
bedda, beddu — bela, belo
bedda matre! — santa mãe! bela mãe!, minha bela mãe
beddru — variante de *beddu* — belo; *bedduzzu* — diminutivo afetivo
beddruzza — querida
ciuriddu — diminutivo afetivo de *ciure* (flor)
dutturi — doutor; médico
ma'-de mamma — mamãe, em forma apocopada
ma 'ara — feiticeira
macari chistu! — só faltava essa!; queira deus!
mischina — pobrezinha, coitada, coitadinha
'ntisi — pessoas influentes, de prestígio, que ocupam posição proeminente na hierarquia mafiosa; fem. *'ntisa*
nzà ma' — imagine!, jamais!, nem pensar!, Deus me livre!
nzù — não
picciotta — jovem, moça bonita e solteira
picciridda — menininha
picciutteda — mocinha, moça
spiegamento — pedido da mão da noiva
voscenza — contração de *Vostra Eccelenza*
vossia — *vossignoria* — contração de *Vostra Signoria*, em uso popular: vosmecê
zà, zia — tia; como título que se dá a uma mulher de idade, de condição pobre

Conheça mais sobre nossos livros e autores no site
www.objetiva.com.br
Disque-Objetiva: (21) 2233-1388

markgraph

Rua Aguiar Moreira, 386 - Bonsucesso
Tel.: (21) 3868-5802   Fax: (21) 2270-9656
e-mail: markgraph@domain.com.br
Rio de Janeiro - RJ